오스틴과 디킨스 다시 읽기

오스틴과 디킨스 다시 읽기

포스트세속, 21세기 영문학의 새로운 흐름

오정화 지음

그린비

머리말

오늘날 문학연구자들은 20세기에 주류를 이루었던 정치적 "이론"과 거리를 두고, 전통적으로 문학이 탐색해 왔던 인간 삶의 문제로 돌아가고자 노력하고 있다. 그동안 그린비는 철학 전문 출판사로서 철학 서적을 주로 발간해 왔지만, 최근에 문학, 그중에서도 특히 고전을 새로운 시각으로 진지하게 성찰하는 흐름을 마주하여 '다시 만난 문학이라는 세계' 시리즈를 시작한다. 시간의 힘을 견디고 오래 사랑받는 영문학, 불문학 등의 고전을 새로운 시대적, 철학적 관점으로 풀어나가는 그린비만의 문학 고전 다시 읽기를 계획하고 있는 것이다.

영문학의 고전 제인 오스틴과 찰스 디킨스를 다시 읽으려는 이 책은 그들의 작품을 종교적 관점에서 새롭게 읽기를 시도한다. 그동안 문학과 종교 사이에는 왜곡된 벽이 세워졌었는데, 이 벽을 만들어 낸 역사, 즉 세속주의를 살펴보고, 21세기에 활발히 논의되는 포스트세속의 관점을 통해 문학과 종교의 관계를 재정립하고자 한다. .

19세기 여성 작가들을 페미니즘 관점에서 연구하던 유학 시절에 나는 큰 의문에 마주쳤었다. 나에게, 우리의 어머니들에게, 암흑에 빠져 있던 많은 조선의 여성들에게 기독교는 빛을 가져다주었고 해방을 가져다주었는데, 왜 기독교가 서양 여성들에게는 억압의 기재로 비판받는 것일까? 당시 페미니즘은 기독교를 가부장제의 핵심 요인의 하나라고 비판하며 여성 작가들을 제한하고 방해한 주요 요소라고 공격하고 있었는데, 정말 19세기 여성 작가들에게 기독교는 억압의 기재였을 뿐일까? 그렇다면 내가 연구하는 19세기 여성 작가들이 모두 신실한 기독교인이라는 것은 어떻게 설명될 수 있는가?

이 질문에 대한 답을 찾던 2002년에 나는 나와 같은 의문을 갖고 종교의 문제에 관심을 가지기 시작한 몇몇 비평들을 만나게 되었고, 새로운 해석 공동체를 발견한 희열 속에 이 문제에 대한 연구를 시작하였으며, 연구 결과를 묶어 『19세기 영국 여성 작가와 기독교』를 출판하였다. 당시 내가 기쁨으로 만났던 해석 공동체는 20세기 말에 태동한 "종교의 회귀"(the return of religion)에 속하는 연구들이었다. 이 종교의 회귀에 관한 연구들은 점점 발전하며 오늘날 "포스트세속"(post-secular) 시대의 도래를 선도하였다.

포스트세속 시대를 맞아 제인 오스틴과 찰스 디킨스를 다시 읽기 위하여, 이 책은 먼저 1부에서 포스트세속 시대에 문학 연구를 어떻게 할 것인가를 고찰하였다. 서구의 세속주의가 어떻게 시작되었고 발전되었으며, 어떤 문제점을 가지고 있고, 이에 대한 비판은 무엇인지, 그리고 세속주의의 문제점에 대한 비판으로 시작된 포스트세속주의는 무엇이며, 포스트세속 시대에 영국 소설을 어떻게 종교와의 관계 속에서 다시 읽을 것인가를 살펴보았다.

2부와 3부에서는 소위 세속적 장르라고 간주되는 영국 소설의 대표적인 두 작가, 제인 오스틴과 찰스 디킨스의 작품을 종교와의 관계 속에서 분석하였다. 세속주의에 기초한 여러 가지 문학 비평들은 이들을 흔히 종교를 멀리했다거나 종교에 대해 비판을 한 작가 정도로 간주해 왔지만, 그들의 작품을 포스트세속적 관점에서 다시 읽어보면, 오스틴의 핵심 주제인 결혼이나 디킨스의 핵심 주제인 사회 비판이 각 작가의 신앙 및 기독교 세계관과 얼마나 밀접하게 연결되어 있는지가 드러난다. 오스틴과 디킨스의 소설은 세속주의 비평이 만들어 놓은 문학과 종교 사이의 왜곡된 경계의 문제점을 잘 보여주는 작품들이다.

오늘날 포스트세속 시대를 맞아 많은 작가의 작품들이 종교와의 관계 속에 재해석되고 있다. 4부에서는 포스트세속적 관점에서 문학과 종교의 관계를 재고찰해야 할 필요성과 의의를 분석하였다. 문학과 종교는 분리될 수 없는 세계이다. 인간은 항상 영적인 차원에 대한 욕구와 개인적인 삶의 한계를 넘어서는 초월적인 의미에 대한 탐구를 문학을 통해 표현해 왔기 때문이다. 종교를 벗어난 것이 중립적이고 객관적인 진리라는 주장에 입각한 세속주의의 갖가지 이론의 시대를 넘어 20세기 말 태동하여 21세기 들어 활발히 진행되고 있는 포스트세속적 문학연구는, 문학 작품이 종교와 가진 관계를 되살리고 재해석함으로써 풍부한 의미를 생산하며 영문학의 새로운 흐름을 만들고 있다. 이러한 포스트세속적 문학연구의 흐름을 소개하고 19세기 대표적 영문학 고전에 대해 분석한 이 책이, 문학과 종교의 관계에 관심을 가진 학자들, 학생들, 일반인들 모두에게 도움이 되기를 바란다.

이 책이 나오기까지 많은 도움을 준 그린비 출판사에 감사드리며, 이진희 편집장의 꼼꼼한 교열과 출판 관련 제반 사항을 위해 해주신 수고에 감사드린다. 특히 그린비 출판사가 인간 보편의 문제를 진지하고 깊이 있게 통찰하는 힘을 지닌 고전을 새로운 관점으로 풀어 나가는 문학강의 시리즈를 시작함에 심심한 감사의 마음을 전한다.

2023년 11월

오정화

차례

일러두기

1. 단행본 및 정기간행물에는 겹낫표(『 』)를, 논문 및 단편 등에는 낫표(「 」)를 사용했다.

2. 외국 인명이나 지명, 작품명은 2002년 국립국어원에서 펴낸 외래어표기법을 따르는 것
   을 원칙으로 하되, 관례가 굳어서 쓰이는 것은 관례를 따랐다.

1부

포스트세속 시대의 문학연구

1장

문학과 종교 관계 되살리기

1. 문학과 종교

문학과 종교의 관계를 되살리고자 할 때 맞닥뜨리는 첫 난관은 문학과 종교가 각각 너무 큰 분야라는 점이다. 그러므로 이 커다란 두 (학문) 분야의 관계를 되살리는 데는 각각의 분야에 대한 통찰과 함께 그들을 둘러싼 경계와 그들이 연결되는 지점들에 관계된 많은 문제와 의문들을 과제로 두게 된다.

"문학"과 "종교"라는 용어가 가진 학문적 범주의 역사를 살펴보면, 먼저 "문학"은 고대로부터 오늘날까지 생산된 모든 문학 작품을 의미하는 한편, 학문의 한 분야로서의 문학을 의미하기도 한다. 르네상스와 계몽주의 시대에는 중세에 세워진 대학에서 그리스어와 라틴어로 쓰인 시와 희곡, 역사를 연구하였는데, 이후 중산층이 점차 발전함에 따라 그리스어와 라틴어로 쓰인 작품에 대한 연구가 타당한 것인지에 대한 의문이 제기되기 시작하였고, 이로 인해 각 나라의 언어로 쓰인 작품들이 연구되기 시작하였다.

학문의 한 분야로서의 문학이라는 범주는 18세기에 생겨났고, 그러한 문학은 19세기에 이르러 대학에서 하나의 분과 학문이 되었다 (Felch 2). 이에 따라 19세기 후반부터는 문학과 문학연구를 지식의 한 형태로, 심지어는 과학으로 구축하려는 노력을 기울이게 된다. 그런데 문학을 학문으로, 심지어는 과학으로 만들어 가는 과정에서 연구자들은 문학이 뿌리박고 있는 종교적 감수성을 미학적 형식과 이미지로 흡수시키고 지워 버리려는 노력을 기울이게 되는데, 그 과정 속에 "세속주의"가 개입하게 되었다(Branch 11~12).

한편 "종교"라는 학문 분야는 다양한 종교적 전통에서 보편적 핵심을 찾아내려는 지적인 프로젝트의 일환으로 나타나게 된 것이었다. 종교라는 용어의 학문적 범주는 원래 그 단어가 가졌던 의미, 즉 '경건과 예배'를 가리키던 것을 신앙의 추상적 구조에 대한 호칭으로 변형시킨 것이다. "종교"라고 불리던 보편적 핵심이 이제는 다양한 "종교들" 속에 나타난 예시를 통해 연구되는 대상이 되었고, 경건과 예배는 종교 혹은 종교들에 대한 연구로 바뀌었다(Felch 2).

이처럼 종교가 학문의 한 범주로 성립된 것과는 별개로 원래 종교라는 단어가 일반적으로 의미하는 바는 제도적이고 조직화된 종교를 의미할 뿐 아니라 훨씬 더 광범위한 종교적인 것들을 의미한다. 즉 인간 속에 있는 종교적 욕구, 영적인 차원, 개인적인 삶의 한계를 넘어서는 의미에 대한 욕망, 초월적인 것에 대한 추구, 초월성이 가능하다는 생각들, 이 세상에서의 시간을 넘어서는 삶과 죽음의 경계 너머 펼쳐진 것에 대한 한 개인의 믿음 등을 포함한다(Knight and Woodman 2).

"문학"과 "종교"는 각각의 범주와 계보 문제뿐 아니라 문학과 종교의 "관계"를 설정했을 때 이 두 용어 혹은 범주에 대하여 정확히 무엇을 다루어야 할 것인가 하는 문제도 제기된다. 이를테면 문학과 종교의 긴밀성 분석? 아니면 문학 속의 종교? 종교적 텍스트를 문학적으로 읽기? 문학 텍스트를 종교적으로 읽기? 신학적으로 문학 읽기? 종교적인 문화가 어떻게 작가나 작품을 만들었는지 하는 문제? 신학의 영향을 받은 문학 이론이나 문화 이론 연구를 어떻게 다룰 것인가? 등등 많은 문제를 다룰 수 있다.

　　이처럼 문학과 종교의 관계를 다룰 때 무엇을 다룰 것인가 하는 문제는 복잡한 문제지만 실제로 "문학과 종교"는 하나의 분야로서 왕성한 연구가 이루어지고 있다. 1950년 시카고 대학교 신학대학에서는 "신학과 문학" 과정을 대학원에 개설하였다. 그 후 밴더빌트 대학교와 버지니아 대학교 등 여러 대학도 이러한 과정을 개설하였다. 1956년에는 "기독교와 문학에 대한 학회"가 조직되었다. 이것이 발전하여 20년 후 미국에서 가장 큰 문학 분야 학회인 MLA(Modern Language Association) 내에서 "문학에 대한 종교적 접근"이 공식적으로 다루어지기 시작하였으며, 이것은 "종교와 문학에 대한 포럼"으로 발전하였다. 또한 "기독교와 문학에 대한 학회"는 문학이 기독교의 사상과 경험 및 실행과 어떻게 관련되어 있는지를 탐구하는 간학문적인 학회로서 2023년 현재까지 학회지 『기독교와 문학』(Christianity and Literature)을 출판하고 있다. 1977년에 출판되기 시작한 『문학 안의 종교 저널』도 『종교와 문학』(Religion and Literature)으로 발전되어 지금까지 출판되고 있으며,

1987년부터는 영국 학회지 『문학과 신학』(*Literature and Theology*)도 출판되기 시작하였다. 1996년부터 출판되기 시작한 『종교와 예술』(*Religion and the Arts*)은 언어, 시각, 공연 예술의 종교적 차원에 대한 담론들을 발전시키고 있다. 한때 몇몇 대학에서 문학과 종교 과정이 폐쇄되기도 하였으나 최근에는 영국에서 워릭 대학교 고등연구원에 "문학과 종교 연구 네트워크"가 세워지고, 글래스고 대학교에 "문학과 신학과 예술 연구 센터"가 세워졌으며, 미국에서도 많은 대학과 신학대학들이 문학과 종교, 예술과 종교 관련 석박사 학위 과정들을 개설하여 교육과 연구를 활발히 진행하고 있다(Felch 3~4).

여러 대학에 이처럼 많은 "문학과 종교" 관련 과정들이 설립되고 관련 과목들이 개설되며 여러 학회 활동과 학회지 출판이 활발히 이루어지고 있는 것은 현재 이 분야가 얼마나 역동적인지를 잘 보여 준다. 창조적 상상력이 종교와 가지는 관계가 활발히 토론되며, 다양한 문학과 예술 작품 속의 종교적 주제에 대해 광범위하고 깊이 있는 논의가 이루어지고 있을 뿐 아니라 작품 창조 과정 자체의 종교적 성격에 대한 연구도 깊어지고 있다. 이와 같이 종교 문제가 문학, 예술, 문화 등과 갖는 관계에 대한 논의가 번성하고 있는 것은, 서구에서 공적으로 종교와의 관계가 결코 긴밀하다고 할 수 없는 이 시기에 오히려 역설적으로 종교에 대한 관심이 더욱 늘어나고 있음을 보여 준다. 즉 이는 종교와 진지한 상상적 탐구의 관계에 대한 관심이 결코 줄지 않았음을 보여 주고 있는 것이다(Williams 21).

세속화가 진행됨에 따라 특히 학문 분야에서는 객관성을 강조하며 종교를 주변화시켜 왔지만 억압된 종교가 "세속 시대"(secular age) 후에 다시 대두되고 있는 현상이 21세기에 뚜렷이 나타나고 있으며, 이에 따라 "포스트세속"(postsecular)이라는 용어가 새로이 떠오르고 있다. 20세기 말부터 시작되어 특히 21세기가 되면서 종교에 대한 연구가 활발해지고 관련 서적과 논문이 쏟아져 나오는 것은 종교와 세속주의에 대한 학문적 사고에 중요한 변화가 있음을 보여 준다. 왜 세속주의가 만연한 오늘날 종교에 대해 이와 같이 새로운 관심이 생겨 "종교 회귀"(the return of religion) 현상이 나타나게 되었을까? 이러한 현상에 대하여 최근 학자들 사이에서는 "포스트세속주의" 혹은 "탈세속주의" 논의가 활발히 이루어지고 있다.[1]

2. 세속주의와 포스트세속 시대

1) 세속주의

"포스트세속 시대"(postsecular age)를 이해하기 위해서는 먼저 "세속주의"(secularism)가 무엇인지를 살펴볼 필요가 있다. 세속주의는 정치적인 용어로서 정치와 종교의 분리를 의미한다. 그리고 광범위하게는 공적 영역에서 종교의 역할을 최소화하거나 제해 버리는 것을 의미한다.

---

1 Postsecular(혹은 Post-secular)는 "탈세속"으로도 번역이 가능하지만 "포스트"라는 표현이 가지고 있는 복합성을 살리기 위해 "포스트세속"으로 번역하였다. 이에 따라 Postsecularism(혹은 Post-secularism)은 포스트세속주의로 번역하였다.

철학적으로 세속주의는 보통 계몽주의로부터 유래했다고 보고 있으며, 17세기 계몽주의 이래 점차 발전하였다고 할 수 있는데, 초기에는 종교를 정치로부터 보호하려는 개념이기도 하였다. 그러나 세속주의는 교회와 국가의 분리에 머무르지 않고, 삶의 초점을 종교로부터 이 세상에 속한 것들, 즉 자연, 이성, 과학, 물질에 대한 것으로 옮겼고, 종교를 사적인 것 즉 비정치적인 것과 내적 경건으로만 한정시켰다. 또한 점차 세속의 우월성, 즉 세속이 지적·정서적·도덕적·정치적으로 우월하다는 입장을 강조하는 쪽으로 발전해 갔으며, 종교와 학문을 함께할 수 없는 정반대의 것이라고 간주하도록 만들었다.

이렇게 세속주의가 발전하며 세속화된 시대에 대해 테일러 (Charles Taylor)는 『세속의 시대』(*A Secular Age*, 2007)에서 세속화의 의미를 세 가지로 나누어 설명하였다. 그가 정의한 첫 번째 의미는 교회와 국가의 분리다. 과거에는 사회의 모든 관계가 종교와 관련되어 있었고 종교적 활동과 정치적·경제적·사회적 활동 사이에 구분이 별로 없었다. 지방 행정부는 교구였고, 교구는 무엇보다 기도 공동체였으며, 사회의 구성원들이 서로를 보여 줄 수 있는 유일한 방식은 종교적 축제였다. 이런 관계를 분리시켰다고 보는 첫 번째 의미에서의 세속화는 사회적 영역들에서는 종교가 없어졌지만 대다수의 사람들이 아직도 하나님을 믿고 종교를 열심히 실천하는 것을 병행하고 있음을 의미할 수 있다. 두 번째 의미에서의 세속화는 "사람들이 종교적 믿음과 실천으로부터 이탈하여 멀어지고, 하나님으로부터 돌아서고, 더 이상 교회를 가지 않는" 것을 의미한다. 서유럽 사람들이 세속화되었다고 할 때에는 이런 의미라고 할 수 있다고 테일러는 분석한다. 이 관점에 따르면 종교가 "진화론과 같은 특정 과학에 의해 해방"됨으로써, 혹은 "과학과 이성에 대한 다른 믿음이 발생"함으로써, 신앙의 쇠퇴가 힘을 얻게 되었다고 한다(Taylor 1~2).

세속화의 첫 번째 의미가 공적 영역에서 종교가 없어진 것이고, 두 번째 의미가 종교적 믿음과 실천의 쇠퇴라면, 테일러는 이 두 가지를 모두 세속화의 의미에 포함시키면서도 거기에 머무르지 않고 한 걸음 더 나아가 세속주의가 "도덕적이고 영적인 것에 대한 모든 탐색과 질문이 진행되어야 하는" 새로운 맥락이라고 주장한다. 이것이 그가 말하는 세속화의 세 번째 의미다.[2] 이제 신앙은 옛날에 그랬던 것처럼 아무 문제 없이 주어진 것이 아니라, 여러 가지 중 하나의 옵션(option), 즉 선택할 수 있는 것이며 오히려 신앙 없음이 디폴트 옵션(default option), 즉 자동으로 선택되는 것이라고 주장한다. 테일러는 이제 "세속화를 포함한 서양의 근대는 새로운 발명의 열매이며, 새롭게 구성된 자기 이해와 거기에 관련된 실천들"이라고 주장하고 있다(Taylor 3, 22).

"세속화 이론"에 따르면 근대화가 진행됨에 따라 종교는 공적 영역에서 분리되게 될 것이고 종교의 문화적 영향력은 약화될 것이다. 사회가 근대화와 기술의 발달을 경험하면서 종교적 믿음과 참여의 힘들이 근대의 환멸 앞에서 시들어 갈 것이라고 보는 것이다. 세속주의는

---

2 테일러는 미국의 세속화에 대해, 현재 미국은 첫 번째 의미로 세속화되었으며, 두 번째 의미로 세속화되지는 않았다고 한다. 그러나 많은 사회적 환경에서는 세 번째 의미로 세속화되었으며, 미국 전체로 보아서도 세 번째 의미로 세속화된 면이 있다고 분석한다.

세속화가 정치적 공간들(그리고 그것을 만들어 내는 조직들)에서 종교의 비이성성과 우연성, 특수성을 제거한 영역을 만들어 낼 것이며, 대신 보편적이고 공평무사한 합리성에 의해 통치되는 영역을 만들 것이라고 주장하는 것이다(Smith 163~164). 마르크스, 베버, 프로이트 등은 모두 세속화 이론을 발전시키며 종교가 쇠락해 갈 것이라고 예측하였다. 20세기 중후반에 세속화 이론은 서구 지성인들 사이에서, 심지어는 기독교인들 사이에서도 폭넓게 받아들여졌다.

2) 세속주의에 대한 비판

세속화는 흔히 종교가 사라지고 난 뒤 아무것도 없는 중립적이고 객관적인 상태를 의미하는 것처럼 생각되기 쉽다. 그러나 실제로 인식론과 과학적 지식들을 엄밀히 통찰해 보면, 스미스도 지적하고 있듯이 "선입관이 없고 전통을 벗어난 중립적이고 보편적인 관점은 없기 때문에" 그러한 상태는 만들어진 적이 없다. 학문의 모든 이론화, 심지어는 관찰 그 자체도 이론 이전의 신념이나 가치에 의해 좌우되며, 합리성이라는 전통에 경도되어 있기 때문이다(Smith 165). 세속주의는 세속주의 자체를 중립적이고 객관적인 것으로 간주하고, 공적 영역에서 종교를 제해 버려 세속화를 이루면 중립적이고 객관적인 상태에 도달할 것으로 생각한다. 그러나 이것은 잘못된 생각이다. 세속주의는 결코 중립적이지 않으며 오히려 종교를 규정할 뿐 아니라 더 폭넓게 문화를 규정한다. 세속주의는 일종의 세계관이고, 종교에 대한 입장이며, 이데올로기고, 인문학·사회학·자연과학의 한 시스템일 뿐이다.

서구 사회에서 대학은 가장 세속적인 영역 중 하나로 생각되어 왔다. 학계와 미디어에서 벌어진 세속화 담론은 고등교육에서의 종교의 위치에 대한 설명을 지배해 왔다. 그러나 "종교의 회귀"라고도 불리는 최근의 연구들은 세속화 담론이 대학에서 종교에 대한 교육과 실행을 주변화시킨 정도를 과장하고 있었음을 보여 준다. 최근의 이 연구들은 대학 캠퍼스에서 종교 활동이 활발하게 이루어지고 있음을 보여 주는 것은 물론, 종교에 대한 학문적 연구가 살아 있을 뿐 아니라 성장하고 있음도 여실히 보여 주고 있다.

사실 19세기 말까지 종교는 고등교육에 중요한 영향력을 발휘하고 있었다. 그런데 연구 중심 대학들의 발전과 세속화 과정이 얽히면서 20세기 초 대부분의 학문 분야에서 세속화가 진행되었다. 특히 프로이트, 니체, 다윈 등은 진리에 대한 종교적 이해에 불신을 드리웠다. 분과 학문이 발전해 가면서 학문은 점점 더 전문화·특수화되었고, 이러한 상황 속에서 종교적 질문들은 더 부적절한 것이 되어 갔다. 이는 고등교육의 세속화를 가속시켰다. 미국 같은 경우 1930년경에는 고등교육의 세속화 노력이 네트워크와 재정적 지원을 갖춘 조직화된 기구들을 통해 거의 성공에 도달하여 "세속화 혁명"이라고 명명되기도 하였다 (Schmalzbauer and Mahoney 215~216).

그러나 이 "세속화 혁명"의 성공은 결코 완전하지 않았다. 20세기 말~21세기 초에 "포스트세속 운동"(postsecular movement)이라고 불릴 만한 움직임이 지적 세계에 도래하였다. 종교의 회귀에 관한 논문들이 철학·역사·문학 등의 인문학 분야와 사회학·정치학·사회복지학 등의 사회과학 분야를 비롯하여 음악·미술 등의 예술 분야, 심지어 의학·자연과학 분야에서도 출판되기 시작하였으며, 지난 이삼십 년간 50여 개의 학회가 신앙과 학문의 통합을 위하여 출범하였고, 종교에 대해 연구하는 연구소들이 여러 대학에 새로 생겨났다. 포스트모던 시대에 학자들은 인간 현상으로서의 종교, 앎의 방법으로서의 종교의 중요성을 다시 인식하게 되었으며, 신앙과 지식 사이의 경계에 도전하고 있다.

3) 포스트세속 시대

종교적 학문의 이와 같은 회귀를 하나의 "운동"이라고 부르는 사람들도 있다. 그러나 자세히 들여다보면 이것은 하나의 운동이라기보다는 여러 가지 움직임들이 한꺼번에 일어나고 있는 것이라고 할 수 있다. 왜냐하면 종교와 고등교육에 있어서 종교의 역할에 대하여 다양한 생각을 가진 다양한 학자들에 의하여 회귀가 이루어지고 있기 때문이다. 이 종교 회귀는 신앙을 가진 사람들과 회의론자들, 영적인 사람들과 종교적인 사람들, 신앙과 학문을 통합하려는 사람들과 종교를 연구의 대상으로 삼는 사람들 등 매우 다양한 사람들에 의해 이루어지고 있다. 이들은 때때로 함께 일하지만, 때로는 서로 반대의 목적을 가지고 일하기도 한다(Schmalzbaner and Mahoney 215~216).

　　이처럼 다양한 관점을 가진 많은 학자들 사이에서 전 지구적 차원의 종교적 연구가 부활되고 있는 것은 학문이 종교에 대해 무시했던 혹은 무관심했던 것의 결과가 인간 삶의 가장 중요한 면을 잘못 이해하게 하였거나 완전히 무시하였음을 깨닫기 시작했기 때문이다. 혁명과 개혁, 국가와 관료, 인권, 사회운동, 시민단체 운동, 복지 국가 등 모든 서구 근대화의 핵심 요소들은 종교적 계보를 가지고 있는데, 이에 대한 몰이해가 초래한 문제점들을 깨닫게 되었던 것이다(Gorski, et al. 5).

"포스트세속 시대"에서 "포스트"가 의미하는 것은 세속적인 것이 끝나 버렸다거나 근대 이전의 종교성이 다시 시작되었다는 것을 의미하는 것은 아니다. 오늘날 인문학이나 사회학이 세속주의를 깊은 통찰 없이 받아들였던 단계에서 벗어나, 세속주의가 근대에 종교적인 것과 세속적인 것에 대한 범주를 특정하게 생산해 낸 이데올로기에 의존하고 있었음을 비판적으로 깨닫게 된 것을 의미하는 것이다. 이 "포스트"라는 표현 속에는 세속주의의 한계를 넘어서는 연구의 큰 가능성이 잠재되어 있다고 할 수 있다. 왜냐하면 이전 패러다임들이 보이지 않게 만들었던 신앙과 세속주의의 실상들을 볼 수 있는 새로운 눈을 갖게 해줄 뿐 아니라, 종교와 세속주의 사이의 복잡한 관계에 대하여 그동안 묻지 않았던 질문들을 가능하게 하는 용어들과 분석의 틀들을 발전시키고 있기 때문이다.

대학은 이제 더 이상 "세속주의의 섬"이 아니다. 세속주의에 갇혀 섬처럼 고립되어 있지 않고 오히려 "사회의 종교 부흥을 위한 선도자"의 역할을 시작하고 있다. 사회학자 카사노바(José Casanova)의 말을 빌리자면 우리는 "종교의 반개인화"(deprivatization)를 목도하고 있다. 전 세계의 종교적 전통들이 근대화 이론이나 세속화 이론이 그들에게 할애한 주변적이고 개인화·사유화된 역할을 받아들이기를 거부하고 공적 영역으로 나와, 국가나 시장이 "중립적 가치"를 가지고 있다는 주장에 의문을 제기하며, 지배적인 정치·사회적 권력에 맞서 사적 영역과 공적 영역의 도덕성을 다시 연결시키고자 노력하고 있기 때문이다(Casanova 5~6).

종교적인 것은 더 이상 "거짓 의식"(마르크스)이나 "유아적 신경증"(프로이트)이 아니라, 결코 다 설명될 수 없는 사고, 감정, 경험, 상상력의 환원 불가능한 것이라는 깨달음이 확산되면서 종교학과는 눈에 띄게 성장하고 있다. 1990년에서 2006년 사이에 "미국 종교 아카데미"의 회원은 5,500명에서 11,000명으로 두 배가 되었다. 종교학의 팽창과 함께 종교는 인문학 전반에 걸쳐 눈에 띄게 확장되었다. 특히 미국 철학계에서는 종교의 회귀가 극적으로 늘어났는데, 퀜틴 스미스(Quentin Smith)는 이에 대해 미국 철학의 "반세속화"(desecularization)라고 표현하기도 하였다. 철학 교수의 1/3 내지 1/4이 유신론자고 이중 대부분이 정통 기독교인임을 지적하면서 "거의 하룻밤 사이에 유신론에 대해 논의하는 것이 '학문적으로 훌륭한' 것이 되었다"고 쓰고 있다. 옥스퍼드 대학 출판사에서 나온 2000~2001년도 출판 목록에 따르면 종교 철학 분야에서 96권이 출판되었는데, 그중 94권이 유신론 입장을 취하고 있다는 것이다(Schmalzbauer and Mahoney 219 재인용).

또한 미국 학계 전체에 대한 보고서 역시 같은 흐름을 보여 주고 있다. 『포스트세속 시대의 미국 대학』(The American University in a Postsecular Age, 2008)에 실린 논문 「대학 교수들의 종교적 신념」에서 그로스(Neil Gross)와 시몬스(Solon Simmons)는 미국 교수들의 종교에 대한 광범위한 조사 결과를 보고하고 있다. 미국 교수들은 보통 자유주의적이고 세속주의자일 것이라는 일반적 생각에 대해 이 보고서는 무신론자나 불가지론자의 비율이 일반인에 비해 다소 높은 것은 사실이었지만 실제로 그런 사람들은 교수의 1/4이 되지 않았고, 3/4 이상의 교수들이 하나님에 대한 믿음 혹은 어떤 종류의 높은 신에 대한 믿음을 가지고 있었음을 보여 주고 있다(Branch 22~23 재인용).

3. 포스트세속적 문학연구

계몽적 근본주의에 대한 비판과 과학적 자연주의에 대한 회의로부터 종교를 다시 심각하게 고려하게 된 학계에서 포스트세속적 관점은 철학이나 사회학 등 많은 분야에서 연구되고 있으며, 특히 문학연구에서 중요한 비평 관점으로 떠오르고 있다.

　　모든 학문 중에서 특히 문학은 종교의 회귀가 일어날 수 있는 "특권적 공간"을 구성하고 있다고 브래들리 등은 주장한다. 왜냐하면 문학은 종교와 마찬가지로 환상과 사실 사이, 초월과 내재 사이, 영적인 것과 물질적인 것 사이의 엄격한 경계에 도전해 왔기 때문이다. 서구에서 세속적 글쓰기들, 즉 교회의 직접적 영향력 밖에서 출판된 글들은 항상 영적인 것을 향한 표현을 하고 있었고, 종교적 유산과 인간 경험의 많은 부분이 초자연적이고 신의 존재를 의식하게 하는 면이 있음을 표출해 왔다. 이에 대한 인식이 포스트세속이라는 개념으로 발전해 가는 것은 영적인 것이 오늘날 무엇을 의미하는가를 다시 생각하고 깨닫고 있다는 것을 보여 준다. 다른 어떤 분야보다 문학 분야는 영적인 것이 역사적으로 추적되고, 언어로 표현되는 공간인 것이다(Bradley, Carruthers and Tate 3).

포스트세속적 문학연구의 의의를 강조한 브랜치와 나이트에 따르면 포스트세속적 문학연구는 우리가 읽는 것을 바꾸어 놓고 변화시키고 확장시키고 재배치시킨다. 포스트세속의 의미를 지난 이삼십 년간 인문학 전반에 걸쳐 일어난 종교의 회귀로부터 발전한 다양한 형태의 학문을 지칭하는 것으로 보며, 포스트세속에 대한 관심을 하나의 단선적 사고(세속적 사고)를 다른 하나의 단선적 사고(종교적 사고)로 대체하려는 시도가 아니라 다른 생각과 분과 학문적 사고 양식이 교차할 수 있을 때 발생하는 창조적 공간을 인정하여 열어 내려는 시도로 보고 있다. 포스트세속주의가 간학문적 읽기의 경향을 가지는 것은 생산적일 뿐 아니라 반드시 필요한 일이다. 일단 세속적인 것과 종교적인 것 사이의 관계가 학문으로서의 문학 비평의 실행과 습관을 형성한다는 것을 인정한다면 지식에 대한 기존의 틀을 넘어서 간학문적으로 읽어야 할 이유를 알 수 있다(Branch and Knight 495).

그런데 문학과 종교(혹은 신학)가 오랜 학문적 전통 속에 학계, 교계, 문화계에서 간학문적으로 유익한 대화를 나누어 온 것이 사실이긴 하나 그 관계가 항상 원만했던 것만은 아니다. 때로는 신학이 문학적 뉘앙스를 결핍한 채 문학을 짓밟고 교화하려고 하였고, 때로는 문학이 신학적인 것에 대한 충분한 고려 없이 멋대로 종교적인 것을 서술하였으며, 때로는 비평 이론이 문학과 종교에 대한 충분한 고려나 평가 없이 양자를 모두 해체시켜 버리기도 하였다(Imfeld, et al. 3). 부처드(Larry Bouchard)는 초기 "종교와 문학" 혹은 "신학과 문학"의 박사과정들을 연구하여 이 프로그램들 뒤에 두 가지 매우 다른 이론이 있음을 설명하였다. 첫째는 "비교문화 역사" 이론이다. 종교의 역사와 문학의 역사는 서로 교차해 온 것이 역사적인 사실이므로, 종교에 대한 올바른 연구는 문학연구로 귀결되며, 문학연구는 종교연구로 귀결된다는 이론이다. 둘째는 "종교의 문학적 현상학"이다. 즉, 근대문학이 과거의 종교를 벗어던졌다고 하였으나 그런 불신앙의 과격성은 오히려 정반대의 감수성을 깨우게 되어 종교적 회복의 도구가 될 수 있다는 것이다. 이러한 연구들은 기독교 사상을 설명하기 위하여 종종 문학 텍스트의 종교적 차원, 그리스도적 인물, 돌아온 탕자 담론 등을 밝혀 냈다. 재스퍼(David Jasper)나 캐푸토(John Caputo) 같은 신학자들은 신학을 문학 이론, 정신분석, 유럽 철학과 연결시켰다. 이러한 작업은 문학 이론을 구체화된 교리에 용매로 사용하여 활기 있고 사색적인 글쓰기에 신학을 열어 놓았다고 할 수 있다. 그러나 "문학적"이라는 의미는 확장되거나 발산되었고, 꼼꼼한 글 읽기는 신학적이거나 철학적인 토론으로 대체되었다(Monta 17).

　　그런데 문학연구의 주 무대인 미국 대학의 영문학계는 이러한 시도들이 가진 의미를 탐색하는 데 있어 매우 느리다. 그 요인에 대해 몬터는 "세속성이 객관성과 같다"라는 전제와 "문학연구에서 객관성이 가능하며 바람직한 것"이라는 전제로 인해 종교와 문학에 관한 연구가 주류 문학연구와 섞이지 못하고 있기 때문이라고 분석하고 있다 (Monta 17). 몬터의 이 분석은 문제의 핵심을 정확히 파악한 중요한 분석이라고 할 수 있다. 서구 학계에서 문학연구는 제도화의 시작부터 세속성과 객관성을 중시하고 강조하였다. 그러나 객관성을 중시하고 세속주의가 객관성과 중립성을 가졌다고 가정하고 그것을 추구한 것은, 언어의 의존적이고 구성적인 성격에 대한 문학연구의 통찰력을 스스로 축소시켜 버린 것이었다. 언어의 사용은 해석의 행위에서 항상 의미의 구성과 타자와의 관계에 대한 믿음을 요구하는 것이다.

사실 "문학연구에서 객관성이 가능하며 바람직한 것"이라는 전제는 이미 거짓임이 판명 났으며, 다른 형태의 객관성은 모두 의문의 대상이 되었다. 계급, 인종, 젠더 등은 인간의 사고를 (그리고 문학연구도) 중립적이고 객관적이지 못하게 하는 기제로 지적되었고, 따라서 객관성은 비판의 대상이 된 지 오래다. 그런데 종교 문제에 대해서는 계속 객관성을 요구하며 "세속성이 객관성과 같다"라는 전제에 집요하게 매달리고 있었던 것이다. 20세기 중후반은 어문학과에서 종교와 문학에 관한 연구가 제대로 이루어지지 않은 것으로 악명 높은 시기다. "의심의 해석학"을 문학과 종교의 관계에 적용하여 종교가 억압의 이데올로기들을 숨기고 있으므로 의심을 해야 한다는 주장이 이 시기를 지배한 것은 종교가 기본적으로 권력, 경제 구조, 성차별 등으로 왜곡되어 읽혔다는 것을 의미한다.

콘웨이와 해롤은 다양한 종류의 20세기 비평들, 즉 마르크스적 문화 연구, 페미니즘, 특히 생태 비평 등이 계몽주의의 가치들과 결과들에 도전하는 동안, 우리는 계몽주의가 본질적으로 당연히 세속화를 의미한다고 생각하고 계몽주의가 유해한 결과들을 가져왔다고 말하면서도, 세속성은 가장 오래 지속되는 계몽주의의 긍정적 성취라고 짐짓 생각해 왔음을 지적하였다. 이러한 생각은 특히 주요 관심사가 영국인 학자들의 글에서 많이 나타나고 있는데, 콘웨이와 해롤은 영국이 시민 사회와 문화적 관습에 있어서 국가적 서술이 종교적인 것을 세속적인 것에 종속시키는 것에 의존하고 있는 곳이라고 분석하고 있다(Conway and Harol 566).

그러나 20세기 말에 변화가 시작되었다. 문학 학자들이 종교와 가지는 관계가 넓어지고 깊어지기 시작하였고, 유럽의 철학과 문학 이론에서 종교의 회귀가 목도되기 시작하였다. 21세기 들어 언어학적 전환과 다양한 비평 이론들 속에서 영문학은 "언어는 모든 지점에서 신앙이 스며들 수 있는 구멍이 뚫려 있다는 인식"을 통해 신앙과 지식 사이에서 막다른 골목에 도달하였다. 즉 언어의 지식은 모든 지점에서 신앙에 의해 지지되고, 단어와 사물 사이의 차이를 특정한 방식으로 연결하는 의미를 만들어 내는 믿음을 가진 주체에 의존한다는 인식에 도달한 것이다(Branch 24). 영문학이라는 학문이 제도적으로 신앙과 지식 사이에 끼어 꼼짝달싹하지 못하는 상황에서, 종교성은 오늘날의 문학 이론 안에서 마치 지속적인 "억압된 것의 회귀"(the return of the repressed)처럼 작동하고 있다.

영문학의 환경은 아직도 문학연구에서 종교를 의미 있게 다루는 데 완전히 친화적이 된 것은 아니지만, 브랜치는 지난 삼사십 년간 발전한 주요 문학 이론들이 놀라우리만큼 종교적 관심사를 둘러싸고 모이고 있음을 다음과 같이 분석하고 있다.

> 신역사주의와 문화 연구는 물질적 대상물과 결정 요인을 가차 없이 추구해 왔는데 이는 필연적으로 믿음 있는 행위자들과 충돌하고 있다. 이 행위자들의 행동과 문화적 생산물은 결코 결정되어 있어 보이지 않기 때문이다. 해체주의는 데리다의 초기부터 후기 작업까지 진실, 의미, 맥락, 신앙, 지식의 문제와 관련되어 있다. 정신분석학과 페미니즘은 계몽주의 인식론과 계몽주의가 꿈꾸는 확실성, 그것이 추구하는 남성적·세속적 주체를 떠받치고 있는 지배적 주체에 대한 환상을 직시하게 한다. 탈식민 이론은 하위 주체에게 목소리를 주는 것을 도왔고, 세속주의의 고의적이고 공공연하고 논쟁적인 형태들을 분석하도록 돕고 있다. (Branch 25)

브랜치는 이처럼 그동안 문학연구를 지배한 다양한 비평 이론들인 신역사주의, 문화 연구, 해체주의, 정신분석학, 페미니즘, 탈식민주의가 어떻게 종교성이라는 지점 주위로 모이고 있는지를 분석하면서, 지금 이 시점에서 대부분의 비평 이론의 통찰력과 논제에 따라 살아간다는 것은 "포스트세속적 사고의 틀" 안에서 일하는 것을 의미한다고 주장하고 있다. 포스트세속적 문학연구란 자아와 사회가 서로를 상호적으로 구성하는 기능이 종교적인 것임을 인지하고, 물질주의적이고 세속주의적인 방법론들이 귀를 닫은 주제들에 대하여 그리고 옛 방법론들이 좁은 범위 안에서만 다루었던 주제들에 대하여 마음을 열고 귀를 기울이는 것이다.

이는 문학을 연구하기 위하여 신앙은 보류되어야 한다는 끈질긴 생각을 극복해야 하는 것이며, 이러한 포스트세속적 비평 방법은 비평계에 일종의 패러다임의 변화를 의미한다. 그동안의 철학이나 문학 이론의 역사를 통해 배우게 된 것은 모든 중요한 문제에 있어서 사람들은 누구나 "믿는 것"이 있다는 점이다. 사람들이 이것이 아닌 저것을 선택할 때, 그 선택은 거기에 충분한 근거가 있기 때문이 아니라 어떤 "믿음"을 가지고 있기 때문이라는 것이다. 이제 그 믿음이 의미하는 바와 상징하는 바는 무엇이고, 그 믿음은 어떤 다양한 형태를 가지고 있는지 파헤쳐 보아야 한다. 세속주의가 이데올로기임을 직시하고 종교는 근대화의 압박에 반응하며 새로운 의미를 가지는 것임을 이해하여야 한다.

근대화와 함께 진행된 세속화, 연구 중심 대학의 발전과 개별 학문의 발전을 기치로 가속화된 학계 특히 영문학계의 세속화 과정 속에서 문학과 종교 사이에는 왜곡된 벽이 세워졌다고 할 수 있다. 그러나 이제 신앙과 지식, 언어, 문학, 종교와 세속주의의 변혁 등에 관해 새로운 대화들이 일어나고 있다. 신앙과 지식의 성격은 무엇이며 그들의 관계는 무엇인지, 삶의 의미, 자아 형성, 타자와의 교감, 선함, 다른 사람들과의 관계, 사랑 등은 모두 문학에서 다루어야 할 종교적 관심사들이다. 물질적이고 기계문명이 지배하는 시대 속에서 무시되는 인간 삶의 면모에 대해 눈을 열게 되고, 서로의 경험과 가슴속 깊은 곳을 살피는 것, 인간의 삶에 관한 위대한 진리를 발견하는 것은 문학과 종교를 연구하는 연구자들, 포스트세속의 관점에서 문학을 연구하는 비평가들에게 의미 있는 작업이 될 것이다.

2장

종교와의 관계 속 영국소설

1. 세속주의와 영국소설

포스트세속 시대를 맞아 종교와의 관계 속에서 문학을 연구하려는 이 책은 19세기 영국소설 다시 읽기를 주제로 삼는다. 18세기에 발생한 영국소설은 점점 발전하여 19세기에 가장 아름답게 꽃피었는데, 이 시기에 출판되어 영문학의 대표작으로 꼽히는 작품들을, 21세기 포스트세속의 관점에서 문학과 종교의 관계에 초점을 두어 분석하려는 것이다.

18세기에 문학의 새로운 장르로 발생한 영국소설은 흔히 세속화의 영향을 대표하는 장르로 간주되는 경향이 있다. 소설의 발생이 세속화와 관련되어 있다는 주장은 소설이라는 형식을 다른 방식으로 이해하기 어렵게 만드는 면이 있다. 20세기 초 모더니스트들에 의해 종교가 예술적·지적 사고에 방해가 되고 새로운 종류의 소설 쓰기를 막는다는 생각들이 표출되기 시작한 이래, 1957년 이언 와트(Ian Watt)의 『소설의 발생』(The Rise of the Novel: Studies in Defoe, Richardson and Fielding)은 소설이라는 장르를 그렇게 보게 만드는 데에 기여하였다고 할 수 있다.

이 책은 소설이 자본주의와 상업주의, 과학의 발생, 민주주의와 도시 생활의 발전을 반영한다고 주장하였고, 18세기 초 종교가 공적 생활 최전선에서 점점 물러나게 된 것이 중산층 독서 계층이 광범위하게 발전하는 환경을 제공하였다고 보았다. 독자들은 매일의 일상 속에서 자신과 동일시할 수 있는 인물들을 즐겼고, 세속화된 시대에 소설을 행복과 만족의 근원으로 삼게 되었다는 것이다. 이러한 종류의 동일시를 가장 쉽게 할 수 있게 한 문학 형식이 형식적 리얼리즘이었고, 이것이 우리가 소설이라고 부르는 장르의 특색이라는 것이 와트의 주장이다.

그런데 와트가 다룬 18세기의 대표적 소설들 『로빈슨 크루소』 (Robinson Crusoe, 1719), 『파멜라』(Pamela, 1740), 『톰 존스』(Tom Jones, 1749)를 살펴보면 이 소설들은 와트의 주장과 달리 리얼리즘적 요소 외에 로맨스적이고 신비적인 요소를 상당히 가지고 있을 뿐 아니라 개신교적 개인주의를 보여 주는 "종교적 소설"이기도 하다. 『로빈슨 크루소』의 경우 세상적 성공을 위해 종교성을 다소 포기하는 면이 있는 것도 사실이지만, 그럼에도 불구하고 종교적 요소가 강하게 나타나 있는 것을 부정할 수 없으며, 『파멜라』의 경우는 세상적인 것보다 기독교적인 것이 훨씬 더 많이 표현되어 있다. 『톰 존스』의 경우도 그의 사교성과 박애심은 세속적인 요소일 뿐 아니라 기독교적 요소임이 분명하다. 즉 와트가 소설을 세속적 장르로 정의하는 데 대표적으로 사용한 세 소설 모두 세속적 요소뿐 아니라 종교적 요소를 강하게 가지고 있었으며, 소설 속에서 세속성과 종교성은 배타적이라기보다 복합적이고 다층적인 관계를 가지고 있었던 것이다. 사실 와트 자신도 이 세 작품을 분석할 때 기독교적 요소를 분석하였다. 그럼에도 불구하고 있을 법한 매일의 삶을 다루는 것을 소설의 가장 중요한 리얼리즘의 요소로 보고 종교는 여분의 것으로 보았던 와트의 입장은 "우리는 더 이상 종교와 신성한 텍스트를 다룰 필요가 없다"라고 주장한 제임슨(Fredric Jameson)이나 소설을 "세속적 양식"이라고 단언하는 레바인(George Levine)으로 연결되었다고 할 수 있다(Knight and Woodman 1~2).

그러나 소설에 대한 세속주의의 관점은 도전받기 시작하였다. 일찍이 엘리자베스 제이(Elizabeth Jay)는 『가슴의 종교: 영국 국교의 복음주의와 19세기 소설』(The Religion of the Heart: Anglican Evangelicalism and the Nineteenth-Century Novel, 1979)에서 소설이라는 양식과 복음주의의 역사가 서로 얽혀 있었음을 보여 주고 있다. 복음주의는 영국에서 18세기부터 발전하여 19세기에 기독교의 큰 부흥을 가져왔는데, 제이는 빅토리아 시대에 "한 사람의 종교적 삶은 그의 사회적 존재와 행동과 아주 밀접하게 연결되어 있어서 그것을 무시하는 것은 한 사람의 인격을 형성하는 영향력들에 대한 중요한 통찰력을 희생시키는 것"이었음을 지적하면서 복음주의의 사고와 실천들이 영국소설의 방향과 발전에 기여한 바를 분석하고 있다(Jay 2). 복음주의는 교회라는 단체의 권위보다는 하나님과의 인격적인 관계를 강조하고 개인의 판단을 중시함으로써, 한 인간에게 세속 사회가 자주 부정한 중요성을 부여했고, 이는 새로운 산업사회에서 사람들에게 새로운 철학적 대안을 제시하였으며, 개인과 사회의 복잡한 관계를 그리는 소설가들에게 도움을 주었다. 복음주의의 영적 서술은 개인의 중요성과 자아 성찰, 도덕적 성장, 개심에 대한 강조 등으로 소설이 하나의 장르로 발전하는 데에 심오한 영향을 주었던 것이다(Jay 7).

마크 나이트(Mark Knight) 또한 복음주의가 영국소설의 발전에 얼마나 중요한 영향을 끼쳤는지에 대해 다음과 같이 설명하고 있다.

> 복음주의의 사상, 네트워크, 실천들은 빅토리아 시대 소설의 내용에 골고루 스며들어 있다. 복음주의 운동의 특징들을 확인하고 그 특징들을 오늘날 우리의 비평 담론과 연결하는 것은 빅토리아 시대 소설이 참회와 얼마나 연결되어 있는지, 언어가 얼마나 독자들에게 영향을 줄 수 있다고 확신하고 있는지, 도덕의 문제에 얼마나 착념하고 있는지를 볼 수 있게 해 준다. … 소설이라는 형식은 작가들의 의식적·무의식적 결정과 그들을 지지한 폭넓은 출판 산업을 통해, 복음주의에 의해 만들어진 것이다. (Knight 6)

더구나 당시는 성경 그 자체가 서술의 근원을 발견할 수 있는 일종의 소설로 읽히던 시대였으므로, 성경 말씀이 빅토리아 시대 소설을 인정해 주고 의미를 갖게 하는 데에 자주 인용된 것이나 당대의 성경적 해석학이 세속적 문학 형식에서 상징을 예표론적으로 사용하는 데에 영향을 준 것은 전혀 놀라운 일이 아니다(Frazer 102). 밴스 또한 역사적으로 소설가가 "진실을 말하는 자"로 인정받게 되었을 때, 개인적 인물과 자아를 도덕적 행위자로 묘사하는 데에 근거하고 있는 소설 형식이 "어거스틴의 『참회록』(Confessions)으로부터 성경 그 자체로, 시편 저자들의 외로움과 고양된 기쁨, 또는 욥의 고난으로 추적되어 올라갈 수 있는 극화된 주체성(dramatized subjectivity)의 긴 역사 위에 세워질 수 있었다"고 소설이 가진 성경과의 긴밀한 관계를 분석하였다(Vance 28).

소설을 세속적 장르로만 보는 암스트롱을 비판한 헤디의 분석도 이와 궤를 같이 한다. 암스트롱은 "근대의 세속적 도덕성"이 가진 힘이 "어떤 제도화된 종교, 성경, 혹은 유대-기독교 윤리"에서 온 것이 아니라 "도덕성이 개인의 마음속에서 나오는 것으로 보이는 소설 작품"에서 나온다고 소설의 개인주의를 분석하였다(Armstrong 27). 이와 반대로 헤디는 대표적 영국소설들이 개심의 서술 양식을 가지고 있으며 이 서술들은 세속적이지도 개인주의적이지도 않았음을 지적한다. 헤디가 살펴본 작가들은 "신학적 가방을 들고 가는 언어적 체계에 참여하고 있음"을 지적하면서 "빅토리아인들에게, 개심의 언어가 가진 무게는 종교적 연상들에서 온다. 개심자는 성경적 리듬 안에서 말하며, 그렇게 함으로써 빅토리아 시대 문화의 핵심적 부분을 형성한 논쟁에 끼어들었다"고 분석하였다(Heady 10~11).

2. 포스트세속과 페미니즘

종교와의 관계 속에서 19세기 영국소설을 분석하려고 할 때 한 가지 짚고 넘어가야 할 점은 페미니즘에 관한 것이다. 19세기 영국소설을 대표하는 작가들 중에 여성 작가가 많은데, 오랜 남성 중심적인 비평의 역사 속에서 제대로 평가받지 못했던 여성 작가의 작품들을 되살림으로써 영국소설의 역사를 다시 쓴 것은 페미니즘 비평의 중요한 공헌이었기 때문이다. 그러나 페미니즘은 흔히 세속주의 비평의 하나로 분류되므로 포스트세속의 관점에서 어떤 의미를 가지고 있는지 살펴볼 필요가 있다.

페미니즘의 효시로 인정받는 메리 울스턴크래프트가 1792년 『여성권리옹호』(A Vindication of the Rights of Women)를 출판했을 때, 그녀는 밀턴(John Milton)이나 루소(Jean Jacques Rousseau) 등 당시 남성들의 사상을 비판하였고, 이들의 사상을 공유하는 영국의 교육가들이 여자의 미덕과 지성은 그것이 남자에게 매력적인 한에 있어서 유용한 것이지 그렇지 않다면 방해물에 불과하다고 보는 것을 비판하였다. 그런데 이러한 남성들의 사상을 비판하는 울스턴크래프트의 논점은 이성에 기초하고 있으며, 그 근거를 기독교에 두고 있었다. "자연, 아니 엄밀하게 올바로 말한다면 하나님은 모든 것들을 올바르게 만드셨다. 그러나 인간은 하나님이 만드신 것을 훼손할 많은 발명품들을 찾아냈다"고 하나님의 창조 질서를 훼손하는 남성들의 갖가지 사고를 비판하였다(Wollstonecraft 29~30). 울스턴크래프트는 합리주의와 기독교 사상에 근거하여 여자의 지적 열등성이 하나님이 주신 이성을 여자에게 길러 주지 않는 잘못된 교육에서 초래되었다고 비판하고, 여성을 그렇게 기르는 것은 남자와 여자를 자신의 형상을 따라 창조하신 하나님의 뜻에 어긋나는 것이라고 비판하였던 것이다. 이때 시작된 "제1차 페미니즘"은 이러한 기독교 사상에 근거하여 여성 교육을 시작하였고 여성 참정권 운동을 펼쳤으며, 법과 제도 개선을 통해 경제권, 노동권 등 남성과 동등한 권리를 얻기 위하여 분투하였다.

그런데 1960년대에 여성해방운동이 시작되고 "제2차 페미니즘"이 발전하면서 시작된 페미니즘 비평은 세속주의와 맞물려 많은 경우 반기독교적인 이론을 발전시켰다. 이에 앞장선 페미니즘 비평가로 길버트와 구바를 들 수 있다. 이들은 『다락방의 미친 여자』(The Madwoman in the Attic)에서 여성 작가들이 가졌던 "작가성에 대한 불안"이 하나님 아버지를 유일한 창조주로 믿는 가부장적인 기독교 전통에서 기인한 것이라며 기독교를 여성 작가의 목소리를 방해한 주범으로 비판하고 있다. 이들은 "유일한 하나님 아버지를 모든 것의 단 하나의 창조자라고 정의하는 가부장적인 원인론과 그러한 원인론에 의존하는 문학적 창조의 남성적 은유 둘 다가 오랫동안 문학 여성, 즉 여성 작가와 여성 독자를 똑같이 '혼동시켜' 왔다"고 비판하면서, 여성 혐오의 기독교 전통이 19세기 여성 작가들이 창조적 능력을 발휘하는 것을 두려워하게 했다고 주장하였다(Gilbert and Gubar 188~189).

그러나 기독교에 대해 단선적이고 환원적인 비판을 견지하는 세속주의에 기초한 페미니즘 비평은 19세기 영국 사회에서 가졌던 기독교의 의의를 왜곡시켰으며, 뛰어난 19세기 소설들을 출판한 여성 작가들이 왜 대부분 신실한 기독교인이었는지에 관한 문제는 애써 회피하였다. 19세기 여성 작가들이 기독교에 억압당했으며 그들의 작품 활동은 그러한 기독교에 대한 거부였다고 미리 가정하고 분석하기 시작한 것은 여성 작가들이 기독교와 가졌던 복합적이고 다층적인 관계를

제대로 평가할 수 있는 길을 방해하였던 것이다.[3]

사실 세속주의는 남성 중심적인 것이다. 쯔위슬러가 지적하였듯이 남성 중심 사회에서 자신의 경험이 공적 영역과 공적 담론에서 인정받게 되기를 기대하는 것은 남성 특권의 한 면모다. 세속주의는 여성들을 역사적으로 감정이라는 비이성성, 섹슈얼리티, 애정, 육체적 욕구 등과 함께 사적 영역을 대표하도록 주변화시켜 놓았다(Zwissler 134). 게다가 종교를 사적 영역 안에 존재하는 것으로 만들어 버림에 따라, 종교는 점점 더 여성과 관련된 것이 되었고, 세속주의는 여성이 종교를 통해 공적 영역에 참여할 수 있는 길을 막는 역할을 하였다.

이러한 세속주의와 연결된 페미니즘 비평이 가진 문제점이 제기되고 그에 따른 변화가 오기 시작한 것은 1990년대였는데, 이 시기는 페미니즘 안에서는 "제3차 페미니즘"이 시작되던 시기이자 세속주의와 관련해서는 종교의 회귀가 시작되어 포스트세속의 씨앗이 뿌려지던 때였다고 할 수 있다. 예를 들어 1995년에 루스 젠킨스(Ruth Y. Jenkins)는 『권력의 신화 회수』(Reclaiming Myths of Power)를 출판하여 여성 작가와 기독교의 관계에 대한 중요한 연구를 발표하였다. 이 책에서 젠킨스는 기독교가 고통받고 억압받는 자들에게 세상에 도전할 특권을 부여했는데, 이 특권에 근거하여 여성 작가들이 "기독교 예언자"의 전통에 합류하여 훌륭한 소설들을 출판할 수 있었다고 주장하였다.

---

3 이에 대해서는 졸저 『19세기 영국 여성 작가와 기독교』에 자세히 설명되어 있다. 이 책을 참조하는 경우 본문 안에서 자세히 밝히지 않은 채 인용하였다.

이 특권은 여성들에게 기독교를 회수함으로써 남성의 헤게모니에 도전하는 수단을 제공했다. 즉 신성한 담론을 가부장적으로 전용한 것을 이교적이라 명명하고, 자신들을 "하나님의 여종"이라 명명했는데, 이 두 가지 호칭은 모두 제도화된 종교를 전복시키는 것이었다. 이런 방법으로 그들은 사람들이 듣는지 혹은 믿는지의 여부와 상관없이 진실을 말했던 기독교 예언자의 전통에 동조하며 의식적으로 참여하였다. 수사적 전략으로서 이 신화를 회수하는 것은 여성들로 하여금 여성의 주변화를 정당화하는 언어를 반가부장제화하고 그러한 언어와 그에 따른 담론들을 새롭게 다시 쓸 수 있도록 해 주었다. (Jenkins 26)

고통받고 억압받는 자들에게 세상에 도전할 특권을 부여한 기독교 정신을 여성의 것으로 가져옴으로써 여성 작가들이 남성의 지배권에 도전하고 가부장적으로 왜곡된 기독교 실행을 비판하고 기독교가 추구하는 진실을 말하는 "예언자"가 되어 소설을 출판할 수 있었다는 것이 젠킨즈의 통찰이다. 영국의 19세기는 기독교의 가치가 모든 영국인의 삶에 절대적인 영향을 끼치고 있었던 종교의 시대였고, 기독교를 통해 사회를 변화시키고 인간의 삶을 변화시키려고 하던 시대였다. 이 시기에 여성 작가들이 기독교 신앙에 기초하여 사회를 향한 목소리를 내려고 하였다는 점을 제대로 인식하지 않는다면, 그들의 작품에 대한 이해도 충분한 것이 되기 어렵다. 당시 기독교의 부흥이 신앙심이 강했던 많은 여성 작가들에게 힘을 주었던 면, 즉 종교와 여성 작가 사이의 역동적 관계에 주목할 필요가 있는 것이다.

마즈든은 종교를 전수된 진리의 고정체로 보는 개념에 의존하는 비평은 이러한 여성 작가들을 단순히 기독교를 거부하고 반감을 가진 것으로 보이게 하지만, 이러한 비평은 기독교의 전통이 꾸준히 자신의 텍스트와 해석학을 다시 읽고, 통찰력을 가지고 재생산하는 것에 의해 움직이는 것임을 간과함으로써 초래된 결과라고 비판한다(Marsden 19). "종교적 문학 비평"의 필요성을 강조한 클라크에 의하면 실재의 성질을 세속적으로 이해하는 것에 기초한 해석학은 19세기 문학에서도 똑같은 이해가 지배적이었을 것이라고 가정하는, 적어도 "뛰어난" 문학에서는 그랬을 것이라고 가정하는 경향이 있다. 이러한 해석학은 종교적 인유[4]에 대한 몰이해를 낳고, 종교를 창조성과 형이상학적 통찰력의 근원으로 제대로 이해하지 못함으로써 19세기 작품에 대해 잘못된 해석을 초래하는 경우가 많다(Clarke 217).

이제 공적 영역에 포스트세속주의가 출현함으로써 종교와 세속주의를 어떻게 이해할 것인가에 대한 많은 문제가 제기되고 있는 가운데, 이 문제들 중에서 중요한 하나가 포스트세속 사회에서 젠더 정의를 어떻게 구현할 것인가다. 페미니즘 이론과 비평에서 주류를 이루고 있는 입장, 즉 페미니즘과 세속주의가 서로 의존하고 있는 것의 한계를 인식해야 하는 시점이 된 것이다(Reilly and Scriver 282). 브라이도티는 "페미니즘의 포스트세속적 전환"이, 정치적 주체성이 종교적 경

---

4 引喩(allusion)는 다른 예를 끌어다 비유하는 수사학의 한 방법이다. 예를 들어 성경 중에서 넌지시 인용한다거나 셰익스피어 극에서 인용하여 은근히 암시하는 식으로 문학에서 많이 사용되는 기법이다.

건에 의해 실제로 지지되고 전달될 수 있다는 개념 그리고 심지어 상당한 양의 영성을 포함한다는 개념을 명백하게 하고 있기 때문에 유럽의 페미니즘에 도전하고 있다면서, 이러한 포스트세속적 페미니즘이 하딩(Harding), 마흐무드(Mahmood) 등 다양한 사상가들에 의해 지지되고 있음을 분석하고 있다(Braidotti 2). 브랙크는 네덜란드의 젊은 복음주의 여성들과 이슬람 여성들을 관찰함으로써, 근대화와 세속화가 맞물려 있는 세속주의 이론을 파헤치고, 포스트세속의 관점에서 경건한 여성들의 주체성이 종교와 밀접하게 연결되어 있음을 분석하고 있다(Bracke 52).

베빙턴은 "복음주의 신앙은 19세기에 여성의 영역을 확장시키는 데 있어서 페미니즘보다 더 중요했다"라고 주장한 바 있다(Bebbington 129). 멜닉은 19세기 여성들의 신학적 관점은 다양했지만 "그들의 교리가 무엇이든 간에, 그들은 모두 매우 남성화된 하나님의 이미지에 대한 대안을 발견하려 노력했으며, 하나님과 인간의 관계에 대한 신학적 논쟁에 여성을 포함시키려 했고, 오랫동안 남자들의 영역이었던 신성한 계시의 근원과 권위를 재검토하기를 모색했다"라고 분석하였다(Melnyk 38). 이러한 분석들은 페미니즘과 세속주의가 서로 의존하는 것의 한계를 깨고, 19세기 문학을 페미니즘 관점에서 연구함에 있어서도 포스트세속의 관점들을 수용해야 할 필요성을 역설하고 있다.

3. 19세기 영국소설과 기독교

기독교가 영국인들의 삶에서 항상 중요한 역할을 했던 것은 사실이지만 그 중요성이 19세기만큼 컸던 적은 역사상 흔치 않다. 17세기 말과 18세기 초 영국에서 기독교는 과격한 청교주의에 대한 반발과 경험적 합리주의의 영향, 성직자들의 부패와 체제 순응적인 성향 등으로 인해 영향력이 많이 쇠퇴했었다. 그러나 18세기 후반부터 시작된 기독교의 부흥은 빅토리아 시대를 영국 역사에서 가장 종교적인 시대의 하나로 바꾸어 놓았다. 12세기와 17세기를 제외하고는 영국인들의 삶에 종교가 그렇게 커다란 부분을 차지한 적이 없었고, 종교의 이름으로 말하는 사람들이 그렇게 큰 힘을 발휘할 수 있었던 적이 없었다(Clark 20).

기독교인의 수와 목회자의 수가 전례 없이 증가하였고, 뜨겁고 열렬한 경건함이 보편화되었으며, 사회적 종교적 개혁을 위한 자원봉사 단체가 많이 생겼다. 그리고 선교에 대한 열정이 높아져 외국에 선교사를 많이 파견했으며, 종교적 출판도 급증했다. 전례 없이 종교적인 논쟁이 격렬하여 종교인, 신학자, 철학자들은 물론이고 과학자, 정치가, 예술가들도 이 논쟁에 참여했으며, 신앙에 대한 옹호나 비판이 에세이나 소논문에서는 물론이고 소설, 시, 연극에서도 활발하게 개진되었다(Woelfel 1). 종교문학이 많은 독자를 확보하고 있어서 종교시와 성가가 많이 쓰였고, 특히 종교소설이 큰 인기를 누렸을 뿐 아니라 세속적인 문학들도 성경에 대한 인유를 통해 작가와 독자 사이에 교두보를 마련하는 것이 중요한 관습이 되었다. 그래서 해리슨은 빅토리아 시대를 종교적 가치가 모든 사회적 이슈를 물들인 "종교의 시대"였다고 명명했다(Harrison 122).

이처럼 19세기가 영국 역사상 대표적인 종교적 시대가 된 것은 감리교의 부흥과 이에 힘입은 국교 저교회파(Low Church) 복음주의 부흥에 기인한 바가 컸다. 1740년대에 존 웨슬리(John Wesley)와 찰스 웨슬리(Charles Wesley) 형제는 예수에 대한 믿음과 삶에서 신앙의 중요성을 강조하여 개인적인 차원에서의 신앙부흥을 외쳤을 뿐 아니라 부패한 정치에 대한 비판과 강제징집에 대한 반대 운동 및 노예제도에 대한 강력한 반대 등을 통해 사회적인 차원에서도 기독교의 변혁적 잠재력을 부활시켰다. 그러나 감리교가 그 영향력에 한계를 가지고 있었던 반면에 영국 국교의 저교회파 복음주의 부흥 운동은 19세기가 진행되면서 사회 각층에 골고루 영향력을 발휘했다. 윌버포스(Wilberforce)로 대변되는 국회로부터 중산층과 하층민에 이르기까지 광범위하게 영향력을 끼쳤으며, 19세기 중반부터 다소 쇠퇴했다고는 하나 19세기 영국의 종교뿐만 아니라 정치·사회·문화 전반에 걸쳐 큰 영향력을 발휘하였고, 그 영향력은 오래 지속되며 빅토리아 시대 영국인들의 종교적 열심을 주도했다(Scotland 1~2).

복음주의의 핵심 내용은 인간의 죄성을 인식하고, 구원의 유일한 희망은 예수를 통해 온다는 것과 타락한 인간에 대한 공의로우신 분노를 그의 아들 예수의 속죄를 통해 영원히 해결하신 자비로운 하나님에 대한 사랑과 믿음이었다. 또한 성경의 권위를 강조하고, 믿음에 의해 의롭게 되기 위해서는 하나님의 영광을 기리는 것뿐 아니라 실질적인 행동을 통해서 거룩함을 추구하는 일이 뒤따라야 함을 강조했다 (Thormählen 15). 역사가인 영(G. M. Young)과 핸드컥(W. D. Handcodk)은 복음주의의 열정에 힘입어 "영국은 그 전 어떤 때보다 더 기독교적인 국가가 되었으며, 그 전과 후의 어떤 사회와 비교해 보아도 더 기독교 적인 국가가 되었다"고 분석하였다(White 27 재인용).

그런데 복음주의가 19세기 영국에 가장 큰 영향을 준 신학인 것은 사실이지만 복음주의가 19세기 영국의 유일한 신학은 아니었다. 19세기 초반에는 복음주의로 인해 국교 내 개혁이 진행되고는 있었지만, 아직 조지 왕조 시대의 신학이 널리 받아들여지고 있었다. 멜닉의 분석을 따르면, 종교가 삶의 핵심 요소였던 19세기 영국에서 중요한 신학으로는 복음주의뿐 아니라 영국 가톨릭, 자유주의, 로마 가톨릭이 있었다. 빅토리아 시대 영국 가톨릭의 신학은 영국 국교 내에 있는 로마 가톨릭적 요소를 다시 강조한 국교 고교회파(High Church)의 옥스퍼드 운동을 통해 성직자의 권위를 높이고, 로마 가톨릭의 전통과 신학을 되살렸으며, 신비적인 체험을 통한 직접 계시에 대한 관심을 되살렸다. 자유주의 신학은 유니테리언교와 국교 광교회파(Broad Church)에 의하여 전파되었는데, 다양한 신학적 관점에 관용적이었으며, 이성을 중시하여 감성적이거나 신비적인 요소를 최소화하고 원문 비평과 과학에서 이루어진 지적인 발견들을 환영했다. 그리고 주류가 아닌 소수이기는 했지만 로마 가톨릭도 19세기 영국에서 부흥하여 점차 영향력이 늘어났다. 그러나 멜닉은 자신이 열거한 네 가지 신학 중에서 복음주의가 국교 저교회파, 감리교, 침례교, 회중파 교회 등의 사고에 광범위한 영향을 준 가장 영향력 있었던 신학이었음을 밝히고 있다(Melnyk 36~38).

　　　포스트세속 시대에 종교와의 관계 속에서 영국소설을 다시 읽어 보려는 이 책은 19세기 영국인들의 삶과 사고와 문화에 깊고 넓게 영향을 주고 있던 기독교가 이 시기 소설의 내용과 형식에 어떤 영향을 주었는지를 살펴보고자 한다. 이를 위해 영국소설 중에서 제인 오스틴과 찰스 디킨스의 작품을 중심으로 그들이 기독교와 가졌던 관계를 재평가하고자 한다. 19세기 영국에서 소설은 문학의 가장 발달한 장르로서 화려한 꽃을 피워 위대한 작품들을 탄생시켰을 뿐 아니라, 소설의 역사에서도 가장 중요한 작품들을 배출한 시기였다. 그런데 그들 중에서 제인 오스틴과 찰스 디킨스의 작품을 다루게 된 것은 이들이 가장 종교적인 작가였기 때문은 아니다. 오히려 이들은 가장 종교적이지 않다고, 혹은 종교를 비판하고 멀리했다고 평가받아 온 작가들이다. 세속주의 비평에서 이들은 신앙이 없는 작가로 간주되거나, 때로는 반기독교적인 작가로 평가받기도 하였다. 그들의 신앙이 많이 곡해되어 제대로 평가받지 못해 왔던 두 작가의 작품 속에 종교가 어떻게 나타나 있고 그것이 작품을 어떻게 만들어 내고 있는지를 살펴보는 것을 통해 그동안 세속주의 비평이 가졌던 문제점이 드러나게 하고, 포스트세속적 관점으로 문학과 종교의 긴밀한 관계를 되살려 보고자 한다.

　　　그런데 오스틴과 디킨스 모두 19세기에 작품 활동을 하기는 했으나 좀 더 엄밀히 말하면, 오스틴은 18세기 후반부터 19세기 초반에, 디킨스는 19세기 중후반에 활동했던 작가였다. 오스틴은 1775년에 태어났고, 첫 작품을 1811년에 출판하였으며 1817년 사망할 때까지 6편의 소설을 완성하였다. 이 시기는 조지 왕조 시대(1714~1837) 말기에 속한다. 디킨스는 1812년에 태어났고, 1836년부터 소설가로서 작품 활동을 시작하였고, 1870년 사망할 때까지 15편의 소설을 출판하였으며(미완성 마지막 작품 포함), 그 외 다수의 중편 및 단편소설을 출판하였다. 디킨스가 활동했던 시기는 빅토리아 시대(1837~1901)의 초중반에 해당하는 것이다. 이처럼 비록 19세기에 작품을 출판하긴 했지만 활동 시기에 있어서 다소 차이가 있었던 오스틴과 디킨스의 신앙과 작품은 각 시기의 특징을 반영하고 있는데, 이 점에 대해서는 각 작가를 다루는 장에서 그들의 종교에 대해 살펴볼 때 자세히 다루게 될 것이다.

이 책은 두 작가의 작품들 중에서 각각 두 편씩을 분석하고자 한다. 오스틴의 작품 중에서는 『오만과 편견』과 『맨스필드 파크』를, 디킨스 작품 중에서는 『크리스마스 캐럴』과 『위대한 유산』을 분석할 것이다. 이 작품들이 각 작가의 기독교적 관점을 가장 잘 나타내고 있기 때문이라기보다는 그들의 작품 중 우리나라 독자들이 대부분 많이 읽는 작품들이어서 독자들이 이 작가들과 종교의 관계를 쉽게 이해하는 데에 도움을 줄 것이라고 생각하기 때문이다. 물론 두 작가의 기독교적 관점은 그들의 모든 작품 밑에 면면히 흐르고 있기 때문에 이 작품들에 대한 분석은 두 작가가 어떻게 자신들의 작품을 그들의 종교에 뿌리를 두고 위대한 작품으로 만들어 냈는지를 잘 보여 줄 것이다.

이러한 작업은 영국소설이 깊이 뿌리박고 있는 종교성, 영성, 가치관과 인식론 등이 어떻게 작품에 주제와 서술의 틀을 제공하였는지 보여 주고, 이 과정에 포스트세속 이론과 종교와 관련된 문학 비평의 성과를 포함시킴으로써 그동안 세속주의 비평들이 축소하거나 왜곡하였던 영국소설과 종교의 관계를 재조명하게 될 것이다.

2부

제인 오스틴

—결혼 플롯에 내재한 영적 구조

1. 오스틴의 신앙에 대한 논쟁

제인 오스틴은 1775년 영국 남부 햄프셔(Hampshire) 주의 스티븐튼 (Steventon)에서 조지 오스틴(George Austen)과 카산드라 리 오스틴(Cassandra Leigh Austen)의 일곱째 자녀로 태어났다. 아버지 조지 오스틴은 옥스퍼드 대학교에서 공부하였고, 서재에 500권이 넘는 책을 가지고 있을 정도의 수준 있는 학자였으며, 스티븐튼 교구의 목사였다. 어머니 카산드라 리 오스틴은 한때 옥스퍼드 대학교의 교원이었던 성직자의 딸로서 귀족의 혈통을 가진 집안 태생이었다. 제인 오스틴은 팔남매 중 일곱째로서 위로 오빠 다섯 명과 언니 한 명이 있었고, 아래로 남동생이 있었다.

그중 첫째 오빠인 제임스(James)와 넷째 오빠인 헨리(Henry)는 목사가 되었다. 할아버지와 증조부도 목사였으며, 두 조카, 몇몇 사촌들 그리고 제인과 가장 친하게 지냈던 언니인 카산드라(Cassandra)의 약혼자도 목사였다(카산드라의 경우 이 약혼자가 죽자 평생 결혼하지 않고 혼자 살았다). 제인이 오랜 친구였던 해리스 빅-위더(Harris Bigg-Wither)의 청혼을 받고 승낙했다가 다음날 번복한 것은 유명한 일화인데 그도 목사였으며, 가족들에 따르면 그녀는 죽기 전에 또 다른 목사와 진지한 관계를 가지고 있었다고 한다.

제인 오스틴은 이처럼 영국 국교도 성직자들에 둘러싸여 살았을 뿐 아니라, 그녀 자신이 국교도로서 신실한 신앙생활을 하였다. 주일에는 두 번 예배에 참석했으며, 어쩌다 저녁 예배에 참석하지 못한 날에는 집에서라도 형식을 갖춘 예배를 드렸다. 사촌인 에드워드 쿠퍼 목사의 설교문들을 비롯하여 많은 종교 서적을 읽었는데, 특히 토머스 셜럭(Thomas Sherlock) 감독의 여러 권 짜리 『설교집』(*Sermons*)을 좋아하여 "나는 다른 어떤 설교문보다 셜럭의 설교들을 좋아한다"고 밝힌 바 있다(Jane Austen, *Letters* 278). 또한 매일 기도하였을 뿐 아니라 신앙에 따른 삶을 살아 가난한 사람들을 위해 옷을 만들어 주기도 하고, 아픈 사람을 간호하고, 불행한 사람들에게 조언과 위로를 해 주었다고 한다. 또한 적은 수입에도 불구하고 기독지식증진회(Society for Promoting Christian Knowledge)에 계속 1기니를 기부하는 것도 멈추지 않았다고 한다(Ki 6).

오빠인 헨리는 1818년에 사후 출판된 『노생거 사원』(*Northanger Abbey*)과 『설득』(*Persuasion*)의 서문에서 제인 오스틴의 여러 가지 특성을 설명한 후, 그녀의 가장 중요한 특성이 독실한 그리스도인으로서의 신앙이었음을 다음과 같이 밝히고 있다.

언급해야 할 특성으로 오직 한 가지가 남았다. 이 특성에 비하면 다른 특성들은 중요하지 않다. 그녀는 온전히 신앙심이 깊고 독실하였다. 하나님께 죄짓는 것을 두려워하였고, 어떤 동료 인간에게도 죄를 짓게 하려는 마음을 가질 수 없었다. 엄숙한 주제들에 대하여 독서와 묵상 양자를 통해 정통하였으며, 그녀의 견해는 영국 국교회와 엄밀히 일치 하였다. (Henry Austen 8)

언니 카산드라 역시 같은 증언을 하고 있다. 제인 오스틴이 죽은 후, 조카 패니(Fanny)에게 쓴 편지에서 카산드라는 제인을 "사랑하는 천사"라고 부르며 천국에 가 있을 그녀를 생각한다.

어떤 이의 죽음도 이 사랑스러운 피조물의 죽음보다 더 진지하게 사람 들이 애통해한 적이 없었다. 그녀가 세상을 떠날 때 사람들이 느꼈던 슬픔이 그녀가 천국에서 환영받는 기쁨의 전조가 되길! … 만일 내가 이 땅에서의 그녀를 덜 생각하게 된다면 하나님께서 나로 하여금 천국 에 살고 있는 그녀를 생각하는 것을 결코 멈추지 않게 해 주시고, (하나 님께서 원하실 때) 거기에서 그녀와 합류하고자 하는 나의 겸손한 노력 을 결코 멈추지 않게 해 주시기를! (Jane Austen, *Letters* 347~348)

그런데 제인 오스틴의 작품에는 종교에 대한 직접적 언급이나 성경 인용이 거의 없는 반면, 아이러니와 위트를 통한 그 시대에 대한 풍자가 가득하고 많은 성직자들도 풍자의 대상이 되어 있다. 오스틴은 종교적 교훈이 가득한 한나 모어(Hannah More)의 『아내를 찾는 코렙스』(Coelebs in Search of a Wife)에 대해서는 너무 설교가 많다고 비판한 적도 있다. 이러한 것을 근거로 오스틴은 신앙과 거리가 먼 명목상의 교인이었을 뿐이라고 보는 경향이 있었다.

예를 들어 러너는 오스틴이 신앙의 관점에서 자신의 경험을 해석하지 않았다면서 "소설가 오스틴은 하나님을 믿지 않았다. 왜냐하면 믿음이나 가치는 그것이 예술적으로 나타났을 때만 의미가 있기 때문이다"라고 주장하였다(Lerner 20). 라일 또한 "그녀는 일요일의 생각과 창조적 상상력 사이에 커튼을 쳤다. 그녀의 여주인공들은 종교적 믿음이나 신학적 교리에 의존하지 않고 도덕적 어려움을 대면하고 윤리적 문제들을 해결하였다"라고 주장하였다(Ryle 117).

그러나 이렇게 주장하는 세속주의적 학자들에 반대하는, 포스트세속적 관점을 가진 학자들 사이에서 오스틴의 신앙이 그녀의 작품에서 핵심적인 중요성을 가지고 있음을 인지하고 분석하는 비평들이 많이 나오기 시작하였다. 덕워스는 오스틴이 두 가지 도덕적 책임을 강조했는데, 그중 하나는 종교에 대한 의무며, 다른 하나는 사회에 대한 의무였다면서, "궁극적으로, 나는 제인 오스틴의 도덕성은 종교적 원칙에 근거해 있다고 믿는다"라고 피력하였다(Duckworth 26). 콜린스는 "제인 오스틴은 신앙심이 깊은 여성이었다. 그녀는 자신이 소설에서 주창하는 도덕성이 기독교의 핵심 부분이 아닌 다른 어떤 것이라고는 생각했을 리가 없다"고 주장하였다. 오스틴은 도덕성을 정치적 이론에서 도출한 것이 아니라 어린 시절부터 배운 교리문답과 십계명에서 도출한 것이었다. 이런 맥락에서 부모에 대한 공경, 다른 사람의 재산에 대한 존중, 말과 행동에 있어서의 솔직함, 자신을 사랑하듯이 이웃을 사랑함과 같은 것들은 종교의 대체물이 아니라 매일의 삶에서 종교를 표현하는 것으로 보았다는 것이다(Collins, *Jane Austen* 182). 옥스퍼드 대학에서 공부한 아버지 조지 오스틴 목사에게 교육받은 제인 오스틴은 설교에 의해서가 아니라 사람들에게 하는 행동을 통해 신앙이 나타나야 한다고 생각하였고, 삶에서뿐 아니라 작품에서도 종교적인 헌신에 대하여 말하기보다는 사람들이 서로에게 행하는 선악과 사회에 대한 태도의 예들을 보여 주는 것에 집중하였다.

기핀은 인간의 본성 안에 있는 결함과 양육 과정의 잘못에 대한 오스틴의 인식은 신고전주의 철학과 신학은 물론 성서에 기초를 두고 있기 때문에 오스틴의 문학적 논평을 세속적 영역과 종교적 영역으로 명확히 구분하는 것은 불가능하다고 논증하였다. 오스틴의 소설들은 인간의 결점을 비판하고, 결혼, 사회, 교회를 포함하는 인간 제도들의 결함을 비판하였는데, 그녀의 비판은 영국 국교 내에서 경건한 그리스도인으로서 행한 것이며, 고전적 형이상학—즉, 고전적 그리스와 고대 유대교 그리고 기독교의 세계관을 종합한 형이상학—을 믿는 조지 왕조 시대의 신앙인으로서 행한 것이라고 단언하였다(Giffin 2). 엠슬리 또한 "오스틴이 작품에서 종교에 대해 과묵했던 것은 영성에 대해 언급하기를 자제하는 영국 국교의 관습에 기인한다고 할 수 있다. 기독교 신앙은 그녀의 사고방식에 근본적인 것이었기 때문에, 신앙은 그녀의 소설 속에서 논의될 필요가 없었던 것이다"라고 주장하면서, "오스틴은 그녀의 시대보다 앞서서 글을 썼던 사람들의 전통의 맥락에서 철학적이고 종교적인 작가로서 진지하게 연구되어야 한다"라고 설파하였다(Emsley 32, 84).

오스틴이 작품 속에서 종교적 언급을 최소화한 것은, 콜린스가 지적했듯이 설교를 통해서가 아니라 사람들에게 하는 행동을 통해서 신앙이 나타나야 한다고 생각했기 때문이기도 하고, 엠슬리가 지적했듯이 영성에 대해 언급하기를 자제하는 영국 국교의 관습에 기인하는 면이 있기도 하지만, 또 하나의 이유는 "엄숙한"(serious) 주제, 즉 종교적 주제는 완전히 엄숙한 영역에 속하는 것이지 소설이라는 통속적 영역에 속하는 것이 아니라고 생각했기 때문이었기도 하다. 소설이라는 장르는 아직 오락을 위한 가벼운 읽을거리 정도로 생각되던 때였고, 이러한 소설에 대한 당대의 태도에 대해 오스틴이 어떻게 생각했는지는 『노생거 사원』(Northanger Abbey)의 다음 장면에 잘 나타나 있다.

그녀가 썼던 첫 소설인 『노생거 사원』의 앞부분에서 서술자는 소설이 "오만과 무지와 유행" 등에 의해 부당하게 비난받고 있기에 소설 작가들은 "상처받은 몸"이라고 주장하면서, "소설가의 능력을 비판하고 소설가의 노동을 깎아내리고 천재성과 위트와 취향을 골고루 갖춘 소설을 우습게 보려는 태도가 깔려 있다"라고 비판한다. 이런 상황 속에서 여성 작가의 소설을 읽는 것을 부끄럽게 여기는 여성 독자들을 역설적으로 묘사한다.

"무슨 책 읽어요, 아가씨?" 아가씨는 "그냥 소설이에요"라고 대답한다. 무관심한 척하면서 또는 순간적으로 부끄러워하면서 소설책을 내려놓는다. "그냥 『세실리아』, 『까밀라』, 『벨린다』라는 책이에요." 그러니까 간단하게 말하면 정신의 위대한 힘이 드러나고, 인간 본성에 대한 가장 철저한 지식과 인간 본성의 변화에 대한 가장 행복한 묘사와 위트와 유머의 생생한 발현이 세상 사람들에게 가장 선별된 언어로 전달되는 그런 작품이란 말이다. (『노생거 사원』 40~41)

여기서 오스틴은 특히 여성들이 작가로 많이 활동하였기 때문에 더 비난과 무시의 대상이 되었던 소설을 변호하면서 소설의 풍부한 의미들을 제대로 읽어 내지 못하면서 피상적으로 즐기는 독자들과 이해력 부족과 문자적인 글 읽기로 인해 오독을 하는 독자들을 풍자한다.

그러나 동시에 이 부분은 오스틴이 소설에 대해, 특히 여성 작가의 소설에 대해 사회나 독자가—남성 비평가뿐만 아니라 여성 독자 스스로도—어떻게 평가하는지를 통렬하게 인식하고 있었음이 드러나는 부분이기도 하며, 여성 작가로서 소설을 어떻게 써야 할지에 대해 깊이 고민한 것을 엿볼 수 있는 대목이기도 하다. 때문에 여기에서 우리는 오스틴이 소설이 그렇게 무시되는 것에 대해 비판적이기는 하였으나, 그렇게 무시받는 소설에서 거룩하고 엄숙한 종교적 문제를 직접 다루는 것에 대해 매우 조심스럽게 생각했을 것이라는 점을 추측할 수 있다. 당시의 다른 작가들과 달리 오스틴은 작품 속에서 성경을 직접 인용한다거나 신학적 문구를 집어넣는다거나 성경의 주요 인물들의 이름을 자기 소설 속 인물의 이름으로 사용하거나 하는 것도 자제하였는데, 이는 오스틴이 얼마나 "종교적 예의"(religious decorum)를 중시하였는지를 잘 보여 주고 있다(White 36).

그러므로 오스틴은 일상적인 삶을 그리는 것을 통해 일반적인 사람들이 매일매일 어떻게 행동할 것인지를 결정하는 것을 보여 줌으로써 종교적 예의를 지키면서 '엄숙한' 기독교의 가치들에 대한 가장 중요한 결정을 보여 줄 수 있다 생각했다고 유추할 수 있다. 그러므로 테이브는 오스틴이 소설가로서 가졌던 종교적 태도를 다음과 같이 정리하고 있다.

> 『영국 국교회 기도서』(Book of Common Prayer)와 수많은 설교와 도덕적 에세이에 나타나 있는 세 가지 의무, 즉 하나님에 대한 의무, 이웃에 대한 의무, 자기 자신에 대한 의무 중에서 하나님에 대한 의무는 제인 오스틴에게 있어 소설가에게 알맞은 주제가 아니었다. 그러나 다른 두 가지는 알맞은 주제였고 대단히 중요한 주제가 되었다. … 왜냐하면, 그것들은 일상적 삶에서 종교에 대한 매일의 표현이었기 때문이다. (Tave 112)

오스틴의 종교적 가치들은 실제로 작품이 그리고 있는 매일매일의 삶 속 모든 곳에서 묻어나고 있다. 인물들의 일상적 행동들은 그들의 도덕적 영적 상태를 드러내며, 주인공들은 남녀 불문하고 자유로운 피조물로서 그리스도인의 성숙으로 변화하고 자라날 수 있는 능력을 보여 준다. 오스틴은 이 세상에 사는 것은 한 사람의 기독교적 가치에 대한 최선의 테스트임을 보여 주고 있으며, 오스틴의 소설들은 기독교적 목적이라는 기반 위에 기초해 있다(White 66).

2. 오스틴과 영국 국교(조지 왕조 시대)

오스틴이 살았던 시기(1775~1817)는 조지 왕조 시대(1714~1837)의 말기에 속한다. 이 시기는 산업혁명이 일어나고, 미국독립전쟁, 프랑스혁명과 나폴레옹전쟁이 일어난 격변의 시기였다. 20세기 비평가들은 오스틴을 단순히 19세기 작가로 읽는 경향이 있었지만 사실 오스틴의 모든 작품은 19세기 초, 즉 19세기를 대표하는 빅토리아 시대가 시작되기 전에 출판되었다. 1660년의 왕정복고부터 1837년 조지 왕조가 끝났던 때까지를 "긴 18세기"(long eighteenth-century)로 보는 사람들은, 이 시기가 기질적인 면에서나 기풍에 있어서 빅토리아 시대(1837~1901)와 많은 차이점을 가지고 있었다고 분석한다.[5]

조지 왕조 시대의 영국 국교를 분석한 기핀에 따르면 이 시기에 국가와 교회라는 대세계는 영지와 교구라는 소세계와 유기적으로 연결되어 있었다. 세속주의가 나타나기는 했지만 사회는 아직 반종교적

---

5 오스틴이 살았던 시기를 "섭정 시대"였다고 말하기도 하는데, 섭정 시대는 좁은 의미에서는 조지 3세의 정신적인 문제 때문에 아들인 조지 왕자가 왕을 대신했던 1811~1820년을 가리키고, 넓은 의미에서는 조지 왕자가 조지 4세가 되었던 시기를 포함하여 조지 왕조의 마지막 1/3에 해당하는 시기, 즉 1795~1837년을 가리킨다.

인 의미에서 세속화되지 않았고, 종교적인 문제들은 공적인 중요성을 가지고 있었으며 사적인 문제나 심리적 문제로 치부되지 않았다. 영국인의 삶은 아직 시골 생활과 농업에 기초하고 있었으며, 교회와 교구는 국가와 토지와의 연결을 통해 사회 통합과 사회 안녕의 핵심점에 있었다(Giffin 23~24).

이러한 시기에 제인 오스틴은 영국 국교 목사의 딸로서 목사관에서 자랐으며, 자신의 신앙에 진지하였고, 신앙을 삶 속에서 실천에 옮기며 살았다. 오스틴의 종교적 견해의 핵심에는 이성에 대한 신고전주의적 강조가 위치해 있다. 이성은 그리스 계몽주의에서 처음 제기된 것이지만 조지 왕조 시대에 주류 국교의 도덕성과 영국의 풍습이 기초하고 있던 "자연법"(natural law)의 제1의 요소였다. 자연법은 하나님에 의해 창조된 모든 것은 이유와 목적을 가지고 있으며, 하나님에 의해 만들어진 이성은 우리가 우주의 목적을 이해할 수 있는 핵심적 방법이라고 본다. 1695년에 로크(John Locke)가 출판한 『기독교의 합리성』(*The Reasonableness of Christianity*)은 18세기 영국 신학의 거의 모든 면을 잘 예견하고 있는데, 합리성은 하나님의 계획을 따르는 것으로, 인간에게 하나님의 계획을 분별하도록 허락하는 것으로 추정되었다(White 79). 창조된 만물은 이유와 목적을 가지고 있다고 보는 자연법에 따르면 인간을 창조한 이유와 목적은 인간이 선을 행하고, 악을 피하며, 하나님을 알고 사랑하게 하기 위한 것이었다. 자연법의 핵심 개념 중 하나는 인간에게 일어나는 모든 것에 대한 이유를 하나님의 섭리로 보는 것이다. 이 섭리는 하나님이 세상을 창조할 때 궁극적인 구원을 계획하였고, 역사와 사건들을 주관하며, 사람들의 삶을 항상 주관한다고 본다.

이성의 목적은 개인과 공동체에 도덕적 양심을 깨우고 풍습을 세워 주는 것이었다. 자연법의 방법론은 무엇이 선한 것인가에 대한 깨달음에 도달하기 위하여 자연을 숙고함에 있어서 이성을 사용하는 목적론적인(teleological) 것이다. 한편 기독교가 윤리와 도덕에 도달하는 방법으로 사용하는 것에는 자연법만 있는 것이 아니고, "신성한 명령"이 존재한다. 이것은 계시적인(deontological) 것으로서 이 방법론에서는 성서에 나타난 것을 이해해 의무, 책임, 책무를 다하는 것에 도달하기 위하여 이성을 사용한다. 영국 국교는 역사적으로 이 두 가지, 즉 자연법과 신성한 명령의 법을 창조적 긴장 속에 두었지만 조지 왕조 시대에는 주류 국교의 도덕에서 자연법이 주류를 이루었다(Giffin 24~25). 그러나 코펠은 극단주의적이고 반지성적이었던 청교도들에 반대하고 인간 이성의 중요성을 옹호했던 18세기 국교도들도 이성의 힘이 근본적으로 하나님의 자비에 의존해야 한다는 점을 결코 잊지 않은 채 이성의 중요성을 강조한 것이었다고 설명하고 있다(Koppel 16).

조지 왕조 시대 말기에 살았던 오스틴의 삶은 이성적이고, 계몽적이고, 관대한 입장인 중용(via media)의 전통을 따른 것이었으며, 오스틴은 소설을 통해 사회적 경제적 도덕적 문제에 대한 당시 주류 영국 국교의 견해를 보여 준다. 오스틴의 편지와 가족의 증언들을 분석한 맥도나휴는 오스틴의 종교의 성격은 국교 고교회파(High Church)적이었고, 종교를 개인적인 것뿐 아니라 국가적인 것으로 보았으며, 영국에서 신앙심이 증가하고 공적 도덕성이 증진되는 것을 기뻐했다면서, 오스틴에게 있어 국교회주의와 애국주의는 연결되어 있었다고 한다. 그는 제인 오스틴의 신앙에 대해 "정통파의 경건한 개신교적 의미에 있어서 그리스도 중심적"이었다고 평가하고 있다(Macdonagh 7).

오스틴은 이처럼 영국 국교의 신앙을 가지고 있었지만, 동시에 당시 국교가 안고 있는 문제점들에 대하여는 비판하고 개혁하기를 원했다. 교구 목사들의 교구 장기 결근(absenteeism)은 심각한 문제였는데, 이는 성직 겸임(pluralism)과 비거주(non-residency)의 문제와 연결되어 있었다. 성직 겸임이란 한 사람이 둘 이상의 교구를 맡아 여러 성직록(living: 국교 성직자로서 평생 받게 되는 수입)을 받는 것을 의미하며, 비거주란 성직 겸임에 필연적으로 따라오는 결과로서 적어도 한 교구에서는 살지 않는 것을 허용해 주는 것이었다. 18세기 말에는 국교 목사의 약 1/3이 하나 이상의 성직록을 가지고 있었다고 한다(Collins, "Displeasing Pictures" 116~117). 이 문제는 대부분의 목사들이 한 교구에서 받는 성직록만으로는 경제적으로 제대로 살아갈 수가 없었던 당대의 현실 때문에 불가피한 면이 있었지만 어떤 목사들은 1년에 한 번 자신의 교구를 돌보러 가는 경우가 있을 만큼 교구민들을 제대로 돌보지 않는 경우가 많이 발생하였다. 목사들의 극단적 빈부 격차, 세속적인 기질, 성직 수여권의 문제들과 함께 이러한 문제들은 효과적으로 교구민들을 돌보는 일을 방해하였고, 교구민들의 영적 상황은 악화되었다.

이러한 국교의 문제점들을 비판하고 교회의 개혁과 영적 부흥의 필요성을 인식하고 개혁 운동을 일으킨 것이 복음주의 운동이었다. 오스틴은 복음주의 운동에 대하여 좋지 않게 생각했던 것으로 알려져 있지만 그녀가 비판했던 복음주의 운동은 국교 내 복음주의라기보다는 비국교, 즉 감리교나 루터교 등의 복음주의에 대한 것으로, 그 차이를 구분할 필요가 있다. 감리교를 창시한 웨슬리 형제는 순회 설교를 중시하였는데, 국교는 교구가 신앙생활의 중심이 되어야 한다고 보아 교구를 무시하는 순회 설교를 비판하였다. 또한 비국교의 복음주의, 특히 감리교는 감성을 중시하고 광신적이라는 비판을 받았던 반면에, 국교 복음주의는 감성과 격정에 호소하는 것을 장려하지 않았다.

신앙에 있어서 감정보다는 이성과 의무를 강조하였고, 자신을 도덕적으로 검토하는 것을 중시하였던 오스틴으로서는 비국교도들에게서 시작된 복음주의 운동에 쉽게 동조하기 어려웠을 것이다. 오스틴이 『아내를 찾는 코렙스』와 같은 복음주의 소설을 싫어했던 것은 잘 알려진 사실이다. 언니인 카산드라가 제인에게 한나 모어가 1809년에 출판한 이 소설을 읽어 보라고 하자, 제인은 "내가 전에 그것을 내키지 않아 했던 것은 짐짓 그런 척을 한 것이었지만, 이제는 정말이야. 나는 복음주의자들을 좋아하지 않아"라면서 그 책을 읽지 않겠다고 답했던 것은 유명한 일화다(Jane Austen, *Letters* 170).

그러나 오스틴은 국교회주의를 둘러싼 핵심 문제점들에 대해서 개혁을 지지하였고, 그러한 개혁을 부르짖은 국교회 내의 복음주의에 대해서는 동조하였다. 국교회 복음주의는 루터교, 감리교, 칼빈주의와 같은 비국교도 복음주의와는 달랐고, 오스틴은 국교회 복음주의자들에 대해 "국가의 목적과의 연결을 잃지 않은 채 복음의 절박성을 재발견하였다고 느꼈다"(White 26). 1814년 11월 18~20일에 조카인 패니

(Fanny Knight)에게 보낸 다음 편지는 오스틴이 이러한 복음주의의 관점과 목적에 상당히 동조하는 것을 보여 주고 있다.

> 나는 우리가 모두 복음주의자가 되지 말아야 한다고는 결코 생각하지 않는다. 나는 적어도 이성과 감성으로부터 복음주의자가 된 그들은 가장 행복하고 안전함에 틀림없다고 믿게 되었다. (Jane Austen, *Letters* 280)

복음주의에 대한 오스틴의 입장이 이렇게 바뀌게 된 것은 복음주의자들이 헌신적으로 학교를 세우고, 가난한 사람들을 돌보고, 그들을 위해 기금을 모으는 것을 보았고, 노예무역을 금지시키고, 노예해방을 위해 앞장서는 것을 목도하였기 때문이라고 추측된다(Ki 7). 대표적 복음주의자였던 국회의원 윌버포스(William Wilberforce)는 국교회의 핵심 문제로 "죄의식의 부식"을 비판하였으며, "눈에 보이고 똑똑히 눈에 띄는 개혁"을 통해 명목상의 신앙을 행동으로 옮길 것을 강조하여 노예무역을 폐지시키고, 사회의 약자들을 위해 수많은 개혁을 법령화했다. 19세기는 개인의 구원이 이러한 외적 행동을 가능하게 한다는 것을 목격한 시기로서 복음주의가 주도한 개혁은 노예제도, 아동노동, 매춘에 반대하고, 감옥과 공장의 개혁을 이루어 냈다(White 27). 이러한 개혁을 목도하면서 복음주의에 대한 오스틴의 입장이 바뀐 이 시기는 『맨스필드 파크』(*Mansfield Park*)를 출판한 해이기도 한데, 오스틴은 『맨스필드 파크』에서 복음주의자들이 진척시켰던 종교적·사회적 개혁의 대부분을 이슈로 다루고 있다.

3. 오스틴의 기도문과 작품 세계

오스틴의 신앙을 좀 더 구체적으로 이해하기 위해서는 그녀가 쓴 기도문을 살펴보는 것이 필요하다. 오스틴이 소설에서는 종교적인 주제를 직접적이지 않은 방법으로 다루고 있지만 기도문에서는 종교적 언어를 아낌없이 사용하여 분명하게 표현하고 있기 때문이다. 오스틴은 세 편의 기도문을 남겼는데, 이 기도문들은 사적인 기도문이 아니라 당시 사람들이 항상 따라 했던 『영국 국교회 기도서』에 나오는 "저녁기도"의 형식으로 쓰여 있으며 "대표 기도"(collect)의 순서를 따르고 있다. 이 기도문들은 저녁때 드리는 가족 예배를 위해 쓰인 것으로 보이는데, 거의 공통적으로 다음과 같은 요소들이 나타나 있다. 즉, 은혜에 대한 간구, 그날의 죄에 대한 용서 구하기, 축복에 대한 감사, 그날 밤 보호해 달라는 간구, 세상을 구원하신 하나님의 은혜를 잘 깨닫게 해 달라는 간구 그리고 주기도문으로 연결되며 끝을 맺는다. 이 중에서도, 죄를 고백하고 용서를 간청하며 하나님의 자비를 간구하는 부분은 가장 길고 갈급하게 나타나 있다.

이처럼 그녀의 신앙을 잘 보여 주고 있는 오스틴의 기도문은 또한 그녀의 신앙과 작품 세계가 어떻게 연결되어 있는지도 알 수 있게 한다. 첫 번째 기도문을 자세히 살펴보자.

전능하신 아버지여, 부디 은혜를 베푸사 우리의 기도를 들어 주시고, 우리의 입술로 우리의 마음을 당신께 말할 수 있게 하여 주십시오. 당신은 무소부재하시며, 당신에게는 어떤 비밀도 감출 수 없습니다. 이것을 앎으로써 경배심과 전심을 다해 우리의 생각을 당신에게 집중하도록 가르쳐 주셔서 우리의 기도가 헛되지 않게 해 주소서.

오늘 우리가 저지른 죄를 자비를 가지고 보아 주시고, 우리가 그 죄들을 깊이 느끼게 자비를 베푸셔서 우리의 회개가 진지하게 하시고, 앞으로 그러한 죄를 저지르지 않도록 노력하겠다는 우리의 결심이 굳건하게 하소서. 우리 자신의 가슴속에 있는 죄성을 깨닫도록 우리를 가르쳐 주시고, 우리의 동료 인간들을 불편하게 하고 우리 자신의 영혼을 위험에 빠지게 하기까지 우리가 탐닉했던 모든 악한 습관과 잘못된 기질을 우리가 깨닫게 해 주십시오. 우리가 지금, 그리고 밤이 돌아올 때마다 지난 하루를 어떻게 보냈는지 생각하게 하시고, 우리의 주된 생각과 말과 행동이 무엇이었는지, 우리가 자신을 얼마나 악에서 무죄하다고 할 수 있는지 생각하게 하소서. 우리가 당신을 불경건하게 생각했거나 당신의 계명에 불복종했거나 해야 할 어떤 의무를 게을리했거나 또는 누군가에게 의도적으로 고통을 준 적이 있습니까? 우리로 하여금 우리의 가슴에 이러한 질문을 하도록 이끌어 주시고, 오! 하나님, 교만이나 허영으로 우리 자신을 속이지 않도록 우리를 구하여 주십시오. …

다른 모든 축복보다 오! 하나님, 우리는 당신께 세상을 구원하시는 당신의 자비를 빨리 깨닫게 해 주시기를, 우리가 그 안에서 자라난 거룩한 종교의 가치에 대해 빨리 깨닫게 해 주시기를 우리 자신과 동료 인간들을 위해서 간구합니다. 그리하여 우리 자신의 나태함으로 인해 당신이 우리에게 주신 구원을 내던져 버리거나 단지 이름뿐인 그리스도인이 되지 않도록 해 주십시오. 전능하신 하나님, 우리를 구원하시고 우리에게 기도를 가르쳐 주신 그분을 위하여, 우리의 기도를 들어주소서. 하늘에 계신 우리 아버지여…. (Collins, *Jane Austen* 197~198)

이 기도문은 무엇보다 오스틴의 깊은 신앙심을 잘 보여 주고 있다. 하나님의 자비의 크심에 탄원하며, 그의 전지전능하심과 무소부재하심을 찬양하고, 그것을 제대로 앎으로써 하나님께 경배하고 기도할 수 있게 해 달라는 간절한 믿음과 소망으로 시작하는 이 기도문은 세상을 구원하기 위하여 자신을 희생하신 예수의 희생과 그의 삶이 보여 주는 거룩한 가치관을 깨달아야 하며, 십자가에 죽으심으로 우리에게 주신 구원을 나태함으로 내던져 버리고 명목상의 그리스도인이 되지 않도록 부지런히 예수가 가르쳐 주신 삶을 실천할 수 있기를 간구하면서 예수가 가르쳐 주신 기도, 즉 주기도문으로 연결되며 끝나고 있다.

둘째로, 이 기도문에서 오스틴은 자기 자신을 그리스도인의 삶을 위해 열심히 살아가는 신앙의 사람들, 즉 교회 공동체 안에 위치시키고 있는 것을 볼 수 있다. 자아는 기도 드리는 여러 사람 속으로 들어가 "우리"가 되고, 그들은 모두 오스틴의 "동료 인간들"(fellow-creatures)로 지칭되며, 오스틴의 기도는 자신뿐만 아니라 그들을 위한 기도가 된다. 오스틴이 남긴 세 기도문에서 모두 "동료 인간들"이라고 불리는 사람들은 그녀의 소설에 등장하는 것처럼 다양한 사람들로 구성되어 있는데, 어리석고 바보 같은 사람들로부터 똑똑하고 세상적인 사람들, 이기적이고 잔인한 사람들, 타락한 사람들에 이르기까지 다양하다. 이들의 세계는 구원받아야 하며, 이는 그리스도의 발자취를 따라 변화되는 (여)주인공들의 모범과 선행으로 이루어지는데, 이들 그리스도인들은 자아의 깊은 곳으로 내려가야만 일어나 타자와 연결되고 자신의 삶과 세상을 바꿀 수 있게 된다(Dabundo 99~100).

셋째로, 오스틴은 "우리가 당신을 불경건하게 생각했거나 당신의 계명에 불복종했거나 해야 할 어떤 의무를 게을리했거나 또는 어떤 사람에게 의도적으로 고통을 준 적이 있습니까?"라는 질문으로 자신을 반성한다. 한 문장 안에서 하나님에 대한 경배의 부족, 계명을 어기고 해야 할 의무를 다하지 않은 것, 다른 사람에게 의도적으로 고통을 준 것을 한꺼번에 반성하고 있는 이 부분은 오스틴이 예수의 가르침의 핵심, 즉 하나님 사랑과 이웃 사랑을 동일한 것으로 보고 있음을 보여준다. 이것은 오스틴이 작품에서 하나님 경배라는 종교적인 내용을 직접 언급하지 않았어도 핵심 주제로 다룬 동료 인간들에 대한 사랑이 그녀의 신앙에 기초해 있음을 알 수 있게 한다.

넷째로, 이 기도문은 오스틴이 작가로서의 자신과 자신이 창조할 인물들에게서 무엇을 중요하게 생각하고 핵심적으로 다룰 것인지를 엿볼 수 있게 한다. 오스틴의 신앙이 어떠한 것인지, 죄라고 생각하는 것이 무엇인지, 인간의 잘못에 대해 특히 자신의 잘못에 대해 얼마나 통렬한 인식을 가지고 있는지 나타나 있을 뿐만 아니라, 이러한 죄에 빠지지 않게 해 주기를 간구하는 것으로부터 작품 속에서 어떠한 인물들의 모습을 그릴지, 그리고 그 인물들이 성숙해 간다는 것이 무엇을 의미하는 것인지 유추할 수 있게 한다.

그런데 그중에서 가장 중요하게 다루어지는 문제는 자아 인식(self-knowledge)의 부족 문제다. 오스틴이 "우리 자신의 가슴속에 있는 죄성을 깨닫도록 우리를 가르쳐 주시고, 우리의 동료 인간들을 힘들게 하고 우리 자신의 영혼을 위험에 빠지게 하기까지 우리가 탐닉했던 모든 악한 습관과 잘못된 기질을 우리가 깨닫게 해 주십시오"라고 기도한 부분에 그것이 잘 나타나 있다. 자신을 안다는 것은 오스틴의 (여)주인공들에게 필수적으로 요구되는 덕목인데, "우리 자신의 가슴속에 있는 죄성"으로 인하여, "동료 인간들"을 힘들게 하고 "자신의 영혼"까지 위험에 빠뜨리게 되는 모든 악한 습관과 기질을 깨닫게 해 주기를 기도하고 있는 것은 오스틴이 그리는 인물의 성장 혹은 성숙에 핵심적인 **자아 인식**이 가지고 있는 종교적 의미를 보여 준다. 또한 자아 인식을 가지고 있다는 것의 의미는 단순히 자신을 안다는 것에 그치지 않고, 자신의 죄성을 깨닫는 자아 인식을 통해 "동료 인간들"을 힘들게 했음을 깨닫는 것과 직결되어 있다. 이에 대해 화이트는, "그녀의 기도의 가장 특이한 면모는 그 기도들이 더 큰 자아 인식과 더 큰 사랑을 호소하고 있다는 것이다"라고 지적하였다(White 72).

끝으로, "교만(pride)이나 허영(vanity)으로 우리 자신을 속이지 않도록 우리를 구하여 주십시오"라는 마지막 문장은 오스틴이 우리가 자신을 속이는 것, 즉 자기 자신을 제대로 알지 못하는 것을 교만한 마음이나 허영심에 의한 것으로 보고 있음을 보여 준다. 자아 인식의 부족이 오만함에서 온다는 인식과 거기에서 하나님이 구원해 주기를 간구하는 이 대목은 특히 『오만과 편견』(Pride and Prejudice)에서 다루는 주제와 직결되고 있다. 교만이 초래하는 자신에 대한 무지의 문제를 오스틴은 이 기도문을 통해 보여 주고 있으며, 이 문제는 『오만과 편견』을 비롯한 오스틴의 모든 소설에서 중요하게 다루어지고 있는 주제다.

첫 번째 기도문에서와 마찬가지로 나머지 두 편의 기도문들에도 오스틴의 신앙이 잘 나타나 있고 그러한 신앙과 작품 세계의 연결성이 나타나 있다. 예를 들어 세 번째 기도문에서는 "우리 자신에 대하여 겸손하게 생각하게 하시고, 우리 자신의 행동에 대해서 검토할 때에는 엄하게 하고, 우리 동료 인간들에 대해서는 친절하게 대하고, 그들이 말하고 행하는 것을 판단함에 있어서는 그들이 우리 자신에게 바라는 것처럼 자비심으로 하게 하소서"라고 기도하였는데(Collins, *Jane Austen* 199), 이는 예수의 가르침을 따라 살아야 할 오스틴 자신이 지켜야 할 원칙일 뿐 아니라, 그녀가 창조한 인물들이 따라야 할 핵심 원칙들을 보여 주고 있는 것이다.

이처럼 오스틴의 신앙과 종교적 견해들은 그녀의 기독교 세계관을 형성하였고 그녀의 소설들은 이 세계관에 기초한 구조(framework) 위에 세워졌다. 출판된 그녀의 기도문들과 소설들에 전개된 논리로 판단하건대, 오스틴은 자신과 자신이 창조한 인물들의 타락한 상황을 예리하게 알고 있었음을 알 수 있다. 기핀에 따르면, 이러한 신학적 사실이, 왜 그녀의 소설들이 모두 텍스트 속에 묘사된 상상의 세계의 구원에 초점을 맞추고 있는지를 설명해 준다. 하나님의 사랑은 모든 사람에게, 심지어는 그것을 받을 만한 가치가 없는 사람에게도 주어졌지만, 인간이 구원을 받기 위하여는 대가 없이 주어진 그 선물을 인지하고 받아들여야만 한다. 오스틴은 하나님이 예수 그리스도를 통해 인간을 하나님과 화목하게 하시기 위하여 자신의 아들 예수를 세상에 보내셨음을 알고 있었다. 그러나 또한 예수 그리스도를 닮는다는 것은 기성 교회의 법이나 의식을 지키는 것의 문제가 아니라 하나님 아들의 마음과 말과 행동을 따르는 것임을 알고 있었고, 작품을 통해 이것을 구현한 것이었다(Giffin 27).

켈리는 오스틴 소설의 플롯이 인간의 역사에 대한 국교의 이해와 동일하다고 해석한다. 즉, 오스틴의 소설은, 범죄, 타락, 구원을 "자유 의지"와 "은혜"에 힘입어 이루어 가는 역사적인 플롯을 전지전능하고 자비로운 신이 관장하는 로맨스적 여행의 형태라는 것이다. 켈리는 오스틴의 서술 구조가 "국교의 입장과 동일한 세속적 이체동형(異體同形)"으로 읽힐 수 있다고 주장하면서, "이 이체동형에서 주인공은 자신의 세속적 '구원', 혹은 도덕적 조건, 그리고 사회적 운명에 대하여 책임"을 져야 하며, 독자들은 서술자의 안내를 따라, 주인공의 분투와 동일시하고 그 분투를 간접 경험하게 된다고 분석한다. 켈리는 오스틴이 자유의지의 작용(인물들의 선택)과 하나님 은혜의 개입(플롯의 조정)을 결합하여, 결정론적이지 않은 국교도적 구원의 서술을 만들어 내고 있다면서, 이를 "국교도 로맨스"라고 명명하고 있다(Kelly 161, 169).

제인 오스틴의 소설 중 이 책에서 분석하는 『오만과 편견』과

『맨스필드 파크』에도 켈리가 명명한 "국교도 로맨스"들이 그려지고 있다. 그 로맨스를 이 책에서는 결혼 플롯을 중심으로 살펴보고자 한다. 결혼 플롯이 가지고 있는 종교적 의미가 무엇이며, 이 두 작품에서 각각 어떤 역할을 하고 있는지 살펴볼 것이다. 오스틴이 소설에서 그리고 있는 결혼 이야기들은 그 모든 과정이 도덕적이고 영적이고 종교적인 문제와 연결되는 영적 구조(spiritual framework) 위에 세워져 있다.

2장

『오만과 편견』—결혼 플롯과 영적 성장

1. 결혼 플롯의 의의

『오만과 편견』은 제인 오스틴의 소설 중 당대에도 가장 많이 팔린 작품이었으며, 오늘날에도 꾸준히 인기를 유지하고 있는 작품이다. 오스틴의 작품들 대부분은 일반 독자는 물론 학계에서도 높은 평가를 받음으로써 문학사에서 핵심적 위치를 차지하고 있지만, 그중에서도 『오만과 편견』은 가장 대표적인 작품이다.[6]

　　　　오늘날에도 이처럼 사랑받는, 또 제인 오스틴은 물론 그녀의 식구들이 모두 사랑하였던 작품이었지만 『오만과 편견』이 처음 출판되는 데에는 많은 시간이 걸렸다. 이 작품을 오스틴이 처음 쓰기 시작한 것은 그녀가 20세였던 1796년이었으며 『첫인상』(*First Impressions*)이라는 제목으로였다. 22세 때 아버지는 이 작품을 출판하고자 출판업자를 접촉하였으나 거절당했다. 그래도 가족들은 모두 이 작품을 높이 평가하

6　『오만과 편견』에 대한 분석 중에는, 졸저 『오만과 편견: 한없이 '작은 나'의 성장 서사』를 참조한 부분들이 있다. 이 책을 참조하는 경우 본문 안에서 자세히 밝히지 않은 채 인용하였다.

였고 제인 오스틴 자신도 이 작품에 대한 신뢰가 있었다. 그러나 27세에 원고가 팔린 『수잔』[7]이 출판되지 않아 새로운 작품의 출판을 기획하면서 오스틴은 『오만과 편견』보다는 『지성과 감성』(Sense and Sensibility)을 선택하였다. 고딕 소설에 대한 풍자가 많았던 『수잔』처럼 『오만과 편견』도 풍자가 많기 때문에 출판이 어려울 수 있다고 판단하고, 풍자가 적고 문제 제기가 덜 신랄한 『지성과 감성』을 먼저 시도한 것이다. 마침내 그녀 나이 35세인 1811년에 『지성과 감성』의 출판에 성공하였고, 2년 뒤인 1813년에 『오만과 편견』이 출판되었다. 첫 출판을 시도한 지 15년 만에야 출판에 성공하였던 것이다.

『오만과 편견』은 그 유명한 첫 문장으로 시작되고 있다. "꽤 재산을 가진 미혼남이 틀림없이 아내를 원하리라는 것은 널리 인정받는 진리다." 이 문장은 마치 속담이나 격언과 같은 형태로 제시되며, 보편적인 진리의 성격을 제시하는 것같이 보인다. 그러나 그 어조에 있어서 그러한 생각을 풍자하고 있는데, 이러한 풍자는 바로 다음 문장으로 이어진다. 즉 사실은 돈 많은 미혼 남자가 아내를 필요로 하는 것이 아니라 미혼 여자들이 돈 많은 남자와 결혼하기 위해 존재한다고 생각하는 것으로 연결시키기 때문이다.

이 소설은 이 첫 문장에서 시작된 문제를 꾸준히 연구하고 있다

---

7 제인 오스틴은 1803년에 런던의 출판업자 크로스비(Crosby)에게 『수잔』(Susan)의 원고를 10파운드에 팔았다. 그런데 원고를 산 출판사는 오랜 기간 이 소설을 출판하지 않았고, 이에 오스틴은 이 원고를 다시 사들여 수정 보완하였으며, 오스틴 사후인 1818년에 『노생거 사원』(Northanger Abbey)이라는 제목으로 출판되게 되었다.

고 볼 수 있다. 제인 오스틴 소설의 플롯은 여주인공의 사랑과 결혼을 중심으로 구성되어 있다. 이것이 가지고 있는 의미는 무엇일까? 19세기 소설에서 사랑과 결혼이라는 것은 항상 중요한 비중을 차지하고 있는데, 특히 오스틴 소설에서 그렇게 큰 비중을 차지하고 있는 이유는 무엇일까? 오스틴을 비롯한 여성 작가들이 여주인공의 사랑과 결혼을 소설 구성의 핵심으로 다루는 이유는 무엇일까?

첫째로, 사회적·경제적 이유를 들 수 있다. 당시 여성들에게는 결혼 외에는 평생 스스로 살아갈 수 있는 방법이 없었다. 여성들은 직업을 가질 수 없었고 결혼을 하지 못한 여성들은 노처녀(old maid)라 불리며, 오빠나 남동생, 혹은 결혼한 자매의 집에 얹혀서 살아야 하는 경우가 대부분이었다. 당시 중산층 여성이 품위를 잃지 않으면서 가질 수 있는 직업으로 거의 유일한 직업이 가정교사였지만, 가정교사라는 직업은 사실상 하인과 크게 다르지 않은 열악한 직업이었다. 그러므로 여성은 결혼하지 못하면 남에게 의존해서 살아가거나 가정교사로서 하인과 다름없는 삶을 살거나 하는, 경제적으로 매우 어려운 삶을 살 수밖에 없었기 때문에 여성에게 결혼이라는 것은 사회적으로나 경제적으로 매우 중요할 수밖에 없었고, 따라서 여성의 삶을 그릴 때 결혼 문제는 핵심이 될 수밖에 없었다고 할 수 있다.

둘째로, 문학적 이유를 들 수 있다. 오스틴이 여성의 삶을 다룸에 있어서 결혼 플롯을 중심으로 그들의 삶을 다룬 것은 이 시기가 여주인공의 성숙을 시험할 수 있는 시기이기 때문이라고 할 수 있다. 이런 점에서 오스틴이 그리고 있는 사랑과 결혼은 여주인공의 성장을 그릴 수 있는 시간이자 공간이라는 문학적 소재를 제공하고 있다. 이 작품에서 주인공 엘리자베스 베넷(Elizabeth Bennet)은 잘못된 선택을 할 수 있는 여러 위기를 맞이한다. 그녀가 그러한 위기들을 극복하고 행복한 결혼에 이를 수 있으려면 그녀에게 요구되는 여러 시험을 통과하며 올바른 성장과 성숙을 이루어 내야 한다. 오스틴은 여성의 삶을 그리는 데 있어서 어떤 상황에서 어떤 사고와 행동을 하느냐를 밀도 있게 고찰하기 위하여 여성의 삶에서 가장 중요한 이 시기에 초점을 맞추고 있는 것이다.

셋째로, 가장 중요한 도덕적·영적 이유를 들 수 있다. 당시에는 여성이 선택할 수 있는 것이 별로 없었기 때문에 어떤 여성이 자신의 도덕적 기준이나 종교적 신념을 발휘할 수 있는 거의 유일한 기회가 배우자를 선택하는 것이었다고 할 수 있다. 그렇지만 사실 남녀 비율의 불균형 때문에 결혼하지 못한 여성이 많았으므로 배우자를 선택할 수 있는 기회가 모든 여성에게 주어진 것도 아니었다. 그러나 어떤 남자와 결혼하는가 하는 것은 그 여자의 평생을 좌우하였으므로, 한 개인으로서 삶을 어떻게 살아야 한다고 생각하는지, 무엇이 올바른 삶이라고 생각하는지, 무엇이 아름다운 결혼이고 결혼 생활은 어떻게 해야 하는지에 대해 종합적으로 사고하고 행동해야 하는 시기가 배우자를 선택하는 시기였으므로, 그 선택은 성숙한 마음, 도덕적 결정, 영적 원칙들과 연결되어 있을 수밖에 없었다.

어떻게 종교가 19세기 소설의 형태와 구조를 만들었는지를 연구한 매즌은 결혼 플롯에서 종교로부터 파생된 갖가지 문제가 광범위하게 나타나고 있는데 이것이 자주 간과되어 왔음을 지적한다. 19세기 소설을 연구하는 비평가들이 결혼 플롯에 대해 많은 연구를 하였음에도 불구하고, 결혼 플롯에 나타난 종교의 문제에 대해 무시하거나 겉치레로 다루고 지나가 버렸음을 비판하면서, 실제로 사랑과 결혼에 큰 영향을 준 종교적 인식론을 분석하였다(Madsen 4). 오코넬은 합법적 결혼이라는 주제가 새뮤얼 리처드슨(Samuel Richardson) 이후 제인 오스틴에 이르기까지 소설의 발달에 핵심적 주제가 된 이유를 분석하면서, 그것이 단순히 사회적 혹은 문학적이라기보다는 신학-정치적(theo-political)인 것이었다고 주장하면서 결혼 플롯이 신성한 것, 정치적인 것, 시민적인 것 사이의 연결점들을 협상하였다고 분석하였다(O'Connel 31).

　　제인 오스틴이 사랑과 결혼을 다뤘다고는 하지만 사실 작품 속에 열정적인 사랑이 많이 나타나 있지는 않다. 열정적인 사랑보다는 도덕적 판단력과 영적 원칙에 근거한 자아의 성장을 이야기하고 있으며, 격정에 빠져서 하는 사랑은 이상적으로 제시되지도 아름답게 묘사되어 있지도 않다. 『오만과 편견』 속에는 여러 부부들의 모습이 나오고, 결혼에 이르게 되는 여러 젊은이들의 이야기가 나오는데, 그들이 결혼을 통하여 얻게 되는 행복과 불행은 그들의 도덕적·영적·종교적 성장과 직결되어 있다. 자아 인식을 통해 자아가 성숙하고 타인과 사회에 대하여 영적 원칙에 근거한 도덕적 사고와 행동을 할 수 있을 때에 올바른 판단과 선택이 가능하며, 이를 통해 도달하게 되는 것이 행복한 결혼으로 그려지고 있는 것이다. 주인공들이 영적으로 성장해 가는 과정, 그리고 그 성장을 이루어 냄으로써 결혼에서 가장 큰 행복을 보상으로 받는 과정에는 기독교에 기초한 오스틴의 도덕적인 세계관이 깊이 스며 있다.

『오만과 편견』은 여주인공 엘리자베스가 처한 상황을 통해 당시 여성들의 사회적·경제적 상황을 적나라하게 드러내며, 그녀의 사랑과 결혼을 통해 도덕적·영적 성장의 과정을 보여 준다. 오스틴의 소설은 영적·종교적 구조 위에 여성 삶의 가장 중요한 문제들이 얽혀 있는 사랑과 결혼을 중심으로 플롯을 구성함으로써, 종교적인 관점에서 여성의 삶에 대한 밀도 있는 문학적 재현을 이루어 내고 있다.

2. 비판적으로 그려지는 결혼들

제인 오스틴은 사랑과 결혼을 이야기하는 로맨틱한 작가라는 인상을 가지고 있는 경우가 많다. 특히 오스틴의 작품들이 영화화되면서 이러한 인상은 더욱 심화되기도 했다. 그러나 『오만과 편견』에서 다루어지는 결혼한 여러 쌍의 부부를 살펴보면 실제로 오스틴이 결혼에 대하여 낭만적인 생각을 가지고 있지 않았음을 알 수 있다. 오히려 주인공들의 이상적인 결혼은 수많은 불행한 결혼을 배경으로 하고 있으며, 주인공들이 그러한 불행한 결혼의 위험성을 피할 때만 가능한 어렵고 힘든 일로 그려지고 있다.

베넷 부부는 행복하지 못한 결혼 생활을 가장 적나라하게 보여 준다. 이들의 결혼 생활은 이 결혼이 매우 부적절한 것이었고 이로 인해 본인들이 결혼의 행복을 누리지 못하는 것은 물론 자녀들의 앞날도 위태롭게 하는 것으로 보인다. 베넷 부인은 아름다운 미모로 베넷 씨의 마음을 사로잡아 결혼하였으나 실은 지적 능력이 떨어지고 성격이 변덕스럽고 남의 집을 방문하여 수다 떨기를 즐기는 성격의 소유자다. 그녀는 남편의 놀림감이지만 이것이 비참한 일인지도 자각하지 못하는 인물로, 그녀에게 삶의 목표는 오직 딸들을 결혼시키는 것이어서 이를 위해 갖은 수를 쓰지만 오히려 늘 상황만 악화시킨다. 베넷 씨의 재산은 법에 따라 남자들에게만 한사상속(entailment) 되는데, 베넷 부인은 딸만 다섯을 낳았기 때문에 남편이 죽으면 모든 재산이 친척 중 가장 가까운 남자에게 상속되고 딸들은 모든 재산을 잃을 수밖에 없으므로 그녀에게 딸들의 결혼은 생존을 위해 필수적인 것이다.

롱본 저택의 소유주인 베넷 씨는 지적이며 재치와 유머를 갖춘 신사로서 엘리자베스를 제대로 평가할 줄 아는 아버지이며, 엘리자베스는 지적이고 재치 있고 유머를 갖춘 면에서 그와 닮아 있다. 그의 풍자는 작가 혹은 서술자와 같은 맥락에서 이루어지는 적이 많으며, 그의 유머는 독자들에게 많은 웃음과 즐거움을 선사하는 원천이기도 하다. 그러나 지적이지 못한 배우자의 외모에 끌려 한 결혼 생활에서 그는 주로 서재에 머물며 책을 읽는 것과 어리석은 아내와 딸들을 조롱하며 놀리는 일에서 즐거움을 찾는 것으로 소일을 하고 있다. 이것은 남편이 즐겨야 할 일이 전혀 아닐 뿐 아니라 가정에 대한 아버지로서의 책임을 회피한 것이어서 그의 딸들은 올바른 교육을 받지도 못하고 제대로 된 판단력을 배우지도 못한다. 엘리자베스 외에는 누구와도 마음이 통하지 않는 그는 딸들을 교육하는 일을 포기하고 아내가 딸들을 어리석고 허영에 들뜨게 기르도록 방치하고 있다. 그의 무책임함과 나태함은 제인(Jane Bennet)과 엘리자베스의 결혼을 어렵게 하고, 리디아가 위컴(George Wickham)과 도주하는 것을 방조하는 데 기여하게 되어 남편으로서 아버지로서 비판의 대상이 되고 있다.

목사인 콜린스(Mr. Collins)의 결혼에는 목사로서의 콜린스에 대한 비판과 그가 하는 결혼에 대한 비판이 함께 나타나 있다. 남자에게만 한사상속되는 베넷 씨의 재산은 아들이 없는 그와 가장 가까운 조카인 콜린스가 상속을 받게 되어 있다. 롱본을 방문할 예정이라고 베넷 씨에게 보낸 편지에는 콜린스가 어떤 사람인지가 잘 드러나 있다. 귀족인 캐서린 여사가 자기에게 목사직을 준 성직 수여권자이고, 그녀의 교구 목사로서 성직록을 얻었다는 것에 특별한 자부심을 가지고 있는 콜린스는 자신의 대단함에 심취해 있으며, 자기에게 목사직을 준 캐서린 여사가 너무 훌륭한 사람이라고 생각하고, 그녀에 대한 칭찬과 아첨을 통해 자기 자신을 높이는 인물임이 그 편지에 잘 나타나 있다. 그는 교구 목사이지만 그리스도인으로서의 삶에는 전혀 관심이 없으며 오직 자기에게 성직록을 준 캐서린 여사에게 충성하고 교회에서 하기로 되어 있는 예식을 집행할 뿐이다.

교만함과 비굴함, 우월감과 굴종이 엉켜 있는 콜린스가 롱본을 방문한 것은 베넷 가의 딸들이 아름답다는 말을 듣고 한사상속을 "교정"하겠다는 명목, 즉 결혼을 위해 나타난 것이다. 롱본에 온 콜린스는 처음에는 첫째 딸인 제인을 마음에 들어 했다가, 베넷 부인이 제인은 곧 약혼할 것 같으니 둘째인 엘리자베스가 어떻겠냐고 부추기자 바로 엘리자베스에게로 마음을 바꾸어 얼마 지나지 않아 청혼까지 한다. 콜린스가 엘리자베스에게 하는 청혼의 내용을 보면, 거절될 수 있으리라고는 상상도 하지 않기 때문에 오직 이 결혼이 어떤 점에서 편리한지를 설명하는 데 초점이 맞추어져 있음을 볼 수 있다. 그러므로 엘리자베스가 거절했을 때 그는 그것을 전혀 믿지 않는다. 목사로서의 안정된 생활, 귀족 가문과의 관계, 베넷 가의 재산 상속자인 점, 이 모든 것을 보았을 때 엘리자베스로서는 자신의 청혼을 거절할 수 없다고 생각한다. 아무리 그녀가 매력적이라고 할지라도 그녀의 재정 상황을 보았을 때 또 다른 청혼을 받기는 거의 불가능할 것이라고 하면서, 그녀의 거절은 "교양 있는 여성들의 평소 관습에 따라" 긴장감을 주어 자신의 사랑을 증가시키고 싶어서 하는 것일 뿐 진정한 거절은 아니라고 결론짓는다. 철저히 물질적이고 계급중심적, 남성 중심적인 그의 결혼관이 나타나고 있다.

이에 엘리자베스는 자신은 그런 종류의 "우아함"을 발휘할 생각이 없으며, 자기의 말이 "진지한" 것으로 받아들여지기만을 바란다고 말한다. 나를 "당신을 괴롭히려는 교양 넘치는 아가씨가 아니라 마음속 진실을 있는 그대로 말하는 이성적인 존재"로 생각해 달라고 강력히 주장한다(PP 111).[8] 이렇게 분명한 엘리자베스의 거절에도 불구하고 콜린스

---

8 『오만과 편견』의 번역문을 인용하는 경우에는 『오만과 편견』(조선정 옮김, 을유문화사, 2013)에서 인용하였으며, 원제목인 "Pride and Prejudice"의 앞 글자를 따서 "PP"로 표기하였다. 원문에서 인용하는 경우에는 Pride and Prejudice(Ed. James Kinsley and Frank W. Bradbrook, Oxford:

는 "여자에게 보이는 친절함"(gallantry)을 발휘하면서 부모의 허락을 받아 오겠다고 하고, 이에 엘리자베스는 아버지를 통해 거절의 뜻을 전달할 수밖에 없다는 것을 느낀다. 아버지의 말이어야 "우아한 아가씨의 가식과 교태"로 생각되지 않을 수 있을 것을 알기 때문이다.

콜린스는 엘리자베스가 자기를 정말 거절했다는 것을 알게 되었을 때, 그 이유를 이해할 수가 없었다. 항상 자신을 과대평가하여 온 콜린스였기에 비록 자존심은 좀 상했지만, 그녀가 베넷 부인이 말한 대로 고집불통의 어리석은 여자라면 거절당했다고 후회할 것도 없다고 생각하고 만다. 그리고 베넷 가를 방문하여 저녁 식사를 하던 샬럿 루카스(Charlotte Lucas)가 친절하게 대해 주자 바로 다음날 아침 그녀를 찾아가 청혼한다. 엘리자베스에게 청혼한 지 사흘도 되지 않은 때였다. 서술자는 그의 "열정과 독립심" 때문에 가능한 일이었다고 아이러니를 통해 풍자하고 있다.

엘리자베스에게 거절당한 콜린스에게 친절을 베풀어 청혼을 받게 되었을 때 샬럿은 바로 청혼을 받아들이고 그 자리에서 결혼 날짜까지 정하고 만다. 왜냐하면 콜린스의 타고난 어리석음을 알면서도 순전히 재정적인 안정을 위하여 청혼을 받아들인 샬럿으로서는 그와의 약혼 기간이 아무 매력이 없을 것을 잘 알고 있기에 빨리 결혼을 해치우고 싶었기 때문이다. 사실 남자로부터 청혼을 받고서야 비로소 그의 사랑을 확인할 수 있었던 당시에는 청혼을 받은 때부터 결혼하기까지의 약

Oxford University Press, 1970)에서 인용하였으며, "*Pride and Prejudice*"로 표기하였다.

혼 기간이 여성으로서 가장 행복한 시기였다. 그러나 여기서 샬럿은 콜린스의 인물됨에 대해 아무런 기대도 없기 때문에 자신의 목적인 "거처"를 얻는 일에 매진하고 있을 뿐이다. 이에 대해 서술자는 샬럿이 그의 사랑이나 어떤 행복을 기대해서가 아니라 "순수하고 사심 없는 욕망"을 가지고 있어서라고 풍자적으로 표현하고 있다.

샬럿이 콜린스의 청혼을 받아들인 후에 그녀의 가족들이 보이는 반응은 당시 여성이 결혼을 통해 얻게 되는 것이 무엇인지 적나라하게 보여 준다. 그들은 콜린스의 인물됨이라든가 샬럿과 콜린스의 사랑 따위에는 아무 관심이 없다. 딸에게 물려줄 것이 거의 없는 형편에서 콜린스처럼 직업이 확실하고 앞으로 물려받을 재산이 있는 사람과 딸이 결혼하게 된 것을 매우 기쁘게 받아들이고 있을 뿐이다. 어머니인 루카스 여사는 베넷 씨가 얼마나 더 살지 계산해 보기 바쁘고, 아버지인 루카스 경도 콜린스가 롱본을 물려받으면 생길 이점을 생각하느라 바쁘다. 여동생들은 언니가 결혼하게 되었으므로 일이년 더 빨리 사교계에 나가게 되리라는 희망으로 기쁘고, 남동생들은 누나가 노처녀로 결혼하지 못한 채 자기들에게 의존하여 살까 봐 더 이상 걱정하지 않아도 되어 기뻐하고 있다.

샬럿 자신은 콜린스가 지각이 있는 사람도 아니고 유쾌한 사람도 아님을 잘 알고 있다. 또한 남자에 대해서나 결혼 생활에 대해 높게 평가하지도 않았다. 그러나 결혼만이 재정적인 안정을 얻을 수 있는 유일한 길임을 익히 알고 있었기에 항상 결혼을 목적으로 삼고 살아왔으며, 스물일곱이라는 늦은 나이에 결혼을 하게 된 것을 큰 행운으로 생각하고 있다. 당시에 결혼은 교육은 잘 받았지만 재산이 별로 없는 젊은 여성들에게 유일하게 "명예로운 대비책"(honourable provision)이었고, 행복을 가져다줄지 아닐지 확실치 않다고 해도 가장 좋은 "가난 방지책"(preservative from want)이었기에 샬럿은 이제 그 방지책을 획득한 것을 행운으로 생각하는 것이다(*PP* 124).

　샬럿의 결혼에 기뻐하는 가족들의 모습이라든가 재정적인 안정만을 위하여 결혼을 하는 샬럿의 모습은 일차적으로 풍자의 대상이 되고 있는 것이 사실이다. 그러나 제인 오스틴은 당시 중산층 여성들이 결혼 외에는 명예로운 삶을 유지할 수 있는 길이 없는 상황에서 그들이 결혼을 목적으로 살아가고 형편없는 남자와 사랑 없는 결혼을 감행하는 것을 냉소적으로 비판만 하고 있지는 않다. 샬럿이 결혼하게 된 것에 환호하는 가족들의 모습은 노처녀인 샬럿이 그들 모두에게 짐이었음을 오히려 반증하고 있으며, 이러한 상황에서 어떤 남자의 청혼이든 받아들일 수밖에 없는 것이 샬럿의 잘못만은 아님을 보여 주고 있다. 여자들이 놓여 있던 사회·경제적인 실상을 가장 잘 이해하고 있었을 뿐 아니라 몸소 체험해야 했던 제인 오스틴은 샬럿과 그녀의 가족의 태도를 한편으로는 풍자하면서도 다른 한편으로는 충분한 이해 표명을 통해 당시 여성들을 그러한 상황에 놓이게 만들고 있는 사회에 대한 비판을 하고 있는 것이다.

　결혼을 둘러싼 좋지 않은 면들이 가장 많이 나타나 있는 결혼은 위컴과 리디아의 결혼이다. 원래 다아시(Fitzwilliam Darcy)의 아버지는 재산관리인의 아들인 위컴을 돌보아 주고 케임브리지 대학까지 보내 신사 교육을 시켰고 성직록을 줄 계획이었다. 그런데 다아시의 아버지가 사망한 후 위컴은 그가 유언한 성직자가 되는 권리를 포기하고 대신 법률을 공부하겠다며 다아시에게 돈을 요구하였고, 이에 다아시는 위컴에게 필요한 돈을 주었었다. 위컴은 몇 년 후 방탕한 생활로 돈을 다 없앤 후 다시 성직자가 되겠다고 왔지만 다아시는 이를 거절했다. 위컴은 지난여름에는 다아시의 동생인 열다섯 살의 조지아나를 꼬여 도주하려고까지 했었다. 그런데 메리튼에 나타난 위컴은 그런 자신의 과거를 숨기고, 사람들에게 다아시가 자기의 성직록을 빼앗았다고 비방하고 다닌다.

성직자가 될 뻔했으나 (다아시의 올바른 판단력 덕에 다행스럽게도) 성직자가 되지 못하고 군인이 된 위컴을 통해, 오스틴은 군인이라는 직업에 대한 비판도 보여 준다. 위컴은 민병대에 들어가 장교가 되었다. 그런데 콜린스에 대한 비판이 그가 성직자로서 자신의 일을 어떻게 설명하고 있느냐를 통해서 이루어지고 있는 것과 마찬가지로, 위컴에 대한 저자의 비판은 그가 왜 군인이 되었는지 스스로의 설명을 통해 이루어지고 있다. 콜린스에게서 성직자로서 하나님에 대한 헌신이나 교구민에 대한 사랑을 찾아볼 수 없었던 것처럼, 위컴에게서는 군인으로서 나라를 지키겠다는 의지나 의무감은 찾아볼 수 없다. 그가 군인이 된 것은 자기에게 군인이 되라고 권한 친구인 데니가 속한 부대가 메리튼에 있고, 메리튼이 군인들에게 많은 관심을 주고 있으며 또 훌륭한 사교계를 제공하고 있어서라고 한다. 그는 자신이 실의에 빠진 사람이며, 고독을 견딜 수 없어서 사교계가 필요했기에 군인이 되었다고 말하고 있다. 그는 나라에 대한 의무나 헌신에서가 아니라 당시 화려한 군복을 입은 군인들에게 매료되던 여성들과 사귀고 즐기기 위해 군인이 된 것이다.

영국에 민병대가 생기기 시작한 것은 영국과 독립 전쟁을 하고 있던 미국과 프랑스가 손을 잡으면서 이에 불안감을 느낀 정부가 민병대를 일으키는 데 귀족이나 거대 지주들이 적극적으로 호응하면서부터였다. 이들은 민병대를 만들어 자기 부대의 군인들이라는 표시가 나도록 빨강, 파랑, 초록의 다양한 코트들을 해 입혔고, 당시 그들의 복장은 그들이 주둔하는 시골에 대단한 볼거리를 제공하였다. 영국은 전통적으로 해군을 중시하는 반면 육군 상비군에 대해서는 정치적으로 우려하는 입장이었다. 그런데 나폴레옹 함대가 공격의 위협을 가하던 18세기 말과 19세기 초에 육군 상비군에 대한 우려가 악화되자 민병대의 수가 급격히 늘어났으며, 그러한 민병대는 영국의 각지를 누비고 다니며 주둔하였고, 무도회장에서 춤을 추었다. 고향과 관계없는 지역에 배치받은 군인이 전에 어떤 사람이었는지 그의 사회적 지위가 무엇인지는 화려한 군복 뒤에 감추어지고, 장교라는 지위만으로 그는 인정을 받았다. 해군은 실제로 전쟁을 하였지만 육군은 전쟁을 한 적이 없었으며, 기계파괴운동을 진압하는 데 동원되는 등 정치적으로 이용되었다. 그뿐만 아니라 무엇보다 성적 타락으로 사회적인 많은 문제를 일으켰다(Fulford 157~158). 제인 오스틴은 화려한 군복 뒤에 고향에서 저지른 일들을 숨긴 채 재정적·성적 타락을 일삼는 위컴이라는 인물을 통해 당시 군인들이 불러일으키던 이러한 사회적 문제를 비판하고 있는 것이다.

위컴과 리디아의 결혼은 매우 암울한 모습이다. 위컴은 돈을 목적으로 조지아나와 도주를 꾀했었고, 유산을 상속받은 킹 양과 결혼하려고 그녀를 따라다녔다. 그런데 도박으로 빚을 많이 지게 되자 도피를 계획하게 되고, 결혼할 생각 따위는 전혀 없이 리디아와 도주를 하였다. 그러다 중재에 나선 다아시가 적지 않은 돈을 주고 육군 장교직도 보장해 주자 리디아와 결혼하게 된 것이다. 리디아는 장교들에 빠져 그들을 쫓아다니다가 위컴을 좋아하게 되고 생각 없이 함께 도주했었다. 생각 없고 감상적인 베넷 부인을 가장 닮은 리디아는 무지하고 맹목적이며, 결혼할 계획도 없는 남자와 도주를 하여 온 가족을 큰 절망과 수치에 빠뜨렸던 것에 대해 일말의 가책이나 부끄러움을 느끼지 않는다. 다아시의 도움으로 위컴과의 결혼에 성공하자 리디아는 결혼한 여성이 되었다는 사실을 자랑하고 결혼한 여성으로서의 지위를 누리는 것에 만족한다. 이처럼 원칙 없이 제멋대로인 리디아와 사기성이 강한 위컴이 결혼하게 되었을 때, 엘리자베스에게는 "그들의 격정이 그들의 미덕보다 강렬하다는 이유만으로 함께 맺어진 두 사람에게 영원한 행복이 있을 수 없다는 것"이 뻔히 보인다. 결혼 후 이 부부는 엘리자베스와 제인의 재정적인 도움에 기대어 살면서 사랑이나 행복과는 거리가 먼 결혼 생활을 이어 가게 된다.

3. 덕 철학의 창조적 계승

이 소설은 제목이 "오만과 편견"으로 되어 있어 "오만"은 누구를 가리키며, "편견"은 누구를 가리키는지에 대한 논의가 많이 이루어지기도 하였다. "오만과 편견"이라는 제목은 오스틴이 중시하였던 덕 철학과 연결되어 있다고 할 수 있다. 엘리자베스의 영적·도덕적 성장을 그리고 있는 이 소설에서 그녀의 성장은 여러 가지로 해석할 수 있지만, 전통적인 핵심 미덕을 습득하는 과정으로 해석하는 것은 엘리자베스가 겪는 여러 가지 일들의 의미를 중세 가톨릭 전통을 계승한 신학적 맥락에서 깊이 있게 이해할 수 있도록 도와준다.

덕 철학은 고대 철학자인 소크라테스로부터 시작하여 플라톤과 아리스토텔레스로 계승 발전되었다. 고대 철학자들의 덕 철학에 따르면 핵심적 미덕은 네 가지 즉, 즉 신중(prudence), 정의(justice), 용기(fortitude), 절제(temperance)로 요약된다. 이 고전적 핵심 미덕은 중세 기독교 사상가들에 의해 기독교적인 덕 철학으로 발전되어 신학적 전통의 일부가 되었다. 토마스 아퀴나스는『신학대전』(*Summa Theologica*)에서 고대의 덕 철학을 기독교 신앙의 맥락 안에서 해석하여 고전적 미덕들을 믿음(faith), 소망(hope), 사랑(charity, love)의 성경적 미덕과 결합시켰다. 믿음, 소망, 사랑이라는 신학적 미덕이 핵심적이고 그중에서도 사랑이 가장 중요한 미덕인 시스템 안으로 네 가지 고전적 미덕을 통합시킴으로써, 미덕에 대한 기독교 전통을 확립하였던 것이다. 아우구스티누스와 같은 초기 기독교 교부들로부터 아퀴나스와 같은 중세

스콜라 철학자들에 이르기까지 덕 철학은 사도 바울이 "그러므로 믿음, 소망, 사랑, 이 세 가지는 항상 있을 것인데, 그 가운데서 으뜸은 사랑입니다"(「고린도전서」 13:13)라고 한 성경에 기초하여,[9] 이성과 신적인 사랑 모두에 일치하는 윤리적 삶에 관한 기독교적 관점을 발전시켰던 것이다(Emsley 30).

　　개신교의 개혁주의자들은 가톨릭에서 강조했던 특정한 미덕이나 악덕들을 중시하기보다는 어떻게 구원을 얻을 것인가에 대한 좀 더 일반적인 문제에 강조점을 두었지만, 기독교적 미덕과 악덕이라는 중세로부터의 오래된 전통의 영향은 문학 속에 계속되었고, 오스틴에게 흡수되어 부활하였다(Emsley 31~32). 오스틴은 중세 기독교 사상가들의 덕 철학에 창조적으로 반응하였고, 소설에서 이러한 미덕들을 단순히 이론적으로가 아니라 인물들의 삶을 통해 포괄적으로 분석하고 있다. 오스틴은 인물들이 지닌 미덕 혹은 미덕의 부족을 통해, 그들의 삶과 사고와 판단력을 드러냈고, 소설이라는 장르를 삶이 어떻게 미덕을 통해 움직일 수 있는지를 보여 주는 극적 장치로 사용하였다.

　　특히 오스틴의 경우 덕 철학을 여주인공들을 통해 재탄생시킨 점을 주목할 필요가 있다. 오스틴 시대에 여성에게 "미덕"은 매우 중요하게 생각되었지만, 여성에게 요구되는 미덕은 "여성의 미덕"(female virtue)이라고 단수로 표현되었고, 그것은 성적 순결성을 의미하는 것이었다. 예를 들어, 새뮤얼 리처드슨(Samuel Richardson)의 소설 『파멜

9　이 책의 성경 구절은 '성경전서 새번역'에서 인용하였다.

라』는 원제가 "*Pamela; or, Virtue Rewarded*"로『보상받은 미덕』이 부제목이다. 그런데 이 부제목이 의미하는 바는, 파멜라가 비 씨(Mr. B)의 유혹을 이겨 내고 끝까지 처녀로서의 순결성을 지켜 냈기에 그와 결혼에 이르는 보상을 받게 되었다는 것을 의미한다. 즉, 파멜라는 "여자에게서 그녀의 미덕을 빼앗는 것은 그녀의 목을 베는 것보다 더 나쁘다"라고 주장하며, 자신의 미덕, 즉 순결을 지켰던 것이다. 당시의 이러한 사고에 대하여 울스턴크래프트는 "여자에게는 정말 미덕이라는 이름으로 불릴 가치가 있는 것을 습득할 수 있을 만큼 충분한 정신적 힘을 가지는 것이 허락되지 않았다"라고 비판하였다(Wollstonecraft 19). 그런데 오스틴은 바로 그러한 "정신적 힘"을 여주인공들에게 허락하였다. 여주인공의 성장을 단순히 "여성의 미덕"의 관점에서 본 적이 아니라, 중세 기독교 사상가들이 정립한 "정말 미덕이라는 이름으로 불릴 가치가 있는 것"과 연관 지어 논의하였던 것이다.

　　중세 가톨릭에서는 "일곱 미덕"에 반대되는 것으로 "일곱 대죄악"을 꼽았는데 교만, 질투, 분노, 나태, 탐욕, 대식(大食), 정욕이 그것이었다. 오스틴은 "오만과 편견"이라는 제목에서도 나타나듯이 일곱 가지 악덕 중 하나인 교만을 매우 중요한 문제로 다루면서 교만과 편견을 극복해야 할 것으로 제시하는 반면, 미덕들은 엘리자베스가 획득해야 할 중요한 덕목으로 이것을 어떻게 발전시켜 나가는지를 그녀의 영적 성장과 연결시키고 있다.

　　먼저 교만과 편견의 문제를 살펴보면, 이 두 가지는 대조되는 개념이라기보다는 서로 일맥상통하는 것으로 제시되고 있다. 겉으로 보기에는 다아시는 교만을 엘리자베스는 편견을 가지고 있는 사람으로 제시되는 것 같지만, 엘리자베스의 경우 편견을 가지게 된 근본적인 원인은 자존심에 상처를 입은 것, 즉 교만에서 기인하기 때문이다. 교만이라는 죄는 그리스도인에게는 가장 혐오스러운 것으로서 자신에 대해서는 만족적이고 타인에 대해서는 낮게 생각하는 것, 즉 편견으로 연결된다.

지적이며 재치와 유머가 있고, 스스로 사람들의 인물됨을 판단할 수 있는 능력을 갖추었다는 자부심을 가진 뛰어난 여성으로 나오는 엘리자베스는 지위 있고 재산 있는 다아시를 처음 만난 무도회에서 그의 인물됨에 강한 편견을 가지게 된다. 다아시는 자기가 친한 빙리(Charles Bingley)의 두 누이하고만 춤을 출 뿐 다른 누구하고도 춤을 추지 않고 말도 없이 냉담한 태도로 일관하여 모든 사람에게 좋지 않은 인상을 주게 된다. 게다가 빙리가 다아시에게 그러고 있지 말고 춤을 추라면서 엘리자베스를 추천하자 자기에게 춤을 같이 추고 싶은 마음이 일어나게 할 만큼 매력적이지 못하다는 말을 그녀가 들을 수 있는 거리에서 말해 버리는 무례를 범한다. 엘리자베스는 그의 말을 들은 후 다아시라는 인물이 주위 사람을 무시하는 교만한 사람이라고 단정하게 되는데, 이런 생각은 위컴을 만나면서 강화된다.

멋진 외모와 좋은 언변, 그리고 뛰어난 매너를 갖춘 위컴은 다아시가 자신의 성직록을 빼앗아 일생을 망치게 한 사람이라고 이야기하는데, 엘리자베스는 근거도 없이 그의 말을 그대로 믿고 위컴이 예의 바르고 좋은 사람이라는 잘못된 판단을 하게 된다. 후에 다아시의 편지를 통해 진실을 알게 된 엘리자베스는 사랑 때문이 아니라 "허영"(vanity) 때문에 자신이 판단을 그르쳤다고 통탄하는데, 허영이라는 단어는 보통 여자의 교만을 가리킬 때 사용된 단어이기도 하였다. 이렇게 볼 때 엘리자베스는 일곱 가지 죄악 중 가장 대표적인 교만 때문에 편견을 가지게 된 것이며, 오만과 편견은 모두 엘리자베스가 극복해야 할 단점을 가리킨다고 볼 수 있다.

교만은 일곱 가지 대죄악 중 하나일 뿐 아니라, 오스틴이 쓴 기도문에서 가장 통렬하게 죄로 고백하고 있는 것이기도 하다. "우리의 동료 인간들을 불편하게 하고 우리 자신의 영혼을 위험에 빠지게 하기까지 우리가 탐닉했던 모든 악한 습관과 잘못된 기질을 우리가 깨닫게 해주십시오"라고 기도했던 오스틴은, "우리가 의도적으로 누군가에게 고통을 준 적이 있습니까?"라고 물으며, "오! 하나님, 교만과 허영으로 우리 자신을 속이지 않도록 우리를 구하여 주십시오"라고 기도하였던 것이다.

이러한 단점을 극복하고 엘리자베스가 얻어가는 핵심 미덕 중 **신중**과 **절제**라는 미덕은 특히 엘리자베스가 결혼과 관련하여 익혀야 할 것들이다. 그녀가 이 덕목들을 배우게 되는 것은 자신에게 접근하는 위컴에게 점점 끌리고 있을 때 외숙모 가디너 부인의 충고를 받아들이면서이다. 가디너 부인은 돈이 없는 위컴과의 관계가 "경솔한" 것이라면서, 그는 흥미로운 청년이지만 "현실이 이러니 마음만으로 내달리면 안 된다"라고 충고한다. "경솔"로 번역된 원문은 "imprudence" 즉 "신중하지 못함"이다. 또한 "마음만으로 내달리면 안 된다"로 번역된 원문은 "you must not let your fancy run away with you"로서 직역하자면, "너의 환상이 제멋대로 달리도록 허용해서는 안 된다"라고 할 수 있겠으며, 오스틴이 환상 혹은 지나친 상상보다 이성을 중시했던 것을 잘 나타내는 말로 꼽히기도 하는 표현이다(*PP* 146). 이때 만일 엘리자베스가 환상에 빠져 절제하지 못하고 신중하지 못하게 위컴에 대한 사랑에 빠져들었더라면 그가 할아버지의 재산을 상속받은 킹 양을 따라다니기 시작했을 때 큰 상처를 받았을 것이며, 종국에는 리디아와 크게 다르지 않은 길을 가게 되고 말았을지도 모른다. 그러나 엘리자베스는 가디너 부인의 충고를 받아들여 신중과 절제라는 미덕을 발휘함으로써 위컴의 정체를 몰랐을 때에도 위컴이라는 위험한 인물에 빠져들지 않을 수 있었다.

엘리자베스가 **정의**와 **용기**라는 미덕을 획득해 가는 것은 좀 더 근본적으로 인격적 성장과 관련되어 있을 뿐 아니라 믿음, 소망, 사랑의 기독교적 가치에 근거해 있다. 엘리자베스가 "justice"(정의, 공정, 공명정대)를 배우게 되는 계기는 다아시가 청혼을 거절당한 다음날 그녀에게 편지를 주면서 "공정하게" 편지를 읽어 달라고("I demand it of your justice") 했을 때였다(*Pride and Prejudice* 174). 이때 엘리자베스는 전날 다아시가 청혼하며 했던 말들 때문에 매우 분노해 있는 상태였다. 다아시의 청혼의 첫마디는 "저항했지만 소용없었어요. 할 수 없었습니다. 내 감정을 억누를 수 없어요"였다(*PP* 188). 그는 사랑 고백에 앞서서 먼저 그 사랑을 누르려고 노력했으나 안 돼서 할 수 없이 청혼하러 왔다고 서두를 시작했던 것이다. 그다음에 자기가 어떻게 느꼈는지 어떻게 사랑했는지를 설명하지만 사랑에 대해서 말하는 것 못지않게 자존심이 상함에도 청혼하게 된 자신에 대해서 이야기하였다. 엘리자베스의 열등함, 그런 결혼이 가져오는 지위의 하락, 그녀의 가족이라는 장애물, 이런 것들을 극복하기가 얼마나 힘들었는지에 대해 말하고, 자기의 청혼을 받아들임으로써 그동안 고생했던 것을 보상해 달라는 식으로 청혼하였던 것이다.

다아시의 이러한 청혼은 부와 지위를 가진 남자로서의 교만함을 가지고 그런 것이 없는 엘리자베스이니 자신의 청혼을 당연히 받아들일 것이라는 생각에 근거해 있다고 할 수 있다. 그러나 엘리자베스는 다아시의 예측과는 전혀 다르게도 냉정하게 거절하고 만다. 차가운 거절을 받은 다아시는 당황할 뿐 아니라 화가 나서 거절의 이유를 묻고, 엘리자베스는 세 가지 이유 때문에 청혼을 거절한다고 답한다. 첫째는 무엇보다도 제인과 빙리의 관계를 막아 제인의 행복을 가로챈 것을 비판하고, 둘째는 위컴의 미래를 망쳐 놓은 것 때문이라고 지적하고, 마지막으로 한 걸음 더 나아가 그의 오만함과 신사답지 못함 때문에 그와 결혼할 수 없다고 대답한다. 당신이 "좀 더 신사다운 태도"로 청혼했더라면 좀 부드럽게 거절할 수는 있었겠지만, 결코 받아들이지는 않았을 것이라고 엘리자베스가 말하자 다아시는 움찔한다. 자신이 신사답지 못하다는 비판에 가장 큰 충격을 받은 것이다. 계속해서 엘리자베스는 처음 봤을 때부터 그의 태도를 통해 그가 교만하고 자만심에 가득 찼으며 다른 사람의 감정을 이기적으로 경멸하는 사람이라고 생각하게 되어 그를 싫어했으며, 만난 지 한 달도 되지 않아 절대 결혼하고 싶지 않은 인물로 결론 내렸다고 말한다.

이러한 청혼과 거절이 오간 다음 날 다아시가 편지를 주며 읽어 달라고 하자 엘리자베스는 그것을 읽어 주고 싶은 마음이 조금도 없다. 그러나 공정을 요구하는 그의 제안을 받아들여 그의 편지를 읽기 시작할 뿐만 아니라, 믿기지 않는 그의 주장들을 감정에 치우치지 않고 공정하게 판단함으로써 진실에 도달해 가게 된다. 그의 편지를 읽으며 엘리자베스가 얻는 깨달음은 크게 세 가지라고 할 수 있다. 즉 다아시가 요구하는 **정의**, 엘리자베스 자신이 주장하는 이성적 존재로서의 **판단력**, 그리고 무엇보다 자기 자신을 알게 되는 **자아 인식**에 대한 깨달음이다.

먼저, 엘리자베스가 다아시의 편지를 읽고 모든 상황을 제대로 이해하고 올바른 결론에 도달하는 것은 **정의**라는 미덕을 획득하게 되는 과정이라 할 수 있다. 엘리자베스가 처음 다아시의 편지를 읽었을 때는 여전히 편견에 근거해서만 상황을 이해하려 들며 공정하게 판단할 생각을 전혀 하지 못한다. 더구나 다아시 역시 반성의 기미나 유감을 표시하지도 않고, 여전히 건방지고 자만심에 가득 찬 편지를 쓰고 있었다. 사실 다아시가 모든 면에서 자신보다 지위가 떨어지는 여성에게 거절과 모욕을 당하고 갑자기 후회에 가득 차 겸손해질 수는 없었다. 다아시로서는 억울한 비난을 받았기에 적어도 그런 오해는 받지 말자고 상황을 설명하려고 쓴 편지이므로 그러한 그의 마음 상태가 편지 스타일에 반영되는 것도 자연스러운 일이겠으나, 엘리자베스 입장에서는 그 부분이 기분 나쁠 수밖에 없다. 그러나 내용에 있어서 다아시는 정확하고 공정하게 쓰고 있고, 엘리자베스에게도 이런 태도를 요청하고 있다.

둘째로, 다아시의 편지를 반복하여 읽으면서 엘리자베스는 **판단력**을 발휘하기 시작하게 된다. 그 편지를 제대로 해석하기 위해서는 엘리자베스가 자신의 마음속에 있는 편견을 버리고 외양(appearance)과 사실(reality)을 구분해 낼 수 있어야 한다. 엘리자베스의 양쪽에는 서로 반대되는 주장이 놓여 있다. "양쪽 모두 주장일 뿐이었다"(On both sides it was only assertion, *PP* 203). 위컴은 위컴대로 다아시는 다아시대로 각각 자신의 주장을 하고 있는데, 엘리자베스는 과연 이 중에서 어느 쪽이 옳은 것인지 판단을 내릴 수 있는 능력을 발휘해야 한다. 선과 악을 구분하는 것은 오스틴의 인물들에게 가장 핵심적으로 요구되는 미덕의 하나이며, 선악을 구분하여 **정의**를 이루려면 **판단력**을 발휘하는 법을 배워야 한다. 이를 위해서는 자신의 편견과 원칙을 스스로 깨달아야 하고, 이에 따라 다른 사람의 악에 대한 분노를 가져야 할 뿐 아니라, 자기 안에 악이 있다면 그것에 대해서도 분노할 수 있어야 한다. 이 소설 속에서 여러 장점을 가지고 있음에도 불구하고 판단력이 결여되어 있기 때문에 엘리자베스보다 열등한 인물로 나오는 제인을 상기한다면, 작가는 엘리자베스를 통해 이성적인 판단력을 강하게 요구하고 있음을 알 수 있다. 양쪽에서 각자 자기주장을 할 때 어떤 주장이 옳은지를 정확히 판단하는 능력이 엘리자베스에게 절대적으로 필요하고, 엘리자베스는 이 편지를 읽으면서 이 판단을 시작하게 되는 것이다.

오스틴은 엘리자베스가 정확한 판단에 이르게 되는 추론 과정을 자세히 보여 주고 있다. 그동안 위컴이 했던 말과 행동 사이의 모순, 다아시가 보인 태도와 그가 편지에서 설명하고 있는 말을 보아서 과연 누가 옳고 누가 그른지를 엘리자베스가 추론해 가는 과정이 자세히 설명된다. 엘리자베스는 위컴이 더비셔에서 한 행동에 대해서 알려진 것이 아무것도 없고, 위컴 자신이 말한 것밖에 없었다는 사실을 깨닫는다. 단지 외모, 목소리, 예의 바른 태도 때문에 위컴을 좋은 사람으로 생각했고, 반대로 첫인상이 좋지 않았고 자기와의 춤을 거절한 다아시를 나쁜 사람으로 생각했었다. 그런데 위컴의 태도나 말은 모두 매력적이었지만 실질적인 선함을 떠올릴 수는 없다. 게다가 위컴의 말과 행동이 달랐던 점이 생각나기 시작한다. 다아시에 대해 다시 생각해 보니 태도는 거만해 보이고 억압적이었지만 "무원칙"(unprincipled)하거나 "불공정"(unjust)한 경우는 보지 못했으며, "불경건"(irreligious)하거나 "부도덕"(immoral)했던 적도 없었다는 것을 깨닫게 된다(*Pride and Prejudice* 184). 다아시에 대해 깨닫게 되는 이 단어들은 모두 그가 도덕적·종교적 기준에 어긋나지 않음을 보여 준다. 그러므로 위컴은 다아시가 자신에게 불공정하게 성직록을 주지 않았다고 주장했으나 사실일 가능성이 별로 없어 보인다. 이렇게 그 사람이 주장하고 있는 말만으로 판단하던 태도를 버리고, 그 사람의 말과 평소 행동이 일치하는지 그 사람의 주장에는 근거가 얼마나 있는지를 추론해 가면서 엘리자베스는 자신이 잘못 판단해 왔음을 깨닫게 되고, **공정한 판단** 즉 **정의**라는 미덕을 획득하게 된다. 정의는 잘못된 판단, 즉 편견의 정반대에 위치해 있는 미덕이며, 이런 의미에서 오만과 편견을 극복하고 정의라는 미덕을 획득하는 과정은 오스틴이 이 소설에서 그리고 있는 여주인공의 성장의 핵심에 덕 철학이 놓여 있음을 보여 준다.

엘리자베스가 정의라는 미덕을 획득하는 과정은 결코 쉽지 않게 그려져 있다. 무엇보다 올바른 원칙을 따르는 신중함과 지혜가 필요할 뿐 아니라, 자신이 잘못한 것이 무엇인지 깨닫고 자신의 잘못을 받아들이는 **용기**가 요구된다. 자신에 대한 생각을 수정하고 자신이 따르는 원칙이 무엇인지 점검하고 그에 따라 행동하는 용기가 필요한 것이다. 그런데, "역설적으로, 용기는 겸손(humility)을 요구한다"(Emsley 102). 리디아가 위컴과 도망갔을 때 베넷 가는 수치와 굴욕에 빠졌는데, 이를 남몰래 해결해 준 사람이 다아시였음을 알게 된 엘리자베스는 전에 자기가 얼마나 다아시를 제대로 알지 못하고 불공정하게 대했는지를 절감하게 되고 **겸손**해지게 된다. "지금까지 그를 향했던 모든 배은망덕한 감정과 그에게 퍼부었던 모든 못된 말이 얼마나 후회되는지! 그녀는 겸손해졌다. 그가 자랑스러웠다. 동정심과 영예를 따르는 일에 이렇게 좋은 모습을 보여 줘서 자랑스러웠다"(PP 318). 다아시에 대해서는 자랑스러운 마음을 갖게 되고 자기 자신에 대해서는 수치의 마음을 가지고 겸손해진 엘리자베스는 잘못을 인정하고 자신을 알아 가는 진정한 용기를 보여 주고 있다. 이 과정에서 엘리자베스가 획득한 정의, 용기, 겸손이라는 미덕은 믿음, 소망, 사랑이라는 성경적 미덕에 기초하고 있는데, 그중에서도 오스틴이 덕 철학을 창조적으로 계승하며 가장 중요시한 **사랑**으로 귀결된다.

4. "나는 나 자신을 전혀 몰랐다"

엘리자베스의 도덕적·영적 성장의 핵심에는 자기 자신을 알게 되는 것, 즉 자아 인식(self-knowledge)이 놓여 있으며, 엘리자베스는 이를 통해 세상을 올바로 판단할 줄 알게 되고, 타자를 올바로 이해하며, 진정한 사랑이 무엇인지 깨닫게 된다. 엘리자베스는 다아시의 편지를 읽으며 다아시와 위컴의 주장 중 어느 것이 맞는 것인지 추론하며 정의에 도달해 가는 과정에서 자신의 생각에 오류가 있었음을 하나하나 깨닫는다. 사람의 됨됨이를 분별하는 능력을 가지고 있다고 "성격 연구가"(a studier of character)임을 자부했던 자신이, 다아시와 위컴을 정반대로 평가했다는 사실을 깨닫고, 언니가 분별력이 부족하다고 생각했었는데 사실은 자신이 정말 분별력이 없었음을 깨닫는다. 그리고 그 모든 오류의 근원이 위컴도 다아시도 아니고 자기 자신이었음을 깨닫고, "맹목적이고, 편파적이고, 편견에 찼고, 불합리했던(blind, partial, prejudiced, absurd)" 자신에 대해 끔찍한 "수치심"(humiliation)을 느낀다. 더구나 사랑에 빠진 것도 아니면서 이러한 판단의 오류를 저지른 것은 "허영"(vanity) 때문이었음을 뼈저리게 절감한다. 콜린스의 청혼을 거절할 때 자신을 "이성적 존재"로 봐달라고 주장할 정도로, 이성을 사용할 수 있는 능력이 있는 여성임을 자부했던 자신이 이성과는 거리가 먼 편견과 불합리에 빠졌었다는 사실을 깨닫는다. 그리하여 도달하는 최종적인 깨달음은 다음 한 문장으로 요약되고 있다.

"이 순간까지, 나는 나 자신을 전혀 몰랐다." ("Till this moment, I never knew myself", *Pride and Prejudice* 185)

엘리자베스의 이 자아 인식은 여기에서 인용부호 안에 직접화법으로 묘사되어 있는 것을 볼 수 있다. 오스틴이 인물의 사고를 드러낼 때 자유간접화법을 효과적으로 사용하여 자연스럽게 전달하는 수법을 발전시켰지만, 이 경우에는 오히려 엘리자베스가 직접 말하는 직접화법을 사용하여 그녀의 깨달음을 강조하고 있는 것이다. 엘리자베스의 심오한 자아 인식의 순간을 작가는 마치 무대 위의 배우가 독백을 하듯이 스스로 소리쳐 외치게 함으로써 그 중요성을 강조하고 있다. 엘리자베스는 이처럼 철저히 자신을 알고 난 후, 주위 사람들을 올바로 판단할 수 있는 능력을 얻게 되고, 철저히 겸손해진 마음으로 "동료 인간들"에 대한 사랑으로 나아가게 된다.

자기 자신에 대해 아는 것은 철학적으로도 중요한 의미를 지니고 있다. '너 자신을 알라'는 말은 소크라테스가 한 말로 널리 알려져 있지만, 이 고전적 진리는 계몽주의 시대의 핵심적 화두이기도 하였다. 인간이 이 세상에서 어려움을 겪는 것은 무지 때문이라고 본 계몽주의의 발전 속에서, 주인공들이 무지 속에 자신의 모습을 직시하지 못한 채 오류에 빠지고 삶에서 좌절하는 것은 그들이 성숙 혹은 성장을 위하여 극복해야 할 핵심적인 면모다.

그런데 엘리자베스가 이 깨달음에 도달하는 과정에서 자신의 잘못을 열거하고 회개의 필요성을 통감하는 독백은 마치 기도의 형태이며 신학적인 어휘로 가득 차 있다.

> "난 얼마나 비열하게 행동해 왔던가!" 그녀는 외쳤다—"나의 분별력
> 에 대해 자부심을 가져 왔던 내가!—내 능력을 소중하게 생각해 온 내
> 가!—언니의 너그러운 공정함을 종종 멸시하고, 쓸모없고 비난받을
> 만한 불신으로 내 허영을 만족시켜 왔다니—얼마나 수치스러운 발견
> 인가!—그러나 이 수치는 너무나 당연하다!—사랑에 빠졌다 해도, 이
> 보다 더 비참하게 눈멀 순 없었을 것이다. 그러나 나의 어리석음은 사
> 랑이 아니라 허영 때문이었다—처음 알게 되었을 때 한 사람의 무시에
> 기분을 상하고, 다른 한 사람의 편애에 마음이 끌려, 두 사람에 관계된
> 일에서 난 편견과 무지를 자초하고 이성을 저버렸던 것이다." (*Pride and
> Prejudice* 185)

엘리자베스는 위컴이나 다아시를 제대로 알지 못했던 것은 자
기중심적인 편견 때문이었으며 허영에 빠졌었기 때문이라는 사실을
깨닫게 되며 반성한다. 얼마나 수치스러운 일인지를 직시할 뿐 아니라
수치스러운 것이 너무나 당연하다고 참회한다. 오스틴은 첫 번째 기도
문에서 "우리가 당신을 불경건하게 생각했거나 당신의 계명에 불복종
했거나 해야 할 어떤 의무를 게을리했거나 또는 누군가에게 의도적으
로 고통을 준 적이 있습니까? 우리로 하여금 우리의 가슴에 이러한 질
문을 하도록 이끌어 주시고, 오! 하나님, 교만이나 허영으로 우리 자신
을 속이지 않도록 우리를 구하여 주십시오"라고 기도했었다. 엘리자베

스의 독백은 바로 오스틴의 기도문을 거의 그대로 반영하고 있음을 볼 수 있다.

엠슬리는 오스틴의 소설에 기도 자체는 거의 나오지 않지만 기독교 신앙과 기도의 형태는 많이 나타나 있음을 지적하였다. 오스틴 소설에 나타나고 있는 기도의 가장 중요한 면모는 자아 인식에 따르는 참회이며, 또한 기원과 감사의 순간들도 많이 나타나 있음을 분석하면서, 오스틴이 쓴 기도문들과 그녀의 소설에 계속 나타난 모습들, 즉 자신을 살펴보고, 참회하고 반성하는 장면들을 보건대, 오스틴의 소설에는 기독교가 단지 종교의 형태로서가 아니라 세상의 죄를 대신 지신 예수의 속죄에 대한 깊은 신앙으로서 자리하고 있는 것이라고 설명하고 있다(Emsley 10).

설 또한 엘리자베스가 자기의 잘못이 무엇인지 직시하고, "너그러운 공정함"을 가지지 못했던 자기 자신을 비판하고, 다아시와 위컴을 공정하게 평가하여 더 성숙한 관계를 가질 수 있게 되고, 성장의 능력을 가지게 된 이러한 행동양식이 기독교적인 것으로써 시편 기자의 바람과 같은 것이라고 분석한다. 시편 139편은 "하나님, 나를 샅샅이 살펴보시고, 내 마음을 알아주십시오. 나를 철저히 시험해 보시고, 내가 걱정하는 바를 알아주십시오. 내가 나쁜 길을 가지나 않는지 나를 살펴보시고, 영원한 길로 나를 인도하여 주십시오"라고 기도하고 있다(「시편」139:23-24). "너 자신을 알라"는 고전적인 명령이기도 하지만 올바로 판단하고 남을 이해하기 위하여 "너그러운 공정함"을 가져야 하고 "겸손함"을 가져야 한다는 것은 고전적이라기보다는 기독교적인 것이며, 이것은 사도 바울의 명령에 나타나 있다고 한다. "무슨 일을 하든지, 경쟁심이나 허영으로 하지 말고, 겸손한 마음으로 하고, 자기보다 서로 남을 낫게 여기십시오. 또한 여러분은 자기 일만 돌보지 말고, 서로 다른 사람들의 일도 돌보아 주십시오"(「빌립보서」 2:3-4). 엘리자베스는 다른 사람들의 가치와 그들의 필요에 대해 보지 못하였던 것이 자신의 허영심 때문이었음을 철저히 깨닫는 것이다(Searle 24~25).

이 참회는 주위 사람에 대한 올바른 행동, 즉 **사랑**으로 연결된다. 엘리자베스는 자신의 잘못이 다른 사람들의 가치와 필요에 대해 볼 수 없게 했던 허영심에서 기인한다는 것을 깨달은 후, 다아시와 위컴에 대한 이해를 올바르게 교정하는 것에 그치지 않는다. 리디아가 위컴과 달아나 버렸다는 소식을 엘리자베스가 들었을 때는 마침 펨벌리를 방문했다 우연히 만난 다아시와의 관계가 회복되고 있는 때였다. 펨벌리에서 다아시가 주인으로서 지주로서 얼마나 높이 평가받고 있는지를 알게 되고 다아시가 변화된 태도를 보이며 다가오자 그에게 존경과 감사의 마음이 생길 때였다. 그러한 때에 제인의 편지를 통해 듣게 된 리디아와 위컴의 도망 소식은 커다란 충격이었고, 다아시 앞에서 창피하고 수치스러울 뿐 아니라 그와의 관계가 절망스러운 것으로 바뀌고 말았음을 알게 된다.

모든 사랑이 허사가 된 지금 이 순간만큼 그를 사랑할 수 있었다고 솔직하게 느낀 적이 없었다.

자신에 대한 생각이 이렇게 끼어들었으나 그녀는 여기에 빠지지는

않았다. 리디아, 그 아이가 가족에게 몰고 온 굴욕과 비참함이 개인적
인 걱정을 곧 집어삼켰다. *(PP 274)*

다아시와의 관계가 불가능해진 이 순간, 엘리자베스는 다아시에
대한 사랑의 마음을 절실하게 깨닫지만 "자신"(self)의 문제나 "개인적
인 걱정"(private care)에 빠져들지 않는다. 오히려 "굴욕과 비참함" 속에
고통을 겪고 있을 가족들에 대한 걱정과 그 문제를 해결하기 위한 행동
에 나선다. 이처럼 자아 인식과 올바른 지각력, 도덕적 성장과 다른 사
람을 위하여 기꺼이 행동하는 것 사이에 뗄 수 없는 관계가 있으며 행복
을 얻기 위해 이러한 것이 필수적이라는 오스틴의 생각은 "성경이 전하
는 도덕적 상상력"을 반영하고 있으며, 풍성한 인간의 삶을 위해 성경
이 구상한 "목적인"(目的因, telos)이라고 할 수 있다(Searle 28).

자아 인식과 올바른 지각력, 도덕적 성장과 다른 사람을 위한 행
동 간의 긴밀한 관계를 보여 주는 사람은 엘리자베스만이 아니다. 다아
시의 변화는 엘리자베스의 변화처럼 독자들 앞에 직접적으로 묘사되
지는 않지만, 그가 보여 주는 행동의 변화와 후에 엘리자베스에게 하는
고백을 통해 그 또한 엘리자베스 못지않게 자신을 알게 되었고, 점차
반성과 참회를 통해 도덕적으로 성장하고 주위 사람들을 위한 따뜻한
행동, 즉 **사랑**이란 미덕을 획득하게 되었음을 알 수 있다.

다아시는 엘리자베스에게 청혼할 때 거절당하리라고는 상상도
하지 않았다. 역사가 있는 좋은 가문 출신이며 어머니 쪽은 귀족 계층
이었고, 펨벌리라는 대저택과 넓은 영지를 소유하고 있는 부유한 집

안의 외아들이었으므로 엘리자베스의 가족들이 열등한 것 때문에 청혼을 망설였을 뿐 청혼이 거절되리라는 것은 상상조차 하지 않았던 것이다. 그러나 엘리자베스에게 냉담하게 거절당한 뒤 자신이 얼마나 교만했던가를 깨달아 가기 시작한다. 우여곡절 끝에 엘리자베스에게 재청혼하여 수락을 받은 뒤 그는 그녀에게 자신이 그동안 어떠한 변화를 겪었는지 이야기한다. 비록 그녀가 자신을 거절할 때 그 비난들이 잘못된 전제에 근거해 있기는 했었지만 청혼할 때 자신의 태도는 가장 혹독한 비난을 받을 만했었다면서, "용서받기 힘든 일이었어요. 난 혐오감 없이 그 일을 떠올릴 수 없습니다"라고 고백한다. 엘리자베스는 그날 누가 더 비난받아야 했는지를 따질 수 없을 만큼 둘 다 잘못했다고 말하지만, 다아시는 그녀의 잘못은 철학이 잘못되어서 나온 것이 아니라 순진함에서 나온 것인 반면에 자신의 잘못은 교만과 자만에서 기인한 커다란 잘못이었다고 한다.

> "나는 자신을 그렇게 쉽게 용서할 수 없습니다. 그때 했던 말, 행동, 매너 그리고 그 모든 표현을 생각하면 지금도 그렇고 지난 몇 달 동안도 말할 수 없이 고통스러웠어요. 당신의 비난은 정말 적중했고 난 절대로 못 잊을 겁니다. '당신이 좀 더 신사답게 행동했더라면' 이렇게 말했죠. 그 말이 얼마나 나를 괴롭혔는지 당신은 모릅니다. 고백하자면 그 말을 인정할 정도로 정신을 차리기까지 시간이 좀 걸렸지요." (PP 359)

독자들은 고백을 통해 드러난 다아시의 반성이 엘리자베스의 반성에 못지않았음을 알게 된다. 다아시는 어려서부터 비록 원칙에 있어서는 그렇지 않았지만 실제로는 평생 이기적인 존재였음을 깨닫게 되었다고 한다. 좋은 원칙을 배웠지만 그걸 오만하고 잘난 척하면서 지켰고, 외아들로 자라 부모에 의해 버릇없이 길러졌고, 자기 가족의 범위를 넘어서는 사람들에게는 관심을 두지 않았으며, 그들의 분별력이나 가치를 자신보다 낮게 보았음을 고백한다. "그렇게 여덟 살 때부터 스물여덟 살까지 살았습니다. 당신이 없었더라면 아직도 그렇겠지요. … 당신 때문에 제대로 겸손해졌어요"(PP 361). 이러한 고백은 다아시가 자아 인식을 통해 **겸손**에 도달한 경험이 엘리자베스가 경험한 것과 동일하게 비참했음을 보여 줄 뿐 아니라, 엘리자베스의 깨달음이 그렇듯이 다아시의 깨달음이 오스틴의 기도문의 반영임을 보여 주고 있다. 오스틴은 세 번째 기도문에서, "우리 자신에 대하여 겸손하게 생각하게 하시고, 우리 자신의 행동에 대해서 검토할 때에는 엄하게 하고, 우리 동료 인간들에 대해서는 친절함으로 하고, 그들이 말하고 행하는 것을 판단함에 있어서는 그들에게 우리 자신이 바라는 것처럼 자비심으로 하게 하소서"라고 기도했던 것이다.

　　다아시는 지금까지 교만했던 자신의 모습을 깨닫고 철저한 참회를 통해 반성하고 거듭난 겸손의 삶을 올바른 행동으로 연결시킨다. 펨벌리를 방문한 엘리자베스와 외숙부 가디너 부부를 우연히 만난 다아시는 전에 보였던 오만한 태도를 버리고 겸손하고 예의 바르고 배려심 깊은 태도를 보여 엘리자베스를 놀라게 했다. 그뿐 아니라, 리디아가 위컴과 도망갔다는 사실을 알게 되자 그것을 위컴의 성품을 밝히지 않은 자기 잘못으로 여기고, 고생과 굴욕을 상관하지 않고 위컴을 찾아 내어 도박 빚을 갚아 주고 돈도 주고 군대에 자리도 사 주어 리디아와 의 결혼을 성사시킨다. 엘리자베스가 얼마나 가치 있는 사람인지 모르 고 교만하게 굴었던 것을 반성하며 "내 모든 주장이 기쁨을 누려 마땅 한 아가씨를 만족시키기에 얼마나 부족한지 당신이 보여 줬어요"라고 말한다(PP 361). "기쁨을 누려 마땅한 아가씨"로 번역되어 있는 부분의 원문을 살펴보면, 엘리자베스를 "a woman worthy of being pleased" 라고 표현하고 있다. 당시는 여성을, 남들 특히 남자를 기쁘게 하는 존 재라는 의미로 "기쁘게 하는 여자"(pleasing woman)라고 불렀다. 그러 나 여기에서 다아시는 엘리자베스를 남을 기쁘게 해야 하는 존재로 보 는 것이 아니라, 남들에 의해 기쁨을 누리게 될 가치가 있는 여성으로 표현하고 있는 것이다. 오스틴은 이 표현을 통해 다아시가 얼마나 철저 하게 겸손해졌는지, 그의 사랑이 기초한 것이 어떠한 겸손인지를 잘 보 여 주고 있다.

5. 이상적인 결혼의 상징성

앞에서 『오만과 편견』에서 비판적으로 그려지는 결혼들을 분석하였 지만, 이 소설에 부정적인 모습의 결혼만 그려진 것은 아니다. 가디 너 부부는 바람직한 결혼의 중요한 예다. 베넷 부인의 남동생인 가디 너 씨는 상업에 종사하고 있으며 런던의 고급 주택가가 아닌 칩사이드

(Cheapside)에 살고 있다. 캐럴라인 빙리나 캐서린 여사(Lady Catherine de Bourgh)는 엘리자베스의 외가가 사회적으로 지위가 낮은 계층임을 보여 주는 증거로 이 사실을 거론하곤 한다. 그러나 가디너 씨는 지각 있고 신사다운 사람이며 교육도 잘 받아서 이 계층에 속한 인물이 존경 받을 만한 사람일 수 있음을 보여 준다. 가디너 부인 또한 지적이고 우아하고 지각 있는 사람으로 엘리자베스에게 중요한 조언을 해 주고 이 끌어 주는 역할을 하고 있다. 펨벌리에 엘리자베스를 데리고 갔다가 다아시를 만나게 되는데, 이들을 만난 다아시는 엘리자베스에게도 지각 있는 친척이 있음을 알게 된다. 뿐만 아니라, 계층이 낮은 이들을 대하는 다아시의 태도는 그의 변화를 보여 주게 되고 그가 겸손한 사람이 되었음을 보여 주는 출발점이 되기도 한다. 가디너 부부는 엘리자베스가 다아시와 결혼한 후에도 가깝게 왕래하며 지내게 된다.

행복한 결혼의 또 하나의 예는 제인과 빙리의 결혼이다. 이 소설은 빙리가 네더필드에 세 들어 오면서 시작한다. 그는 아버지가 상업으로 돈을 벌어 사회적인 지위가 올라가게 된 신흥 부자 집안의 아들로, 1년에 4천 내지 5천 파운드의 수입이 있는 부자 청년일 뿐 아니라, 잘 생기고 성격과 매너가 좋아 모든 사람에게 호감을 주는 인물이다. 그런데 빙리는 스스로 판단하여 결정하기보다는 다른 사람에게 쉽게 영향을 받는 단점을 가지고 있다. 때문에 제인을 좋아하면서도 다아시의 말을 듣고 그녀를 떠나는 실수를 한다. 이로 인해 그는 이후 제인과 다시 맺어질 때까지 어려움을 겪는다.

베넷 가의 첫째 딸인 제인은 아름답고 착하고 따뜻한 마음을 가지고 있다. 메리튼 무도회에서 바로 빙리의 눈에 들게 되지만 가족들의 열등함 때문에 그와 쉽게 결혼할 수 없는 상황이다. 마음이 너그럽고 태도가 올바르며 빙리를 좋아하면서도 그에게 잘 보이려는 노력을 한다거나 잔꾀를 쓸 줄도 모르는 그야말로 "집안의 천사" 같은 인물이다. 그러나 이 소설에서 제인은 판단력이 부족하다는 단점을 가진 것으로 제시된다. 그녀는 모든 사람을 좋게만 생각하는 성격이어서 어느 누구에 대해서도 판단을 하지 않으려고 하는 성격이다. 따라서 캐럴라인 빙리의 위선을 알아채지 못하며, 위컴의 됨됨이를 알아보지 못할 뿐 아니라, 엘리자베스로부터 그것에 대해서 듣고도 믿지 못하고, 위컴이 리디아와 도망갔음을 알게 된 후에도 그들이 결혼할 것이라 믿는 순진함을 보인다.

　제인은 전통적인 소설에서라면 여주인공이 될 만한 인물이지만, 오스틴은 판단력이 부족한 제인에게 주인공이 아닌 보조적인 역할을 주고 있을 뿐이다. 그러나 너그럽고 사랑이 많은 제인의 관점은 엘리자베스의 교만함, 즉 사람들의 됨됨이를 잘 분별할 수 있다는 교만한 주장을 하면서 실제로는 위컴과 다아시에 관하여 철저히 오류를 범하는 것에 대한 하나의 비판으로 제시된다. 또한 제인은 소설이 진행되는 동안 조금씩 판단력을 기르는 성장을 하게 되어 소설 끝부분에서는 더 이상 빙리 양의 위선에 속는 바보가 되기를 거부하는 모습을 보인다. 베넷 씨는 제인과 빙리가 결혼하게 될 것을 알았을 때 "'너희 두 사람은 아주 잘 살 거다. 성질도 비슷하지. 둘 다 워낙 고분고분해서 매사에 하나도 결정되는 게 없을 거다. 워낙 물렁해서 하인들이 다 속이려

들겠지. 게다가 베풀기 좋아하니 항상 적자가 날 테고'"라고 말하여, 유머를 통해 염려를 드러내고 있다. 그러나 제인은 "돈 문제를 생각 없이 처리"하거나 "무절제"(imprudence)한 것은 "**나**로서는 용서할 수 없는 일"(unpardonable in *me*)이라고 단호하게 대답하는데, 이는 제인의 변화를 보여 주고 있다(*PP* 340).

물론 소설의 끝에서 가장 행복한 결혼은 엘리자베스와 다아시의 결혼이다. 오스틴의 소설에서 결혼은 성숙의 정도에 따라 높은 계층으로의 결혼이 순서 있게 이루어진다고 느껴질 정도이다. 펨벌리라는 영지를 소유한, 이 소설에서 가장 계층이 높고 재산도 많은 다아시와는 가장 큰 성숙을 이룬 엘리자베스가 결혼한다. 이러한 결혼에 대하여, 엘리자베스의 굴종이 가져온 결말이며, 그녀의 본래의 재치 있고 쾌활하고 독립적이고 이성적인 면모를 잃어버림으로써 가능한 결혼이었다고 비판하는 사람들이 있다. 그러나 이것은 오스틴이 이들의 결혼을 통해 표현하고자 했던 최상의 행복을 제대로 이해하지 못한 데서 오는 잘못된 비판이다. 그렇다면, 무엇이 이들의 결혼을 이상적인 결혼으로 만들고 있으며, 어떻게 성경적인 맥락 안에서 그려지는 행복한 결혼으로 해석되게 하는가?

첫째로, 이들의 결혼은 이 소설 속에서 가장 의미 있는 성숙을 이루어 낸 두 사람의 결합이다. 엘리자베스와 다아시는 결혼을 향해 나가는 과정에서 덕 철학이 강조하는 핵심 미덕들을 습득하게 되었고, 자신을 알고 세상을 올바로 판단할 수 있게 되었으며, 둘 다 겸손해졌을 뿐 아니라 진정한 사랑이 무엇인지를 깨닫게 되었다. 자아 인식을 통해 얻은 겸손함으로 "동료 인간들"에 대한 사랑으로 나가는 모습은, 자아의 발전 자체를 성장의 목표로 삼은 다른 작가들과 달리, 오스틴이 추구하는 의미 있는 성숙이다. 그러므로 오스틴에게 있어서 이러한 성숙 혹은 성장의 정도는 사랑의 정도와 연결되어 있다. 엠슬리는 이것이 『영국 국교회 기도서』의 일반적 고백과 궤를 같이하고 있다면서 엘리자베스와 다아시가 겸손한 마음으로 결혼을 향해 나아가는 것이 지닌 기독교적 성격을 설명하고 있다. "그들은 둘 다 참회하고, 고백하고, 앞으로는 더 올바로 행할 것을 결심하는데, 이러한 행동 양식은 그리스도인의 영혼이 은혜의 상태에의 도달을 영원히 추구하는 모습을 표현하는 것이다"(Emsley 103).

둘째로, 이들의 결혼은 서로의 부족함을 보완하는 동등한 결혼이다. 엘리자베스는 리디아의 도망으로 베넷 가가 수치에 빠졌을 때 다아시와의 결혼이 불가능해졌음을 깨닫게 되는데, 그 순간 그와의 결혼이 얼마나 이상적인 결혼이 될 수 있었나를 절감한다. 넉 달 전에 그의 청혼을 오만하게 거절했었지만 엘리자베스는 이제 "그가 성격이나 재능 면에서 그녀에게 딱 맞는 남자라는 사실"을 알게 된다. 그의 "이해력과 기질은 비록 그녀와는 다르지만 그녀의 모든 소망에 부합했을 것"이며, "두 사람 모두에게 득이 되는 결합이 틀림없었다". 그녀의 "편안하고 활달한 성품"으로 그의 "마음은 부드러워지고 그의 매너는 향상되며", 그의 "판단과 정보와 세상에 대한 지식"으로 그녀는 더 큰 혜택을 누렸을 것이라고 아쉬워한다(PP 304). 이들이 마침내 결혼에 성공하여 펨벌리에 사는 모습은 바로 이때 엘리자베스가 상상한 대로 서로를 보완하는 이상적인 결혼의 모습을 그대로 보여 주고 있다.

결혼 후 엘리자베스는 독립성을 잃지 않고 유머와 재치를 유지한다. 그들의 결혼 생활을 본 조지아나는 처음에 엘리자베스가 다아시에게 "발랄하고 장난스러운 태도로 말하는 것을 보고 너무 놀라서 경악하다시피 했다". 그러나 열 살 넘게 어린 여동생으로서 오빠에게 사랑보다는 존경심을 가졌던 조지아나는 이제 엘리자베스의 "지도"를 통해 "아내가 남편과 자유롭게 말할 수 있다는 사실을 이해하기 시작"한다(PP 380). 이것은 엘리자베스와 다아시의 관계가 다아시의 판단과 세상에 대한 지식을 엘리자베스가 그대로 받아들이는 관계가 아님을 보여 준다. 이것은 엘리자베스의 굴욕이 독자 앞에 철저히 그려지고 있는 것은 사실이지만, 그에 못지않게 다아시 또한 굴욕을 겪으며 이를 통해 둘 다 교육받고 성숙했음의 연장선 상에 있는 것이다. 엠슬리는 엘리자베스의 변화가 자신을 억압하는 데에서 오는 것이 아니라, 오히려 이 과정을 통해 자유를 얻음으로써 도달하는 "그리스도인의 겸손"임을 논증한다. 이 겸손함은 비참한 자기 비하가 아니라, 자신의 타락 가능성을 올바로 인식하는 데서 오는 것이다. 또한 이 겸손함은 엘리자베스가 다아시에게 자신을 복종시키기 위하여 배우는 것이 아니라, 엘리자베스와 다아시가 "그리스도인의 결혼"이라는 맥락 안에서 둘이 함께 하나님께 복종하는 것을 배운 것이다(Emsley 84).

마지막으로, 그들의 결혼은 단순히 두 사람이 행복해졌다는 의미를 넘어 종교적 상징성과 비전을 보여 주고 있다. 자아 인식이 발달하고 타자와의 연대성이 강화되는 패턴은 자신에 대한 깨달음, 회개,

변화, 궁극적 행복이라는 기독교 서사의 모형을 따르는 것이라고 할 수 있다. 설은 이것이, 오스틴의 로맨스를, "요한계시록 21장에 나타난 어린 양의 결혼 잔치"에서 생생하게 묘사되는 "궁극적인 구원의 성경적 메타 서사" 안에 위치시키고 있다고 설명한다(Searle 17). 기핀은 그들이 마치 순례와 같은 여정을 통해 성숙을 이루어 내어 도달한 행복한 결혼은 인간적이고 신적인 사랑에 의해 힘을 얻게 된다고 한다. 성숙을 통해 함께 펨벌리의 주인이 되는 것은 서로의 구원에 기여할 뿐 아니라, 그들을 둘러싼 대가족의 구원, 나아가 그들이 공익을 위해 영향을 줄 더 넓은 공동체의 구원에 기여하게 될 것이라고 분석한다(Giffin 92~93). 이러한 분석들은 엘리자베스와 다아시의 결혼을 통해 제시되는 기독교적 상징성과 비전을 잘 설명하고 있다고 할 수 있다.

3장

『맨스필드 파크』—성직 임명을 둘러싼 결혼 플롯

1. 주제로서의 성직 임명

『오만과 편견』이 출판된 것은 1813년이었고, 『맨스필드 파크』가 출판된 것은 1814년이었다. 출판 연도만 본다면 오스틴이 두 작품을 연속적으로 쓴 것처럼 보인다. 그러나 『오만과 편견』은 원래 1796년부터 1797년 사이에 스티븐튼 목사관에서 살던 시기에 썼던 『첫인상』이라는 작품을 1813년에 출판한 것으로 『노생거 사원』, 『지성과 감성』과 함께 오스틴의 전기 작품에 해당하는 반면 『맨스필드 파크』는 1809년 이후 초튼(Chawton)에서 집필된 작품으로 『엠마』(1816), 『설득』(1818)과 함께 후기 작품에 해당한다. 아버지인 오스틴 목사가 1801년에 은퇴하면서 제인은 부모와 언니 카산드라와 함께 온천 휴양지인 바스로 이사 가게 되었고, 1805년 아버지 사망 이후에는 어머니와 언니와 함께 사우샘튼으로 이사 갔으며 경제적으로 매우 어려운 생활을 하게 된다. 이 곤경에서 그들을 건져 준 것은 부유한 친척에 입양되었던 에드워드 오빠였다. 에드워드는 1809년에 그의 햄프셔 영지의 일부인 초튼에 제인과 카산드라와 어머니가 살 작은 집을 마련해 주었고, 이 시골집에 정착한 후 제인은 비로소 본격적인 작가의 길을 가게 되었다. 초튼에서 쓰여진 제인 오스틴의 후기 작품들은 초기 작품들이 보여 준 사회 풍자와 심리적 통찰이 얽힌 로맨틱한 이야기를 더 심오하고 깊이 있게 발전시켰다. 사회 비평에는 더 넓은 시각과 깊이 있는 통찰이 더해졌고, 인물 묘사는 사회적·지정학적 공간 속에서 장소와 환경이 미치는 영향을 세심히 반영하였다.

『맨스필드 파크』는 오스틴이 초튼에서 쓴 첫 작품일 뿐 아니라 전문적인 작가가 된 이후 쓴 첫 작품이다. 오스틴은 1813년 1월 29일에 카산드라에게 보낸 편지에서, "이제 뭔가 다른 것을 써 보려고 해—주제를 완전히 바꾸는 것이 될 거야—성직 임명이지"라고 밝힌 바 있다(Jane Austen, *Letters* 202). 또한 1813년 7월 6일에 프랜시스에게 보낸 편지에서는 "내 손에 뭔가를 가지고 있어—『오만과 편견』덕에 잘 팔렸으면 좋겠어. 비록 반만큼도 재미없지만 말이야"라고 쓰고 있다(Jane Austen, *Letters* 217). 『맨스필드 파크』를 쓰면서 오스틴은 새 작품이 잘 팔리기를 기대하면서도 『오만과 편견』의 반만큼도 재미있지는 않을 새로운 주제, 즉 과감하게도 성직 임명이라는 주제를 가지고 소설을 쓰고 있었던 것이다. 토드가 "『맨스필드 파크』에서는 장소와 환경이 불안정한 사람에 미치는 영향에 대해 더 헤아리는 마음이 희극적 인물에 대한 순수한 즐거움을 줄어들게 한다. 또한 『오만과 편견』의 쾌활한 대화는 성직자의 의무와 토지 개량에 대한 의미심장한 토론 앞에 사라지고 있다"라고 평가하는 것은(Todd 75), 오스틴이 충분히 예측했던 평가일 뿐 아니라 의도한 것이었다고도 할 수 있다.

많은 비평가들은 밝고 유쾌한 『오만과 편견』과 진지하고 엄숙한 『맨스필드 파크』 사이의 차이를 복음주의의 영향으로 평가하고 있다. 오스틴이 "나는 우리가 모두 복음주의자가 되지 말아야 한다고는 결코 생각하지 않는다. 나는 적어도 이성과 감성으로부터 복음주의자가 된 그들은 가장 행복하고 안전함에 틀림없다고 믿게 되었다"라고 카산드라에게 보낸 편지에 썼는데, 이것은 오스틴이 그 전에 복음주의에 대해 거부감을 보였던 것과는 달리 복음주의자들의 목표와 관점에 상당히 공감하고 있음을 보여 주고 있는 것임을 앞에서 설명한 바 있다. 바로 이 편지를 쓴 것이 『맨스필드 파크』를 출판한 지 6개월이 지난 1814년 11월이었다. 또한 그녀가 가장 좋아했던 오빠인 헨리가 『맨스필드 파크』가 출판된 해에 성직 임명을 받았으며, 그 자신이 열정적인 국교 복음주의자가 되었는데, 이것도 그녀에게 영향을 주었을 것으로 추측된다.

그런데 세속주의 비평에서는 오스틴이 성직 임명이라는 새로운 주제를 다루는 소설을 쓰겠다고 말한 것이나 복음주의에 대해 새로운 평가를 내리는 태도 등에 대해서 진지하게 받아들이지 않고, 그냥 해당 편지들을 쓰면서 문맥상 가볍게 얘기한 것 정도로 폄훼해 왔다. 오스틴이 목사의 딸이었고 오빠들을 비롯하여 가까운 사람들 중에 목사가 많았기에 결코 성직 임명 문제를 가볍게 얘기할 사람이 아님에도 불구하고, 이들은 성직 임명 문제를 주제로 다룬다는 말을 경시하고, 대신 소설 속에서 진행되는 심리 분석적인 내용에 관심을 가지거나 탈식민주의 비평으로 접근하는 경우가 많았는데, 이는 대부분의 세속주의 비평가들이 성직 임명이라는 주제를 인지할 의사가 없거나 인지할 능력이 없었기 때문이라고 할 수 있다.

그러나 포스트세속 시대를 맞아 『맨스필드 파크』에서 핵심적인 내용으로 다루어지고 있는 성직 임명을 둘러싼 종교적 주제에 대한 분석은 더 이상 외면할 수 없는 핵심적인 것으로 떠오르며 다양한 연구가 이루어지기 시작하였다. 드럼은 "성직 임명은 이 소설에서 주제적, 구조적, 젠더적 함축들을 내포하고 있으며, 이 세 가지 이슈들은 모두 다양한 방식으로 연결되어 있다"라고 지적하며, 성직 임명이 이 소설의 중앙에서 하는 역할을 분석하였다(Drum 95). 화이트는 이 소설 속에 국교 복음주의자들이 추진했던 대부분의 종교적 사회 개혁 이슈들—비거주, 노예무역 폐지, 도시 엘리트들의 비종교성, 가족 기도의 중요성, 아마추어 연극에 대한 불신, 진지한 사적 자기 검토에 대한 요청—이 다루어지고 있음을 주목하였다(White 27). 윌트셔는 이 소설이 19세기 초 크게 부흥하기 시작한 복음주의 영성과 오스틴 가족들이 가졌던 오래된 "노골적으로 드러내진 않지만 경건했던" 국교 신앙 사이에 늘어나던 긴장을 극화하였다고 분석하였다(Wiltshire 78, 83).

바이드는 "에드먼드의 성직 임명을 중심에 둠으로써 오스틴은 당시에 이미 진행 중이던 성직자 개혁에 대하여 몇 가지 논평을 『맨스필드 파크』 속에 통합시킬 수 있었고, 그렇게 함으로써 이러한 개혁에 대한 자신의 지지를 분명히 말하였다. 그러나 그러한 논평들을 소설 속 젊은 연인들의 로맨틱한 긴장과 연결시킴으로써 소설의 교훈적인 어조를 완화시켰다"고 성직 임명과 결혼 플롯의 연결점을 평가하였다(Byrd 3). 매즌은 더 나아가 『맨스필드 파크』를 19세기 소설에서 결혼 플롯과 종교가 연결되어 있음을 보여 주는 핵심 텍스트로 보고 있다. 빅토리아 시대의 소설에 종교와 결혼 플롯은 불가분의 관계로 뒤얽혀 있었다. 이 시기에 세속화로 인해 종교가 쇠락했다고 생각해 버리는 현대 비평을 재고하게 하는 "신앙적 독해"(faithful reading)를 주장한 매즌은, 빅토리아 시대 여주인공들의 결혼 플롯에 종교의 문제가 깊이 관여되어 있음을 분석하면서, 『맨스필드 파크』를 빅토리아 시대에 앞서 결혼 플롯을 통해 "종교와 소설이 어떻게 교차하고 있는지"를 보여 주는 선구적 작품으로 꼽고 있다(Madsen 15).

2. 비판적으로 그려지는 성직자들

오스틴은 소설 속에 많은 성직자들을 그렸는데, 특히 초기 작품들에서 풍자나 비판의 대상으로 그려진 경우가 많았다. 『오만과 편견』의 콜린스 목사는 가장 대표적인 예다. 그는 그리스도인으로서의 삶에는 전혀 관심이 없으며 교구 목사로서 하나님의 뜻을 따라 교구민들을 사랑으로 돌보겠다든가 하는 의식을 거의 가지고 있지 않다. 단지 자신의 할일을 두 가지로 생각하고 있을 뿐인데, 그 하나는 자기에게 성직록을 준 캐서린 여사를 감사에 가득 찬 존경심을 가지고 섬기겠다는 것이며, 다른 하나는 국교회가 담당하는 예식들, 즉 세례식, 결혼식, 장례식과 같은 예식들을 잘 수행하겠다는 것이다. 캐서린 여사에 대한 그의 끊임없는 찬사는 베넷 씨로 하여금 그의 "섬세하게 아첨하는 재능"에 대해 감탄을 자아내게 만들 정도여서, 어리석은 사람에 대한 풍자를 즐기는 베넷 씨에게 또 하나의 즐거움을 줄 수 있을 만큼 충분히 우스꽝스러운 사람이다. 콜린스 목사에 대한 풍자에는 국교의 성직자가 어떠해야 하는지에 대한 오스틴의 생각이 비판적으로 나타나 있고, 그의 결혼에 대한 풍자에 또한 성직자로서의 콜린스의 결혼에 대한 오스틴의 비판이 나타나 있다.

콜린스 목사에 대한 풍자 중 또 하나 다루어지고 있는 것은 성직록 수여권자와 관계된 문제다. 목사가 자기에게 성직록을 준 사람에게 감사한 마음을 가지고, 그 사람의 기대에 맞게 성직을 제대로 수행하는 것은 올바른 일이고 해야 할 일이기도 하다. 그러나 아첨하고 알랑거리고 굴종적으로 행동하는 것은 옳지 않다. 또한, 콜린스에게 성직록을 준 캐서린 여사도 성직록을 받은 사람의 복지에 관심을 가지고 친절하게 대해야겠지만, 콜린스의 아내 샬롯의 살림살이를 통제하려 들 정도로 그들의 사적인 생활에 간섭하는 것은 옳지 않은 것이다(Collins, *Jane Austen* 33~34).

또한 콜린스 같은 사람에게 성직록을 준 캐서린 여사의 판단력에 대한 비판도 암시되어 있다. 이 점은 위컴에게 성직록 주기를 거부한 다아시의 판단과 대조된다. 다아시는 아버지가 성직록을 주려고 케임브리지 대학까지 보내 공부시킨 위컴이 성직자가 되는 권리를 포기하겠다면서 법률을 공부하겠다고 돈을 요구하자 돈을 주었다. 위컴은 방탕한 생활로 이 돈을 날린 후 다시 성직자가 되겠다고 다아시에게 왔다. 그러나 다아시는 이를 거절했는데, 방탕한 위컴이 성직자가 되지 못한 것은 큰 다행이라고 할 수 있다. 그의 인물 됨됨이를 보건대 그가 성직자가 되었더라면 교구민들에게 매우 불행한 일이 되었을 것이 분명하며, 그의 됨됨이를 제대로 파악하고 그에게 성직록을 주는 것을 거부한 다아시의 판단은 옳았을 뿐 아니라 꼭 필요한 판단이었음을 보여 주기 때문이다. 이 점에서 다아시는 콜린스에게 성직록을 준 캐서린 여사와 대비되며, 이를 통해 성직록 수여권이 있었던 귀족이나 신사 계층이 그 권한을 올바로 사용하는 것이 얼마나 중요한 것인지를 오스틴은 보여 주고 있다.

성직 수여권자에게만 관심을 가지고 아첨하는 콜린스 목사에게서는 교구민들에게 관심을 가지는 모습은 볼 수가 없다. 오스틴은 교구 목사가 교구민들을 돌보는 것을 매우 중요하게 생각하여서, "성직자들이 그들의 관할 교구에 거주하는 것에 대해 지나치게 까다롭다"고 비판받을 정도였다고 한다(Collins, *Jane Austen* 33). 『맨스필드 파크』에서 토머스 경(Sir Thomas Brtram)은 비거주(non-residence)의 문제점을 정확히 지적하고 있다. 헨리 크로퍼드(Henry Crawford)는 에드먼드 버트럼(Edmund Bertram)이 손턴 레이시의 교구 목사가 된다 해도 굳이 거기에 가서 살 필요는 없지 않으냐고 주장하지만, 토머스 경은 이에 반대하며 다음과 같이 말한다.

"하지만 교구에는 그곳에 상주하는 성직자만 알 수 있는 요구 사항과 주장들이 있는 법이지요. 그런 문제는 어떤 대리 목사도 정식 목사처럼 만족스럽게 해결할 수 없습니다. 흔히 하는 말대로, 에드먼드는 손턴에서 해야 할 의무를 그곳에 가지 않고서도 행할 수 있습니다. … 하지만 그렇게는 되지 않겠지요. 인간의 본성에는 일주일에 한 번의 설교로 전할 수 있는 것 이상의 도덕적 교훈이 필요하다는 걸 에드먼드도 알고 있으니까요. 교구민과 함께 살면서 끊임없이 관심을 기울이고, 자신이 그들의 행복을 비는 사람이자 친구라는 점을 입증해 보이지 않으면 그들의 이익을 위해서도 자신의 이익을 위해서도 큰 도움이 되지 못한다는 걸 알고 있을 겁니다." (MP 392~393)[10]

비거주의 문제는 성직 겸임(pluralism)과 긴밀히 연결되어 있다. 당시 재정적인 이유 때문에 한 사람이 여러 교구의 성직록을 받는 경우가 많았는데, 이처럼 교구 목사가 성직을 겸임하는 경우 어떤 교구에서는 거의 살지도 못하게 되고(absenteeism), 교구민을 제대로 돌보는 것이 불가능할 뿐 아니라 일요일에 설교도 할 수 없다. 그런데 18세기 말에 국교 목사 중 1/3이 하나 이상의 성직록을 가지고 있었다. 제인 오스틴의 아버지 조지 오스틴 목사도 성직 겸임자(스티븐튼 교구와 딘 교구)였는데, 그는 스티븐튼 교구에서만 살았고, 딘 교구의 일은 부목사에

---

10 『맨스필드 파크』의 번역문을 인용하는 경우에는, 『맨스필드 파크』 (류경희 옮김, 시공사, 2016)에서 인용하였으며, 원제목인 "Mansfield Park"의 앞글자를 따서 "MP"로 표기하였다. 원문에서 인용하는 경우에는 Mansfield Park(Ed. Kathryn Sutherland, New York, NY: Penguin Books, 1996)에서 인용하였으며, "Mansfield Park"로 표기하였다.

게 맡겼다고 한다(당시 관례대로 부목사의 월급은 조지 오스틴 목사가 줬다). 이처럼 당시 많은 목회자들이 복수의 성직록을 받은 것은 경제적인 문제 때문이었다. 성직자의 월급은 매우 적었는데, 지나치게 적은 경우가 아주 많았다고 한다. 조지 오스틴 목사의 경우에도 학생들을 기숙시키며 학비를 받아 생계를 이어 가야 했다(White 13~14). 이와 같이 당시 교구 목사들의 재정 상태가 열악함을 잘 알고 있었기 때문에, 제인 오스틴은 기본적으로 성직 겸임에 반대하면서도 어쩔 수 없이 성직 겸임을 해야 하는 경우에는 복수의 성직록을 받는 목사가 자신이 살 수 없는 교구에 부목사를 취임시켜 거주하게 하는 데 최선을 다해야 한다고, 그리고 자신이 할 수 있는 한 가장 좋은 녹을 부목사에게 제공해 주어야 한다고 생각하였다(Collins, *Jane Austen* 33).

『맨스필드 파크』에서 목사가 어디에 살아야 하며 왜 거기에 살아야 하는가에 대해 긴 논쟁이 이루어지는 것은 교구라는 공간이 목사의 정체성을 구성하는 근본적인 단위라는 복음주의의 신념에 영향받은 바 크다. 작은 규모의 공간에 거주함으로써만, 영적이고 도덕적인 힘을 가진 사회적인 일상들, 즉 오스틴이 "습관들"이라고 부르는 것들을 통해 목사가 이웃들과 소통할 수 있다고 보는 것이다. 베니스에 따르면 이 소설에서 목사의 거주 문제에 대해 이루어지는 논의는 복음주의자들이 영(英)제국의 노예제도를 비판하는 것과 공간적인 문제에서 연결되어 있다. 목회자들이 자신의 교구에 헌신해야 한다는 복음주의의 요구는 버트럼 가(家)와 같은 서인도제도 농장주들의 부재지주제도(absenteeism)가 식민지에서 일어나는 고통을 무시하고 진행되는 영국 경제의 세계화가 일으키는 윤리적인 문제를 드러내고 있다는 것이다 (Benis 335).

에드먼드가 교구와 목사의 관계를 얼마나 소중하게 생각하는지는 메리 크로퍼드(Mary Crawford)와의 논쟁에 잘 나타나 있다. 메리는 목사들이 영향력도 없고 설교단을 벗어난 성직자는 눈에 보이지도 않는다고 사회에서의 역할을 평가절하하는데, 에드먼드는 "런던을 두고 말씀하시는 거군요. 저는 나라 전체를 두고 말하는 겁니다"라면서, 목회자 역할의 중요성을 다음과 같이 옹호한다.

> "우리는 대도시에서 최상의 도덕을 찾지 않습니다. … 그리고 성직자의 영향력을 가장 크게 절감할 수 있는 곳도 분명히 대도시가 아닙니다. 사람들은 훌륭한 설교자를 추종하고 존경하지요. 하지만 훌륭한 성직자가 책임지는 교구나 그 인근 지역이 그의 개인적인 성품을 그곳 사람들이 알 수 있고 전반적인 행동을 관찰할 수 있는 정도의 규모라면, 그가 그곳에서 쓸모 있는 게 그저 훌륭한 설교 때문만은 아닐 겁니다. 런던에서는 사람들이 그런 일을 좀처럼 할 수 없습니다. 런던에서는 성직자가 수많은 교구민들에 묻혀 주목받지 못하지요. 그저 다수 대중에게 설교자로만 알려질 뿐입니다. … 제가 말하고자 하는 예의범절은 아마 훌륭한 행동 원칙의 결과물이라고 할 수 있는 '품행'이라고 불러도 될 겁니다. 간단히 말해 성직자가 의무적으로 가르치고 권장해야 하는 교리의 결과물이지요. 그러니 어디에서든 성직자가 마땅히 보여야 할 모습을 보이느냐 보이지 않느냐에 따라 나머지 국민들의 모습

도 결정된다는 걸 알 수 있다고 생각합니다." (*MP* 152~153)

　"성직자가 의무적으로 가르치고 권장해야 하는 교리의 결과물"
이 품행(*conduct*)이고 예의범절(*manners*)이고, 그것은 "훌륭한 행동 원
칙"(good principles)의 결과물이라는 것이 에드먼드의 주장이다. 『오만
과 편견』에서도 **원칙**의 중요성이 여러 번 강조되었지만 『맨스필드 파
크』에서는 더 자주 원칙이라는 단어가 사용되고 있는데, 여기에서 오스
틴은 에드먼드의 입을 통해 원칙이란 성직자가 의무적으로 가르치고 권
장해야 하는 "교리의 결과물"이라고 그 뜻을 명확히 설명하고 있다.

　　이처럼 메리는 에드먼드를 통해 성직자의 종교적·사회적 역할
의 중요성에 대해 듣게 되지만, 아마도 메리에게 에드먼드가 말하는 것
과 전혀 다른 성직자의 모습을 보여 줌으로써 왜곡된 성직자 상을 갖게
한 사람은 형부인 그랜트 박사(Dr. Grant)였을 것이다. 그랜트 박사는
맨스필드 교구의 목사로 부임했지만 목회에 대한 소명감은 찾아볼 수
없으며 목사로서의 의무에 관심을 가지는 모습도 볼 수가 없다. 교구민
을 돌보는 데에 관심을 가진다든가 가난한 자나 병든 자를 찾아가는 데
에는 관심이 없고, 오직 맛있는 음식을 배불리 먹는 것에 관심을 기울
이는 미식가자 대식가다. 그는 매일 성찬을 들고 싶어 하고, 그랜트 부
인은 그런 남편의 식욕을 충족시키기 위해 분에 넘칠 만큼 많은 돈을
자기 집 요리사에게 준다. 좋은 음식을 먹는 것 자체가 문제는 아니겠
지만, 자기가 먹는 음식에만 관심을 가지고 거기에 과도한 돈을 쓰는
이기적인 생활은 그랜트 박사가 좋은 성직자가 되는 것을 막고 있음을

오스틴은 보여 주고 있다.

이토록 이기적이고 자기중심적인 그랜트 박사가 맨스필드 교구의 성직록을 받고 있다는 것은 버트럼 가의 부가 식민지에서 오고 있다는 점과 연결되어 중요한 의미를 가지고 있음이 지적된다. 베니스에 따르면 외국복음전파협회(SPG)와 같은 국교 조직들은 영국 식민지에 있는 원주민들과 노예가 된 아프리카인들에게 그들이 당하는 착취는 신성한 계획의 일부라고 가르쳤다고 한다. 제인 오스틴의 오빠였으며 해군 장교였고 나중에 복음주의 목사가 되었던 프랜시스 오스틴은 항해 일지에 노예제도에 대한 비판을 쏟아 놓았는데, 이는 오스틴의 가족들이 노예제도 폐지를 지지했던 것을 보여 주는 하나의 예라고 할 수 있다. 그의 일지 중에는 남대서양의 한 섬에서 자신의 의무를 게을리하고 그곳 주민들의 영적인 복지를 돌보지 않는 한 목사에 대한 분노를 표현한 부분도 있다(Benis 341).

작품 후반부에서 그랜트 박사는 연줄을 통해 웨스트민스터 교구 성직을 물려받게 되어 맨스필드 교구를 떠나 런던에서 살게 된다. 그러나 그는 거기에서 대형 만찬 모임을 정례적으로 일주일에 세 번씩이나 열다가 뇌졸중으로 쓰러져 삶을 마감하게 된다. 중세 가톨릭에서 일곱 가지 대죄악으로 생각했던 것 중의 하나가 대식(大食)이었음을 앞에서 언급한 바 있는데, 이 작품에서 오스틴은 먹는 것에 탐닉하던 그랜트 박사라는 목사가 그 대식 때문에 병을 얻게 되어 사망에 이르는 것을 보여 주고 있다.

3. 에드먼드 버트럼의 이상과 현실

『맨스필드 파크』는, 오스틴의 모든 소설들처럼 여주인공 패니 프라이스(Fanny Price)의 성장을 다루고 있지만, 다른 소설에서와는 달리 남주인공인 에드먼드 버트럼의 성장을 패니의 성장만큼이나 중요한 주제로 다루고 있다. 그는 성직자가 되기로 결정하였고, 성직 임명을 앞두고 있지만 이상과 현실의 괴리 사이에서 자신의 선택에 대한 유혹을 직면해야 하고, 이와 관련된 도덕적 문제들을 해결해야만 한다.

에드먼드는 준남작인 토머스 경의 둘째 아들이다. 소서턴 저택에서 에드먼드와 메리가 목사직에 대해 벌이는 논쟁에는 당시 신사 계층의 둘째 아들에 대해 많은 것이 나타나 있다. 에드먼드와 메리는 서로에게 호감을 가지고 있는 사이였지만, 메리는 여기에서 처음으로 에드먼드가 성직 임명을 받을 계획을 가지고 있음을 알게 되자 아연실색하고, 둘은 성직자가 되는 것에 대한 논쟁을 벌이게 된다. 당시 영국에서 행해지던 장자상속법에 따라 첫째 아들은 아버지의 재산과 작위를 물려받게 되지만, 둘째 아들부터는 자기의 일을 스스로 찾아야 한다. 이들이 많이 선택하던 직업으로 변호사, 군인, 선원이 있었지만 목사도 그중의 하나였다. 그러므로 에드먼드의 경우 성직자를 선택한 것은 상속을 받지 못하는 상류 계층의 둘째 아들들이 목사가 많이 되는 관례에 따른 것이라고도 할 수도 있다.

그런데 메리는 "왜 하필이면 성직자가 되려고 하세요? 저는 그런 일은 항상 직업을 선택할 형들이 많은 막내의 운명이라고만 생각했거든요"라고 의문을 제기하고, 에드먼드는 "그렇다면 자발적으로 성직을 택하는 일은 결코 없을 거라고 생각하시는 겁니까?"라고 반박한다(*MP* 150). 여기에서 오스틴은 초기 소설에서와는 달리 에드먼드는 관례에 따른 것이 아니라 "자발적으로 성직자의 길을 선택"했음을 분명히 하고 있다. 소설 초반부에서 서술자는 토머스 경이 "에드먼드의 성격, 확실한 분별력과 올곧은 정신은 본인 자신과 온 가족, 친인척들에게 유용할 것이고, 명예와 행복이 될 것이라는 점에서 지극히 값지게 생각"하고 있음을 설명하고 있으며, "에드먼드는 성직자가 될 예정"이라고 아들의 선택을 흐뭇하게 생각함을 보여 주고 있다(*MP* 39).

　　그런데 사실 에드먼드처럼 성직에 깊은 사명감을 가지는 것은 당시 신사들의 일반적인 태도는 아니었다. 섭정 시대 영국에서 성직자의 자리는 상류 계층이 가진 특권의 하나였고, 재능이나 소명 혹은 사명감보다는 가족의 인연으로 그 자리를 주는 적이 많았다. 『오만과 편견』에도 나타나듯이 영국 국교에서 어떤 교구의 목사를 선택하는 방법은 성직 수여권이라는 폐쇄적인 시스템에 의해 이루어졌다. 성직록은 귀족이나 지주 계급에 의해, 토지를 상속받지 못하는 작은 아들들에게 주어졌고, 일반적으로 목사들에게 목회는 소명이라기보다는 하나의 생계 수단이었다(Drum 95~96). 그러나 오스틴은 에드먼드가 **소명** 의식을 가지고 성직자가 되기로 스스로 결정한 것임을 강조해서 보여 주고 있다. 드럼은 오스틴이 『맨스필드 파크』를 쓰던 당시 영국은 "섭정 시대의 가치들"로부터 엄격한 도덕성과 엄한 분위기, 즉 "빅토리아 문화의 가치들"로 옮겨 가고 있었으며, 에드먼드는 "전문가 정신의 중요한 자질인 의무와 품위"를 갖춘 "초기 빅토리아 시대에 훨씬 더 알맞은" 인물이라고 분석하였다(Drum 98). 오스틴이 초기 소설에서 성직자들을 풍자의 대상으로 그렸던 것과 달리 이 소설에서 에드먼드의 성직자로서의 소명감과 사명감을 강조한 것은 천직을 신성한 명령으로 보는 복음주의의 영향이 드러난 부분이라고 할 수 있다.

　　에드먼드가 스스로 성직자가 되기로 결정했다는 말에 대해 메리는, "교회에서 무슨 일을 할 수 있나요? 남자들은 이름을 떨치는 걸 참 좋아하잖아요. 군대나 법조계 같은 다른 직종에서라면 어디서든 그런 유명세를 얻을 수 있죠. 하지만 교회에서는 그럴 수 없어요. 성직자는 미미한 존재예요"라고 반대 입장을 피력한다(*MP* 150). 여기에 "성직자는 미미한 존재예요"라고 번역된 부분의 원문은 "A clergyman is nothing"이다. 직역하자면, "성직자는 아무것도 아니다"이다. 메리의 생각이기도 하고, 세속화된 사람들의 생각을 보여 주는 것이기도 하다.

　　여기에 대해 에드먼드는 지위라든가 유행을 선도하는 면에서는 성직자의 등급이 그리 높지 않다는 것에 동의하지만, 성직자가 아무것도 아니라는 것에 대해서는 강하게 비판한다.

　　"개인적으로 보든 집단적으로 보든, 아니면 일시적으로 보든 영원한 시간으로 보든, 성직자는 인간에게 있어 가장 중요한 것을 책임지고 있습니다. 성직자는 **종교**와 **도덕**의 수호자입니다. 그리고 그 두 가지의 영향으로 생겨나는 **예의범절**의 수호자이기도 하지요. 여기 있는 어느 누구도 성직자의 역할이 미미하다고 말할 수 없을 겁니다. 혹시라도 성직을 수행하는 사람이 그렇게 미미한 존재라면, 그건 그가 자신의 의무를 게을리했거나, 그 의무의 중요성을 무시했거나, 본분을 벗어나 보여서는 안 되는 모습을 보였기 때문이겠지요." (*MP* 151, 필자 강조)

성직자는 인간에게 가장 중요한 것, 즉 "종교"와 "도덕"과 "예의범절"의 수호자라는 에드먼드의 주장은, 성직자로서의 소명 의식을 가지고 자신이 이루어 가려는 목표와 이상을 보여 주고 있다.

그러나 소설 전반에 걸쳐 에드먼드가 보여 주는 것은 이 이상을 향해 충실히 살아가는 모습이라기보다는 이상과 현실 사이에서 갈등하는 모습이며, 이 갈등은 결혼 플롯과 연결되어 있다. 에드먼드가 성직 임명을 받을 예정임은 작품 초반부터 알려져 있지만 메리에 대한 사랑에 빠지면서 그는 자신이 가진 이상을 실현하는 데서 점점 멀어져 간다. "어디에서든 성직자가 마땅히 보여야 할 모습을 보이느냐 보이지 않느냐에 따라 나머지 국민들의 모습도 결정된다"고 성직자가 국민 앞에 해야 할 역할의 중요성을 제시함으로써 기독교의 사회적 역할을 강조하였지만, 그가 실제로 그 역할을 해낼 수 있느냐의 문제는 결혼 플롯이 어떻게 종결되는가와 직결되어 있는 것이다.

메리는 아름답고 세련되고 상류 사교계의 신조를 따라 사는 인물로서 육체적이고 물질적인 가치 외에는 다른 가치를 인정하지 않는다. 오스틴은 메리를 건강하고 튼튼하고 활기가 넘치고 육체적인 활동을 좋아하고 또 아주 잘하는 것으로 그림으로써 그녀의 육체성을 강조한다. 그녀에게는 영혼이 없으며, 그 자리에 오직 자아만이 남아 있어 자아를 만족시키는 것을 유일한 목표로 추구한다. 남에게 피해를 주고도, "아시다시피 이기적인 태도는 늘 용서해 줘야 해요. 치유할 희망이 없잖아요"라고 말할 정도다(*MP* 114). 메리가 거리와 시간에 대해서도 객관적인 기준을 인정하지 않는 점은 이러한 자기중심적인 사고를 잘 보여 주는 예다. 에드먼드에게 "말씀하시는 8분의 1마일이 얼마나 되는지 모르겠네요. 하지만 아주 긴 숲이었다고 확신해요"라고 주장하는 것이나 "시계로 저를 공격하지 마세요. 시계는 늘 너무 빠르거나 너무 느리니까요. 저는 시계라면 증거로 인정할 수 없어요"(*MP* 155~156)라고 고집을 부리는 것은 심지어는 시간과 공간에 대해서조차 주관적이고 상대적인 사고에 사로잡혀 있으며, 절대적인 가치에 대한 인정이 부족함을 잘 드러낸다.

메리는 "자기에게 유리하게만 할 수 있다면 누구나 결혼을 해야" 한다고 생각하며(*MP* 73), "결혼이라는 것이 모든 거래 중에서 상대에게 가장 많은 것을 기대하면서도 정작 자신은 가장 정직하지 않은 모습을 보이는 거래"라고 생각하고, 그에 따라 행동한다(*MP* 77). 그러므로 메리는 처음에 맨스필드 파크에 오게 되었을 때, 준남작 작위 계승권을 가진 맏아들인 톰 버트럼(Tom Bertram)을 결혼 대상자로 생각한다. 그러나 낭비벽이 심하고 세상을 즐기는 톰이 그녀에게 전혀 관심을 보이지 않는 반면에 둘째 아들인 에드먼드가 그녀에게 사랑에 빠져 다가오자 그 일에 대해 깊이 생각하지 않는 채 "그녀는 그를 가까이 두고 싶었다. 그걸로 충분했다"면서 가까이 지낸다(*MP* 109). 에드먼드가 자기를 사랑하는 것을 즐기지만 그의 가치관을 고려하지 않으며, 톰이 병에

걸리자 그가 죽으면 에드먼드가 상속권을 가지게 될 것이라는 생각에 희망을 건다. 메리는 도덕성이 결핍되어 있지만 의도적으로 악하다기 (immoral)보다는 도덕성이라는 것이 무엇인지 그러한 것이 존재하는 지에 대해 무지한(amoral) 인물이다.

이러한 메리에 대한 사랑에 빠져들면서 에드먼드의 도덕적 상 태는 점점 추락한다. 그것을 잘 보여 주는 것이 연극 에피소드다. 토머 스 경이 서인도제도 식민지에 있는 자산 관리 문제로 안티과에 가서 계 획보다 오래 머물게 되었을 때, 그로부터 해방감을 느낀 가족들은 그가 있었다면 허락하지 않았을 것을 뻔히 알면서도 맨스필드 파크에서 연 극을 공연하기로 결정한다. 그러나 이 당시는 상류 계급의 부도덕성과 사적 아마추어 연극 간의 관계에 대한 비판이 많았다. 가장 중요한 반 대는 연극 공연이 젊은 여성들로 하여금 자신을 드러내는 부적절한 행 태로 유혹한다는 것이었다. 어떤 연극이 언어나 행위에 있어서 비난할 만한 점이 없을 때조차도 연극 공연은 남성과의 억제되지 않은 친밀함 을 통해 허영심을 장려하고 정숙함을 파괴시킨다고 비판받았다(Butler 231~232). 톰이 친구인 예이츠의 선동에 휩쓸려 맨스필드 파크에서 연극 을 공연하자는 주장을 하기 시작하였을 때, 에드먼드가 반대하는 것도, 예의범절을 중시하는 아버지 토머스 경이 다 큰 딸들이 연기를 하는 것 을 결코 바라지 않을 것이라는 이유에서였다. 그러므로 본인도 절대로 연기하지 않겠다고 하는 것이다.

그런데 연극 얘기가 나오자 너무나 연극 공연을 하고 싶어진 톰 의 누이들인 마리아(Maria Bertram)와 줄리아(Julia Bertram), 그리고 크로퍼드 남매인 헨리와 메리는 토의 끝에 『연인들의 맹세』(Lovers' Vows)라는 연극을 공연하기로 결정하고 연습에 돌입한다. 이 작품은 당시 영국에서 가장 인기와 악명을 누리던 독일 극작가 코체부(Kotzebue)의 원작을 엘리자베스 인치벌드(Elizabeth Inchbald)가 번안한 희곡이었는데, 코체부는 인간성이 근본적으로 선하고 순진하다는 낙천적 믿음을 가지고, 관습을 반대하고 직감을, 모든 종류의 억제를 반대하고 성적 자유를 주창하였다. 그러므로 당대 독자들의 마음속에 코체부라는 이름은 당시 독일 문학의 부도덕한 면과 동일시되었다. 다른 코체부의 희곡들과 마찬가지로 『연인들의 맹세』도 결혼이라는 질서가 기초하고 있는 관습을 공격하고, 감정에 기초한 은밀하고 부적절한 관계들을 높이 평가한다. 전통적인 결혼에 저항하고 성적인 문제에 있어서 자유를 주창하는 작품인 것이다(Butler 233~234). 더구나 이런 작품을 선택한 후 이들은 맡은 역할을 통해 모든 도덕적 절제를 벗어나서 자유롭게 행동함으로써 억제되어야 할 자신들의 욕망을 표출했다. 자신의 현 상황을 반영하는 인물들을 맡음으로써 이들은 연극 속의 인물을 연기하는 것이 아니라, 그 인물들을 자신의 욕망을 과장하여 표출하는 도구로 사용하는 것이다.

에드먼드는 처음에 연극 공연 자체를 반대했지만 가족 중 유일한 그의 반대는 관철되지 않았다. 더구나 『연인들의 맹세』가 공연작으로 결정되었다는 소식을 들었을 때는 너무 놀라서 경악스럽기까지 하다는 반응을 보이며, 이 작품은 개인들이 공연할 작품으로는 몹시 부적절하다면서 가족들을 설득시키려고 한다. 그러나 처음부터 연극 공연에 일관되게 반대한 패니 외에는 아무도 그의 반대에 동조하지 않는다. 이에 에드먼드는 자기만은 연극을 하지 않겠다고 말하지만 메리는 에드먼드로 하여금 연극을 하도록 "유혹"할 수 있는 역할이 있다면 그것은 성직자인 안할트 역일 것이라고 말한다. 이에 에드먼드는 성직을 정말 자신의 직업으로 선택한 사람은 "무대 위에서" 성직자 역할을 하는 것을 "가장 하지 않을" 사람이라고 주장한다(MP 235). 그러나 자기가 안할트 역을 하지 않으면 마을의 청년을 데려와서 그 역을 하게 하겠다는 주장이 대두되자 메리의 상대역을 다른 남자에게 하게 할 수는 없다는 이기적인 질투심이 발동하게 되고, 결국 메리의 역인 어밀리어에게 사랑에 빠진 목사 안할트 역할을 맡고야 만다.

　　그가 그 역할을 하기로 하였을 때, 톰과 마리아는 자신들이 목적했던 바를 이루었다고 자축한다. 이런 변화를 가져오는 데 기여한 "에드먼드의 약점, 즉 그의 질투심"을 찬미했고, 그가 연기를 하겠다고 나선 것, 그것도 "이기심의 강요에 의해" 그렇게밖에 할 수 없게 된 것에 대해 그가 그전까지 유지했던 "우월한 도덕적 지위에서 내려온 것"(descended from that moral elevation)임을 인지하면서 "그런 그의 추락에 기뻐했고, 자신들이 그만큼 도덕적으로 더 나은 사람이 된 양 느꼈다"(MP 253). 이처럼 그의 "추락"(descent)은 연극 에피소드에서 적나라하게 그려진다. "높은 도덕성"을 가졌던 에드먼드가 추락하는 모습은 한 단계 한 단계 거의 연극적으로 그려져 있어서 아이러니하기도 하다.

　　목사의 딸이었던 오스틴은 성직 임명이 의미하는 바가 무엇인지 정확히 이해하고 있었기에 매우 조심하여 다루었다. 성직 임명을 받는다는 것은, 어떤 중요한 일을 할 자격을 얻었다는 것과는 차원이 다른 일이었기 때문이다. 보나파르트의 설명을 따르면, 성직 임명을 받는 것을 통해 에드먼드는, 국교회에서 목사들을 명명한 "다른 그리스도"(alter Christus), 즉 이 땅에 있는 "그리스도 자신"(Christ's self)이 되는 것이었다. 그가 그렇게 되는 것은 그런 역할을 부여받아서가 아니라, 성직 임명은 "신성화의 행위"이기 때문이다. 그는 신성한 그릇이 되는 것이며, 그 안에 하나님을 품는 것이다(Bonaparte 58).

이렇게 중요한 성직 임명식을 앞두고, 에드먼드는 크리스마스 주중에 성직 임명을 받게 되어 있어 피터버러로 떠나기 전, 어느 때보다 고민으로 가득 차 있는 모습을 보여 준다. "온 정신이 자신의 인생을 좌우할 두 가지 중요한 당면 과제를 숙고하는 데 집중되어 있었으니, 바로 성직 임명과 결혼이었다"(*MP* 403). 성직자로서의 임무는 확정되겠지만 "그 임무를 함께하며 활기를 불어넣고, 그 임무들에 보상을 줄 아내"는 아직 손에 넣지 못한 것 같았다"(*MP*404). 에드먼드가 성직자가 되어 그 소명을 잘 감당할 수 있을 것인가의 문제는 성직자로서의 그의 임무를 함께할 수 있는 아내를 얻을 수 있는가와 긴밀하게 연결되어 있음을 보여 주는 것이다.

에드먼드가 성직 임명을 받는 장면은 작품 속에 직접 묘사되어 있지 않다. 성직 임명을 주제로 이 소설을 쓰겠다고 밝힌 오스틴이, 거룩한 행사인 성직 임명식을 직접 기술하지 않고 에드먼드가 성직 임명을 받으러 피터버러에 갔다 온 것으로 기술하여, "무대 밖에서" 처리하고 있는 점은 그녀가 얼마나 철저하게 종교적 예의범절을 지켰는지를 잘 보여 주는 예다. 에드먼드는 성직 임명을 받은 후, 집에 돌아오지 않고 시간을 끈다. 원래 피터버러에 1주간 머물 예정으로 갔었으나 메리와의 만남을 피하려고 일부러 체류를 2주나 더 연장했다. 메리는 에드먼드가 목사가 되려는 것을 계속 못마땅하게 생각하고 모욕적인 말로 반대 의사를 표현했기 때문이다. "그녀가 공공연하게 남의 눈을 피해 사는 은둔 생활이 싫다고 했던 것이나 노골적으로 런던에서 사는 게 더 좋다고 했던 것을 생각하면, 그가 청혼을 한다 해도 단호한 거절 말고 무엇을 더 기대할 수 있을까"(MP 404) 싶었던 것이다.

메리는 에드먼드가 성직자가 되더라도 그의 교구가 있는 시골에서 살지 않고 런던에 가서 살기를 원한다. 이것이 의미하는 바는, 에드먼드가 자기가 맡은 교구에서 교구목사로 사는 것이 아니라 될수록 많은 부재 성직록(absentee livings)을 얻어 런던에서 살기를 바란다는 것이다. 이처럼 에드먼드가 여러 교회를 겸해서 맡는 성직 겸임자가 되기를 바라는 메리의 욕망은 바로 이 소설이 보여 주는 악의 진정한 위협을 상징한다. 즉, 에드먼드가 교구에 살며 목사로서의 역할을 올바로 하는 것을 막고, 성직자의 소명에 초점을 맞추어 살지 못하게 하고, 자신의 세속적 이익 추구에 휘말리게 하는 것이다. 오스틴이 당시 영국 국교가 가진 문제점들, 즉 교구 장기 결근과 성직 겸임, 비거주의 문제들을 비판하였음을 위에서 설명한 바 있는데, 메리가 원하는 것들은 바로 오스틴이 개혁하기를 원했던 국교의 문제적인 실행들이었던 것이다.

맨스필드의 성직록은 현직자인 그랜트 박사가 살아 있는 동안에는 에드먼드가 가질 수 없는 것이었다. 원래 맨스필드 성직록은 장차 에드먼드가 받게 되어 있었으나 톰의 낭비벽 때문에 그의 빚을 청산하느라 다른 사람에게 주게 되었고, 그에 따라 맨스필드 교구의 목사가 된 사람이 그랜트 박사였다. 그러므로 현재는 손턴 레이시만이 에드먼드에게 남겨진 유일한 자리였고, 그가 거기에 살게 되는 것은 이 소설의 영적 구조 안에서 가장 바람직한 결말이다. 그러나 메리뿐만 아니라 오빠인 헨리 또한 에드먼드가 손턴 레이시 목사관에 거주하게 되는 것을 싫어한다. 헨리는 자기가 손턴 레이시에 세 들어 그 집을 "단순히 신사가 거주하는 집"에서 "그곳 교구의 대단한 지주"의 집이라고 여기게 할 만큼 개량하여 살겠다고 주장한다(*MP* 386). 목사관에 살 만큼 자신을 낮추는 것이 싫었던 메리는 오빠의 개량 계획을 들으며 "교회를 닫고, 성직자를 지워 버리고, 오직 독립된 재산을 가진 남자가 가끔 머무는 품위 있고, 우아하고, 현대적인 거처"로 손턴이 변화될 즐거운 환상에 빠진다(*Mansfield Park* 206). 헨리의 제안이 가진 문제점은 손턴 레이시 목사관을 종교적인 목적이 아니라 세속적인 목적으로 "개량"하려는 점이며, 자기가 손턴에 세 들어 살 테니 에드먼드는 런던에 가서 살라는 것은 에드먼드가 목회자로서 교구민들을 돌보기보다 부재 성직록을 통해 물질적인 이익을 추구하도록 만드는 것이다.

에드먼드의 성장의 핵심은 크로퍼드 남매가 보여 주는 세속적 경향이라는 유혹을 이겨 내고 성직자로서의 소명을 제대로 수행하는 것이다. 오스틴이 세상적인 욕망을 추구하며 목적을 달성하기 위하여 어떤 수단을 쓰는지에 대해서는 관심이 없는 크로퍼드 남매를 통해 보여 주는 세속적 경향은 과거의 유산으로부터 단절되고, 과거의 철학적 전통, 형이상학, 이성의 혜택으로부터 단절되고, 특히 기독교의 정신으로부터 단절된 것이다(Bonaparte 55). 오스틴은, 에드먼드가 이러한 세속성에 빠져들지 않고 자신이 부름받은 신성한 일을 성실하고 엄숙하게 해내려 노력하는 모습을 그리고자 하며, 그러한 노력이 어떠해야 하는지를 정의하고자 한다. 그런데 에드먼드는 메리에 빠져 있는 동안 그녀의 세속성과 부도덕함을 직시하지 못할 뿐 아니라 헨리가 가진 문제점도 인지하지 못한다. 성직 임명을 받고도 성직자로서 임무를 다하러 교구로 가기보다 메리와 가까이 있고자 런던으로 떠나며, 갑자기 패니에게 매료된 헨리의 청혼에 대해서는 패니가 원치 않는데도 받아들이라고 부추긴다.

에드먼드가 이처럼 도덕적으로 추락한 상태에서 벗어나게 되는 계기는 헨리가 마리아와 애정의 도피 행각을 벌이면서이다. 패니에게 헌신적인 사랑을 고백하며 열렬하게 청혼을 하던 헨리는 런던에 갔다 여섯 달 전에 결혼하여 러시워스 부인이 된 마리아를 만나 애정 행각을 벌이다 들키자 함께 도망을 간 것이었다. 이 소식을 들은 패니는 도덕적 본능으로 이 사건이 죄(sin)임을, "최고로 큰 죄악"(sin of the first magnitude)임을 알고 말할 수 없는 충격에 빠진다(*MP* 709). 그러나 메리는 그것이 "어리석은 짓"(folly)이었다고 한다. 둘이서 희롱을 하다 들키는 어리석음을 저지르고, 게다가 도망까지 가는 어리석음을 범했다고 마리아와 오빠를 비난한다(*MP* 730).

에드먼드는 그렇게 거리낌 없이 냉정하게 이 일을 "어리석은 짓"이라고 비난하면서, 이 일에 대하여 도덕적 혐오감 같은 것은 전혀 보이지 않는 메리를 보면서, 그녀의 행동은 "세상이 하는 바로 그것이 었다"(This is what the world does)는 것을 깨닫고, 메리의 문제가 무엇인지 온전히 직시하게 된다(*MP* 733). 메리가 그들이 저지른 잘못을 책망하는 것이 아니라 그들이 신중하지 못하게 행동하여 들킨 것이 어리석은 짓이었다고 비난하고, 심지어는 패니가 헨리의 청혼을 받아들였다면 헨리와 마리아의 부정은 시시덕거리는 장난으로 끝날 일이었다고까지 말하는 것을 듣는 순간, 에드먼드는 좌절 속에 커다란 변화를 겪게 된다.

> "그러나 마법이 풀렸다. 내 눈이 뜨인 것이다." ("But the charm is broken. My eyes are opened", *Mansfield Park* 376)

오랫동안 진실이 눈앞에 뻔히 드러나 있었는데도 그것을 볼 수 없었던 에드먼드는 이제 마법이 풀리고 눈이 뜨여서 메리의 잘못이 "기질적인 것"이 아니라 "원칙의 잘못"(faults of principle)임을 직시하게 된 것이다(*MP* 734). 에드먼드의 깨달음의 본질은 메리의 사고와 행동은 이 세상의 방식("what the world does"), 즉 하나님의 방식과는 반대되는 세속 사회의 방식이라는 것이다.

마법이 풀리고 눈이 뜨인 에드먼드는, 지극히 "자연스럽게" 패니와의 결혼을 간절히 바라기 시작하고, 관심을 메리에서 패니로 옮기자 그가 지금까지 고민했던 문제들은 모두 해결되기 시작한다. 성직 임명과 결혼이라는 에드먼드의 두 가지 삶의 목표는, 패니와 결혼하여 목사관에 안착하였을 때 달성되는 것이다. 그렇다면 과연 패니는 어떤 인물인가?

4. 패니 프라이스가 받는 시험

많은 비평가들이 『맨스필드 파크』가 대담하게 현실을 직시하고 인물 묘사와 서술적 기교가 뛰어난 점에서 오스틴이 이룬 대단한 업적임을 인정하고 있음에도 불구하고, 오스틴의 작품 중 가장 좋아하는 작품이라고 하는 경우는 거의 없다. 그 가장 큰 원인은 여주인공 패니 프라이스에 있다고 할 수 있다.

　　패니 프라이스는 토머스 버트럼 경의 처조카, 즉 아내인 레이디 버트럼의 여동생(패니 워드)의 딸이다. 패니 워드는, 교육 수준도 낮고 재산도 없고 이렇다 할 친인척 하나 없는 해군 대위 프라이스 씨와 결혼한 뒤 9번째 아이의 출산을 앞두고는 언니에게 도움을 청하게 된다. 토머스 경은 딱한 처지의 처제를 도와주기로 하고, 그녀의 큰딸인 패니를 맨스필드 파크에서 기르기로 한다. 맨스필드 파크에 도덕성이 부족함은 워드 가의 세 자매가 결혼하는 과정에 대한 묘사에서부터 드러나며, 토마스 경은 다른 사람들에 대해서뿐 아니라 자기 자신에 대해서도 무지하여, 좋은 의도만 가지고 있으면 자신의 절대적인 권력이 바람직한 것이라고 생각하는 가부장이다.

　　열 살 난 패니는 이모의 집인 맨스필드 파크에 와서 낯설고 굴욕적인 상황에 밤마다 고향 집이 그리워 울며 지냈는데, 사촌 오빠인 에드먼드가 유일하게 그녀의 마음을 알아채고 다정하게 위로해 줌으로써 적응을 시작하게 된다. 버트럼 가의 다른 식구들은 패니를 무시하거나 놀라게 하며, 특히 사촌 언니들인 마리아와 줄리아는 자신들만큼 교육을 받지 못한 패니를 무식하다고 조롱한다. 서술자는 마리아와 줄리아가 많은 교육을 받았음에도 불구하고, 가장 중요한 미덕들을 습득하지 못했음을 다음과 같이 지적한다.

> 그러니 전도유망한 재능과 조기에 습득한 학식에도 불구하고, 이 두 자매가 **자기 인식**이나 **관대함**, **겸손함** 같은 보다 흔치 않은 심성을 습득하는 데 전반적으로 부족하다는 것은 그리 놀랄 일이 아니다. 심성만 제외한다면 그들은 감탄을 자아낼 만큼 훌륭한 교육을 받았다. 토머스 경은 무엇이 부족한지 몰랐다. (*MP* 36~37, 필자 강조)

여기에서 서술자가 버트럼 자매들에게 결핍되어 있다고 지적하는 심성들, 즉 자아 인식(self-knowledge), 관대함(generosity), 겸손함(humility)은, 앞 장에서 분석하였듯이 엘리자베스와 다아시가 힘든 과정을 통해 성장하면서 터득해야 했던 그리스도인으로서의 핵심 미덕들이었다. 그런데 자기 만족적인 자만심과 허영심에 가득 찬 버트럼 자매들에게는 이 미덕들이 전적으로 결핍되어 있으며, 딸들의 교육에 많은 돈을 들이는 토머스 경은 모든 일이 너무 늦어버릴 때까지 그것을 깨닫지 못한다. 반면에 이들에게 더부살이하는 존재로서 무시당하는 어린 패니는 자신의 약함을 인식하고 자신이 잘못을 저지를 수 있음을 인정하고 다른 사람의 지도를 받아들이는 겸손한 자세를 통해 이 미덕들을 습득하고 그리스도인으로 성장해 간다.

패니의 성장과 관련되어 가장 큰 상징성을 내포한 것으로 두 가지 에피소드를 들 수 있는데, 소서턴과 포츠머스에서 일어난 일들이다. 먼저 소서턴 에피소드를 살펴보자면 첫째, 앞에서 소서턴 저택에서 벌어졌던 에드먼드와 메리의 논쟁에 대해 설명한 바 있듯이, 직접적인 논쟁을 통해 주제를 부각하며 여러 인물의 참모습을 드러나게 하고 있으며, 둘째, 상징과 인유를 통해 소설의 의미를 강화하는 기법이 잘 구사되어 있고, 셋째, 소설 전체의 구조와도 긴밀히 연결되어 있다.

소서턴 저택은 토머스 경의 큰딸인 마리아와 약혼한 러시워스 씨(Mr. Rushworth)의 집이다. 토머스 경의 자녀들(마리아, 줄리아, 에드먼드), 크로퍼드 남매(헨리, 메리), 큰이모 노리스 부인(Mrs. Norris)과 패니가 함께 방문한 소서턴 저택 예배실에서 벌어진 논쟁은 종교에 관한 인물들의 생각을 잘 드러내고 있다. 앞에서 다룬 에드먼드와 메리의 논쟁이 성직과 성직자에 대한 두 사람의 사고의 차이를 잘 보여 주고 있다면, 소서턴 저택의 "예배실"에 대한 논쟁은 종교의 역사적·사회적 면을 부각시키며, 메리와 패니의 종교에 대한 생각의 차이를 적나라하게 드러낸다. 러시워스 부인은 자신의 대저택을 구경시켜 주면서 러시워스 가문의 역사와 국왕에게 충성을 바치려고 했던 선조들의 노력에 대해 온갖 내용을 들려주었다. 그리고 예배실에 대해 옛날에는 아침저녁 할 것 없이 자주 사용했었고, 이 집안 전속 목사님이 늘 기도문을 읽던 모습을 이야기한다. 그러나 그 후 공적 사용을 위해 예배실은 폐기되었고, 지금은 과거를 더 지우기 위해 "개량"을 계획하고 있는 참이었다.

패니는 옛 관습이 이어지지 않은 것에 대해 정말 아쉬워한다. "예배실과 전속 목사님의 존재는 대저택, 또 그런 대저택이 마땅히 갖추고 있어야 할 모습과 참 잘 어울리잖아요! 온 가족이 기도를 위해 정기적으로 모여 예배를 드린다니 얼마나 고상한가요!"라고. 그러나 메리는 가족 예배에 억지로 참석할 수밖에 없었던 사람들의 편에서 그런 예배가 없어진 걸 오히려 좋게 평가한다. "예배 시간과 방법을 자기 뜻대로 선택해야 해요. 참석을 강요하고, 격식을 차리고, 제약을 가하고, 예배 시간을 오래 끌고 … 그 옛날 러시워스 집안의 아리따운 아가씨들이 얼마나 마지못해 이 예배실로 발걸음을 옮겼을지 상상이 안 되세요? … 머릿속은 온통 딴생각들로 가득 차서요"(MP 141~142).

예배실에서 예배가 더 이상 드려지지 않게 된 데 대한 생각에서, 패니는 예배와 종교가 가지는 사회적 국가적 가치를 중요시함을 보여 주지만, 메리는 거기 참석해야 하는 개인들이 겪는 불편함에 대해서만 생각하는 것을 보여 주는 것이다. 에드먼드는 누구나 생각을 집중하기가 힘들기는 하지만, 그런 일이 자주 일어나서 "습관"으로 굳어진다면 "그런 사람의 개인적인 신앙생활에서 뭘 기대할 수 있을까요? 예배실에 있을 때면 괴로워하면서 딴생각에 빠지기를 좋아하는 정신의 소유자가 자기 작은 방에서는 마음을 더 잘 집중할 수 있으리라고 생각하십니까?"라고 메리의 의견에 반대하여(MP 143), 개인적인 신앙과 사회적인 가치라는 종교가 가진 두 가지 중요성에 대한 인식을 패니와 공유하고 있음을 보여 준다.

　저택을 구경한 뒤 정원 숲에서 일어나는 일들은 인유와 상징을 통해 주제를 드러내는 뛰어난 수법을 보여 주고 있다. 메리와 에드먼드는 숲속을 걷다가 "첫 번째 큰길"로 들어가지 않고, "뱀 같은 길"을 선택하여 걷는다(MP 155). 메리의 매력에 빠진 에드먼드는 그녀와 가까이 있을 수 있게 된 데에 자극받고 그녀에 대한 욕망에 마음을 뺏겨 자신의 이성과 의무를 저버리고, 숲속을 걷다 지친 패니를 혼자 버려두고 메리하고만 산보를 시작한다. 여기에 인유된 에덴동산의 이미지는, 아담과 이브의 타락을 상기시킨다.

　소서턴은 에드먼드와 메리에게뿐 아니라, 마리아와 헨리에게도 성경 (그리고 밀턴의 『실락원』) 속 사탄의 유혹을 인유하고 있다. 패니만을 남겨둔 채 에드먼드와 메리가 떠나 버린 후, 혼자 벤치에 앉아 있는 패니에게 마리아와 러시워스 씨, 헨리가 다가왔고, 그들은 거기에 철문이 있어 저택의 주 정원으로 나갈 수 없음을 발견한다. 마리아는 주 정원으로 나가고 싶다고 주장했고 헨리는 그것을 부추긴다. 이에 하는 수 없이 러시워스 씨는 철문 열쇠를 가지러 집으로 가는데, 마리아는 열쇠를 가지러 간 러시워스 씨가 돌아오기를 기다리지 않고 헨리의 제안을 따라 철문을 넘어가고 만다. 헨리는 마리아에게 "러시워스 씨의 허락과 보호가 없으면" 철문 밖으로 나가지 않으려고 한다면서 "진정 더 큰 자유를 만끽하고 싶다거나 그런 일이 금지된 일이 아니라고 생각하실 수만 있다면" 자기 제안을 받아들이라고 말하는데, 이 장면은 이브에게 선악과를 따먹으라고 유혹하는 뱀을 떠올리게 한다. 패니는 이들의 대화를 듣고 부적절한 일이라는 생각이 들어, 나서기를 꺼리는 그녀답지 않게, "그러다 다칠 거예요, 언니"라면서 말린다(*MP* 163). 그래도 이들은 철문을 넘어가고 마는데, 그 뒤에 열쇠를 가지고 돌아온 러시워스 씨는 혼자 남아 있는 패니 앞에서 굴욕감과 불쾌함을 숨기지 못한다. 마리아는 나중에 러시워스 씨와 결혼한 후에도 6개월 만에 헨리와 도피 행각을 벌임으로써 파멸을 맞게 되는데, 소서턴의 이 철문은 마리아에게 파멸의 관문을 상징하고 있다. 마리아는 여기에서 상징적으로 천국으로 가는 길이 아니라 지옥으로 가는 길을 선택한 것이다 (Meyers 97).

반면 그 철문 앞에서 자리를 지킨 패니는 다들 "뱀 같은 길"에서 여기저기로 서로를 찾아 혹은 자신의 욕망을 좇아 허둥지둥 돌아다닐 때 가만히 앉아 있는 것을 택했고, 방황하던 그들은 모두 그녀가 내내 앉아 있는 곳으로 돌아온다. 보나파르트는 에드먼드와 메리가 뱀 같은 길을 구불구불 돌아 그녀 앞으로 돌아왔을 때 "패니는 아담과 이브에게 판결을 내리는 바로 그 신같이 보인다"고 분석한다. 패니의 "뿌리 깊음"(rootedness)은, 자신은 움직여야 하며 가만히 있는 것은 피곤한 일이라고 말하는 메리의 불안과 동요(rootlessness)와 대비된다. 항상 가만히 있는 모습으로 묘사되는 패니는 활동이 없다거나 고정되어 있다는 것과는 다른 의미에서 "소설의 '고정되어 있는' 중앙"이며, 엘리엇(T. S. Eliot)이 표현한 대로 "빙빙 도는 세상의 움직이지 않는 지점"이다. 그녀가 움직이지 않는 것은 처음부터 자신이 있어야 할 곳에 있기 때문이다. 움직이는 사람들은 잘못된 곳에 있기 때문이며, 그들의 잘못의 정도는 그녀와의 관계에서 그들이 어디에 있는지에 따라 결정된다. 이것은 바로 이 소설의 플롯이기도 하다(Bonaparte 59~60).

"빙빙 도는 세상의 움직이지 않는 지점"이라고까지 지칭된 패니에 대한 비평가들의 평가는 상반된다. 예를 들어 태너는, 패니가 "새롭고 혁신적인 것보다 관습과 습관을 좋아하며", 그녀의 단호한 "부동성"(immobility)은 "속박받지 않는 충동과 변화의 부식에 대한 마지막 저항의 몸짓이다"라고 분석하면서, 패니가 결코 틀린 적이 없으며 "항상 자기가 해야만 하는 그대로 생각하고, 느끼고, 말하고 행동"하는 것은 그녀에게 공감하기 어렵게 만든다고 비판한다(Tanner 157). 토드는 『맨스필드 파크』의 문제점이 패니 프라이스라면서, 패니가 남자의 친절에 의해서만 추동되며, 남성 중심적이고 피해의식이 강하고 비굴함에 빠져 있는데, 활기 있고 재치 있는 메리 크로퍼드가 아니라 패니 프라이스가 여주인공인 점이 이 작품의 문제라고 비판하였다(Todd 76).

반면에 버틀러는 소설 전반부에서와 달리 후반부는 패니에게 "악의 진정한 성격을 파악하고, 자신의 미래를 선택하고, 철저한 고독의 시간을 거치며 진정한 그리스도인답게 인내하는 긍정적 태도를 취할 것을 요구"했다고 분석하면서, 패니가 "구경꾼"(bystander)에서 "활동적 여주인공"(active heroine)으로 변화한다고 평가하였다(Butler 236). 카루노스도, 패니가 "원칙을 잘 지키며 종교적임"을 높이 평가하면서, 오스틴이 패니와 에드먼드를 통해 구체화시킨 영성과 고상함의 원칙들을 메리와 헨리는 거부했다고 대조시키고 있다(Karounos 732). 엠슬리는 패니의 움직이지 않는 면을 "부동성"(immobility)이 아니라 "변함 없음"(constancy)이라고 정의하였다. 패니가 가족의 구속 때문에 가만히 앉아 있을 때에도 아무것도 안 하는 것이 아니라 "오래 그리고 깊게 생각하는 것이며, 자신과 타인을 위하여 자신의 생각과 행동의 결과에 대하여 심사숙고하는 것"이라고 분석하였다. 패니의 행동은 사색적 삶 속에 있으며 "맹렬하게 역동적이며 용감한 마음의 소유자"인 패니는 오스틴의 모든 여주인공 중에서 "철학적 지혜에 도달한 여주인공"이라고 높이 평가하고 있다(Emsley 117).

사실 버트럼 남매들의 이야기가 주를 이루는 소설의 중반부까지 패니는 전자의 비평가들이 비판하는 그런 점을 보여 주는 면이 있다. 패니의 어린 시절의 내적 성장을 보여 주는 첫 몇 장이 지난 후부터, 그녀는 주위 사람들의 인물됨과 행동을 어떻게 판단해야 할지 거의 정확히 알고 있음을 볼 수 있다. 이런 면에서 "성격 연구가"를 자처했지만 실제로 주위 사람의 인물됨을 판단하는 능력을 여러 어려움 끝에야 배울 수 있었던 엘리자베스 베넷보다 훨씬 더 뛰어나다. 그러나 패니는 자신의 의견을 겉으로 드러내지 않으며 모든 사람에게 순종적으로 행동함으로써, 그녀의 생각과 행동 사이에 괴리가 생기고 이는 그녀를 위선적이라는 비판까지 받게 한다. 더구나 어려서부터 유일하게 친구가 되어 주고 바른 판단을 할 수 있도록 도와준 에드먼드에게 남다른 마음을 품고 있는 것은, 비록 그와 맺어질 생각을 상상 속에서도 하지 않으려고 노력하긴 하지만, 과연 그녀의 메리에 대한 판단에 사적 감정이 전혀 개입되지 않았는가에 의문을 가지게 한다.

그러나 패니가 주위 사람들, 즉 버트럼 가의 모든 사람들에게 순종하는 것은 그들이 그녀를 거두어 길러 주고 돌보아 주는 사람들이니, 그들에게 진 신세에 감사하기 위해 최대한 노력하는 것이라고 할 수 있다. 가족과 공동체에 의무를 다하는 것, 이것은 오스틴의 기도문에 나타나 있는 "동료 인간들"에게 해야 할 그리스도인의 당연한 책무이다. 그녀에게 은혜를 베푼 사람들에게 감사와 사랑으로 의무를 다하는 패니의 습관은 그녀를 순종적인 사람으로 보이게 하지만 다른 한편 패니는 독립적이고, 명상적이며, 자기의 확고한 판단이 서면 남에게 굴하지 않으며, 옳지 않은 일이라고 판단될 때에는 단호하게 (비록 내적으로라고 해도) 거부한다. 그녀의 이러한 면이 잘 드러나는 곳이 포츠머스 에피소드로서, 포츠머스는 패니의 내적 성숙이 행동으로까지 연결될 수 있는지를 시험받는 곳이며, 이를 통해 오스틴이 『맨스필드 파크』에서 그리고자 하는 진정한 성장이 무엇인지를 보여 주는 곳이다.

헨리는 "유복한 환경에서 나쁜 본보기를 보고 자란 탓에 분별력이 모자라고 이기적"이었고, "지금 당장이 중요하지 그 너머의 앞날은 내다보려고 하지 않는 사람"이었다. 맨스필드 파크에 오기 전부터 여러 여자들과 즐긴 바람둥이였으며, 맨스필드에 와서는 러시워스 씨와 약혼한 마리아와 희롱을 하고 동시에 동생인 줄리아와도 희롱을 계속했다. 물리도록 쾌락을 즐겼던 그에게 "아름답고 똑똑하고 호의적인 두 자매는 참 재미난 놀잇감이었다"(*MP* 187). 그런데 그는 마리아가 결혼하여 떠나고 줄리아도 언니 따라 떠난 뒤에는 심심풀이 삼아 패니의 평온한 마음을 뒤흔들어 놓겠다는 계획을 세운다. 맨스필드를 떠나기로 예정되어 있는 날까지 2주가 남은 어느 날, 그는 패니의 마음을 빼앗은 후 떠나겠다는 속셈에 따라 패니에게 접근한다. 그렇지만 패니는 그동안 헨리의 부도덕한 행동과 헨리와 메리 남매의 세속적인 사고방식을 옆에서 쭉 관찰해 왔기 때문에, 그의 유혹에 조금도 마음이 흔들리지 않는다. 이에 오히려 헨리가 패니의 진면목을 알아보게 되고 그녀에게 마음을 빼앗겨 청혼까지 하게 된다. 이에 대해 서술자는 다음과 같이 설명하고 있다.

> 헨리 크로퍼드는 아내가 될 사람이 지닌 훌륭한 원리 원칙의 진가를 못 알아볼 만큼 분별력을 갖추지 못한 사람이 아니었다. 물론 진지하게 생각하는 일에 워낙 익숙하지 않은 터라 그런 원리 원칙을 제대로 된 명칭으로 알고 있지는 못했다. 그러나 그가 그녀의 품행이 아주 견실하고 규칙적이라 말했을 때, 그녀가 고귀한 명예 관념을 갖고 있으며, 어떤 남자든 그녀의 신념과 성실성을 전적으로 믿을 수밖에 없게 하는 예의범절을 준수하는 사람이라고 말했을 때, 그는 그녀가 **훌륭한 원리 원칙과 종교적인 심성**을 갖고 있다는 걸 알게 됨으로써 자신의 마음속에 떠오른 생각을 표현하고 있는 것이었다. (*MP* 467, 필자 강조)

헨리가 패니의 "훌륭한 원리 원칙"(well-principled)과 "종교적인 심성"(religious)을 알아보게 되었고 높이 평가하게 되었다는 것은 의미 있는 일이며, 독자들도 이렇게 변화한 헨리가 패니의 마음을 얻을 수 있으면 좋겠다는 생각까지 할 수 있다. 작품 속에서 모든 사람들은 패니가 헨리의 청혼을 받아들여야 한다고 생각한다. 헨리는 지위도 높고 부자이기 때문에(다아시보다도 몇 배나 부자로 알려져 있다), 가진 것 없이 맨스필드에서 더부살이하는 패니에게는 더없는 배우자로 모두에게 인정받는다.

이러한 헨리의 청혼을 패니가 거절했을 때, 누구보다 화를 내는 사람은 토머스 경이다. "넌 내가 생각하던 모습과 너무나, 너무나 다른 모습을 보여 주었다"면서 "오늘날 널리 퍼진 독립적인 정신"을 가졌다고 패니의 **독립적인** 판단과 행동을 비난한다. 헨리와 결혼하게 되면 패니의 부모와 형제자매가 얼마나 큰 혜택을 얻게 될지에 대해 생각하지 않고 "오로지 너 자신만 생각"한다고 비판한다. "네가 앞으로 18년을 더 산다고 해도 크로퍼드 씨에 비하면 재산은 그 절반밖에 안 되고 장점은 그 10분의 1밖에 안 되는 사람조차 너에게 구혼하는 일이 아예 없을지 모른다"고 패니의 현실을 꼬집으면서, 패니가 "제멋대로에다 고집불통이고, 이기적이고, 배은망덕"하다고 힐난한다(*MP* 507~509). 패니는 지금까지 순종적이고 자기 생각도 없고 착하기만 한 여성으로 생각되어 왔다. 그러나 여기에서 아이러니하게도 토머스 경의 입을 통해 패니가 자아를 중시하는 독립적인 정신의 소유자임이 밝혀지고 있다.

심지어 에드먼드도 패니의 결정에 반대한다. 패니는, 토머스 경에게는 왜 자기가 헨리를 거절했는지 사실대로 설명할 수 없었지만(왜냐하면 그가 마리아와 줄리아와 벌인 행각들을 말해야 하는데 그것은 그의 딸들을 비난하는 일이 되므로), 모든 속마음을 터놓는 에드먼드에게는 "그 사람이 진지한 문제에 대해 마땅히 해야 하는 대로 생각하지 않는 사람"이라면서 그의 세상적 사고와 행동을 보고 내린 자신의 결정의 근거를 모두 설명한다. 그럼에도 불구하고 에드먼드는 헨리가 "감정"에 휩싸여 살아왔지만 패니에게 애정을 느끼게 된 것이 다행이라면서 패니가 "자신의 원리 원칙을 고수하는 데 있어서 바위처럼 단단하고, 그런 원리 원칙이 장점이 되도록 하는 데 너무 잘 어울리는 온순한 성품을 가진 여자"니까, 그를 "부족함이 없는 존재로 만들어 주겠지"라면서, 그와 결혼하라고 설득한다. 이에 페니는 "그런 부담은 지지 않겠어요"라고 움츠러드는 어조였지만 힘주어 말하고, "그렇게 큰 책임을 어떻게 지겠어요!"라고 반박한다(MP 561).

여기에서 패니라는 한 여성에게 가해지는 가부장적, 계급중심적, 물질중심적 압박이 잘 나타나 있다. 부도덕하고 무절제한 헨리에 대한 그녀의 정확한 판단과 독립적 행동이 철저히 비난의 대상이 되는 현실을 통해, 더부살이하는 힘없고 가진 것 없는 여성을 보는 사회의 관점과 남녀의 역할에 대한 전형적인 사고가 선명히 드러나고 있는 것이다. 팻모어(Coventry Patmore)의 유명한 시 『집 안의 천사』(The Angel in the House, 1854)에 잘 나타나 있듯이, 여성에게는 순수함과 자아 없음(selflessness)이 강조되었고, 여자의 역할이란 집안에서 보호받고 위함을 받으며, 오직 남자들이 밖에 나가 겪는 어려움들로부터 피난처를 제공하는 집안을 만들어 내는 것이었다. 여자는 그런 집안을 만들어 내기 위해, 러스킨(John Ruskin)이 「여왕의 정원에 대하여」("Of Queen's Gardens", 1865)에서 잘 표현했듯이, "지속적으로 타락할 수 없이 착하며, 본능적으로 오류 없이 지혜로워야—자아 발전을 위해서가 아니라 자아 부정을 위하여 지혜로워야" 했다. 자신을 부정하고 남편을 행복하게 하기 위하여 착하고 지혜로운 아내로 살아야 하는 것, 맨스필드 파크에서 모든 사람들은 패니가 그 역할을 그녀의 의사와 상관없이 헨리에게 할 것을 강요하고 있다. 그녀가 헨리를 거절하는 근거를 결코 이해하려고 하지 않으며, 그녀를 이기적이고 배은망덕하다고 비판한다.

그들은 말로만 강요한 것이 아니다. 토머스 경은, 패니가 맨스필드 파크에서 우아하고 호사스러운 삶을 살다 보니 판단 능력에 문제가 발생했다고 생각하고, 고향인 포츠머스에 가서 자기 집의 가난이라는 현실을 직면하게 되면 돈 많은 헨리의 청혼을 거절하는 것이 얼마나 어리석은지 깨닫게 되어 그를 받아들이게 되리라는 생각으로 패니를 포츠머스로 보낸다. 이러한 상황 속에서 패니는 지금까지 내적으로 쌓아왔던 올바른 판단력을 유지하며 자신이 옳다고 믿는 것에 따라 끝까지 행동할 수 있는지를 시험받게 된다.

패니는 고향 집에 돌아가면서 어린 시절의 추억들, 가족과 헤어질 때 느꼈던 괴로운 기억들을 떠올리며, 고향 집에 가면 온갖 괴로움이 치유될 것 같다는 기대를 가진다. 그러나 토마스 경이 예측했던 대로, 패니는 고향 집에서 가난과 소란과 무질서와 무례의 현장을 직면하게 될 뿐 아니라 식구들의 외면 속에 외로움과 낙담을 경험하게 된다. 이런 상황 속에 헨리는 포츠머스에까지 따라와 끈질기게 패니를 설득하려고 노력한다. 그의 청혼을 수락한다면 패니는 "신데렐라"가 될 수 있을 것이다. 열악한 환경의 고향 집에서 무시당하는 패니가 헨리 크로퍼드의 부인이 되는 것은 부와 지위, 그리고 에버링엄과 런던 사교계에서 인정받는 사람이 되는 것이다. 토머스 경의 기대대로 패니 앞에는 커다란 유혹이 놓여 있었다.

헨리는 패니에게 진지하게 청혼을 계속하면서, 그녀의 인정을 받기 위해 자기의 영지인 에버링엄에 가서 그동안 한 번도 본 적이 없던 몇몇 소작인들을 만나고 도움을 주기도 한다. 헨리는 가난하고 억압받는 사람들을 돕고 왔다고 자화자찬하면서 "공익을 행하고 자선을 베풀겠다는 자신의 모든 계획에 필요한 조력자 겸 친구 겸 안내자를 이른 시일 내에 맞이하게 됐으면 좋겠다고" 피력한다(*MP* 650). 패니는 지금까지와는 달리 올바른 행동을 보여 주는 헨리에게 어쩌면 마음을 열 수도 있는 단계에까지 간다. "집 안의 천사"와 같은 착한 여자를 통해 헨리 같은 남자도 변화가 가능하다는 착한 여자 신화의 한 면을 보여 주는 듯하다. 헨리는 "당신의 판단이 제 옳고 그름의 기준"이라고 그런 신화에 호소한다. 그러나 패니는 "그런 말씀 마세요. 우리 모두에게, 귀를 잘 기울이기만 한다면 누구보다 훌륭한 길잡이가 마음속에 있다고 전 생각해요"라고 펄쩍 뛴다(*MP* 661).

패니는 헨리와 결혼하여 화려하고 안락한 삶을 누리는 것보다 맨스필드의 집과 그곳 식구들과의 행복한 생활 방식을 그리워한다. "매일, 매시간 맨스필드의 고상한 분위기, 예의범절, 질서정연함, 조화로움 … 무엇보다 맨스필드의 평온함과 고요함이 떠올랐다"(*MP* 628). 이런 생각을 할 때는 에드먼드가 메리와 결혼할 예정이었던 때이므로, 패니가 헨리와 맨스필드 파크의 삶 사이에서 후자를 선택하는 것은, 지금까지 인정도 못 받으며 맨스필드의 가족들을 섬겨 온 봉사의 삶을 계속하기로 선택한다는 것이다. 버틀러는 포츠머스라는 "광야"에서 패니가 직면한 것은 "패니 자신의 기독교적 가치들"과 그녀가 인지하게 된 "다방면의 무질서하고 반종교적인 근대성" 사이의 근본적인 갈등이라고 분석하고 있다. 패니는 포츠머스에서 지내는 동안 런던의 소식을 편지로 받으며, 두 도시에서 사람들이 모두 이런저런 형태의 물질주의에 지배당하고 있음을 알게 된다. 패니의 의식 속에서 포츠머스와 런던이라는 두 지역을 연결시키고, 그 두 지역을 "저열하고 이기적이고 자기중심적"인 근대성을 대표하는 것으로 그린 것은 "제인 오스틴의 위대한 기술적 세련됨"을 보여 주고 있다(Butler 244).

개과천선한 듯한 외양으로 패니에게 끈질기게 청혼하던 헨리는 런던에 가서 마리아를 만난 후 다시 예전의 헨리로 돌아가 버리고 만다. 바람둥이였던 헨리는 러시워스 씨와 결혼하여 떠난 마리아를 런던에 가서 러시워스 씨가 없는 사이에 만나게 되자 다시 그녀와 희롱을 시작하고 함께 도피 행각까지 벌인다. 그는 자기 때문에 러시워스 씨와 버트럼 가의 식구들을 비롯한 주위 사람들이 입게 되는 커다란 피해에는 관심도 없다. 그의 무책임하고 부도덕한 행동으로 맨스필드 파크는 커다란 타격을 입게 되고, 패니의 판단력과 그에 따른 행동은 모두에게, 특히 그녀를 비난했던 토마스 경에게 인정받게 된다.

패니가 포츠머스에서 지내는 동안, 포츠머스의 사람들도 런던의 사람들도 맨스필드의 사람들이 그랬듯이 모두 헨리와의 결혼이 품위와 안락함을 준다고 부추겼다. 패니가 그러한 세상적 유혹을 물리칠 수 있을 것인가 하는 것은 그녀가 당면한 시험의 하나였다. 그러나 사실 패니는 헨리와의 결혼에 별로 유혹을 느끼지 않았기 때문에 그것이 진정한 시험은 아니었다. 오히려 주위의 모든 사람들이 가하는 경제적 압박, 성적 압박, 가부장적 압박 속에서 어떻게 자신의 가치관, 즉 "우리 자신을 아는 것과 우리의 의무를 아는 것"을 유지하며 그에 따라 행할 것인가가 더 어려운 시험이었다. 패니가 끝까지 헨리의 청혼을 받아들이지 않고 맨스필드에서 봉사하는 삶을 선택하는 것은, 포츠머스와 런던으로 대표되는 반종교적인 근대성과 물질주의의 시험을 이겨 내고, 자신의 기독교 가치관을 행동을 통해 증명한 것이라고 할 수 있다.

5. 종교적 소명과 결혼

시험을 통과한 패니에게 작가는 문득 에드먼드를 배우자로 맺어 준다. 이 소설에서 성직 임명과 결혼 플롯을 연결되게 구조를 짠 제인 오스틴은 메리 크로퍼드와 패니 프라이스를 대조시켰다. 패니는, 메리를 매혹적으로 만드는 외적인 매력들을 가지고 있지 못하고, 대신 도덕적인 삶에 필수적인 보이지 않는 미덕들을 가지고 있다. 세속적인 것, 물질적인 것에 빠져 있는 메리와 달리, 패니는 그런 것들에 거의 관심이 없으며 영적이고 종교적인 영역에서 편안함을 느낀다. 육체적으로 메리는 크고 활기 있는 반면에 영적인 패니는 작고 예민하다. 버틀러는 메리와 패니가 각각 "두 가지 면, 즉 악과 선, 세속성과 영성, 근대적 주체성과 전통적 종교의 대표자"로서 싸웠다고 분석한다(Butler 245). 오스틴은 에드먼드에게 패니의 진가를 알아보고 청혼하게 함으로써, 이 싸

움에서 후자에 대한 지지를 보여 준다. 패니는 선함, 영성, 신앙을 가진 여성으로서 마침내 사랑을 이루어 결혼에 도달하는 것이다.

에드먼드가 패니를 선택하는 것은 세속성으로 인해 허물어져 가는 세상 속에서 패니만이 내적인 종교를 가진 영혼을 소유하고 있음을 깨닫게 되기 때문이다. 에드먼드가 마법이 풀리고 눈이 뜨였을 때, 메리에 대한 열정은 끝나고 패니에 대한 사랑이 시작된다. 패니는 진지하고, 의무감이 강하고, 자아 인식과 자아 억제의 힘을 가지고 있어서, 에드먼드는 그녀와 함께라면 성직자로서의 소명을 제대로 수행할 수 있을 것이다. 성직 임명을 앞두고 에드먼드가 꿈꾸었던 "그 임무를 함께하며 활기를 불어넣고, 그 임무들에 보상을 줄 아내"인 것이다. 부모의 집을 떠나, 맨스필드 파크에 와서는 다락방에서 살다 겨우 "학교방"이라고 불리는 방에 내려와 살게 된 후에도 불기 하나 없어 추위에 떨어야 했던 패니에게 공간은 그녀의 어려움을 상징적으로 보여 주는 기제다. 이제 에드먼드와 결혼하여 패니가 가서 살게 된 손턴 레이시 목사관은 그녀에게 가장 알맞은 집이며, 가장 알맞은 남자의 소명을 함께 수행해 갈 공간이다.

소설의 끝에서, 토머스 경은 딸들의 부도덕한 행동으로 그의 온 집안이 무너지는 것을 목도하게 되었을 때, 무엇이 잘못된 것인지 철저히 고찰한다. 이는 유사한 경험을 한 『오만과 편견』의 베넷 씨와는 다른 태도다. 베넷 씨는 리디아가 위컴과 도피 행각을 벌이자 절망하지만 일이 수습되자 큰 반성 없이 자신의 원래 태도로 되돌아간다. 반면에 토머스 경은 조카인 패니의 일관성 있고 이기적이지 않은 행동과 자기 딸들의 생각 없고 책임감 없는 행동을 비교하게 되고, 딸들의 잘못이 무엇인지 깨달을 뿐만 아니라 자신의 잘못이 무엇인지 깨닫고 괴로워한다. 그는 자녀들을 교육함에 있어서 "**내면**에 무엇인가가 부족"(wanting *within*)하게 길렀다는 것을 "비통하게" 절감한다. 그리고 자기가 자녀들에게 "능동적인 원리 원칙"(active principle)을 제대로 가르치지 못했음을, "종교에 대해 이론적으로" 가르쳤을 뿐 그것을 "매일의 실행"에 옮기라고 요구한 적이 없었음을 뼈저리게 깨닫는다. 자녀들이 좋은 사람이 되기를 바랐으나 지식과 예의범절을 가르치는 데에 전념했을 뿐 그들의 기질에 관심을 가지지 않았고, **자기 부정과 겸손**(self-denial and humility)을 가르치지 않았다고, 이제는 늦어 버린 자녀 교육의 오류를 처절하게 반성하며 괴로워한다(*MP* 744). 토머스 경의 처절한 반성은 오스틴이 기독교에 대해 무엇을 강조하고 있는지를 잘 보여 주고 있다. 즉 교리나 단순한 원칙이 아니라 초월적이고 진정한 내면의 것이면서 가족과 공동체에 의무를 다하는 능동적인 원칙의 필요성을 역설하고 있는 것이다. 이론적인 종교와 실천적인 종교가 결합되기 위하여는 신앙이 필요하다. 오스틴이 종교의 "매일의 실행"의 중요성을 강조하는 것은, 신앙이 도덕적 행동을 떠받치고 있다는 믿음을 보여 주는 것이다.

기핀은 오스틴이 그리는 결혼을 크게 두 가지 범주로 나눈 바 있다. 즉 "세속적 결혼"과 "성직자의 결혼"이 그것이다. "세속적 결혼"이라는 것은 성직자가 아닌 평신도 사이에 이루어지는 결혼으로서 어떤 영지 내에서 혹은 어떤 영지와 연결되는 신사 계층의 결혼이며, "성직자의 결혼"이란 성직자와의 결혼이 어떤 교구 안에서 이루어지는 결혼이다. 오스틴 소설의 결말은, 이 두 계층 즉 성직자 계층과 신사 계층 내의, 혹은 두 계층 사이의 조화로운 결합이라는 비전을 가지고 있다. 기핀은 이 두 가지의 결혼이 오스틴이 그리는 구원의 비전 안에서 중요한 이유는, 당시 커다란 사회적·경제적·도덕적 변화를 겪던 영국을 지배하던 규제받지 않는 자본주의 안에서 신사 계층 부부와 성직자 부부는 전 사회에 좋은 영향이나 나쁜 영향을 끼칠 수 있는 잠재력을 가진 가장 영향력 있는 사람들이었기 때문이라고 분석하고 있다(Giffin 33~34).

세속적 결혼을 중심으로 다루고 있는 『오만과 편견』에서도, 성직자의 결혼을 중심으로 다루고 있는 『맨스필드 파크』에서도 오스틴은 영적 구조 위에 결혼 플롯을 지어 나갔다. 『오만과 편견』은 주인공들이 도덕적·영적 성장을 통해 이상적 결혼에 도달하는 여정을 그려 냈다. 그 여정은 주인공들이 자신을 알아가게 되고, 세상을 읽을 줄 알게 되고, 타자를 올바로 이해하고, 사랑이 무엇인지를 깨닫게 되는 내적 성장에 집중되어 있다. 『맨스필드 파크』는 주인공들의 도덕적·영적 성장을 여전히 중요하게 다루고 있지만 이런 내적 성장에 더하여 실제로 현실 속에서 어떻게 행동하는가를 좀 더 집중적으로 그려 냈다. 성직 임명을 통해 소명을 받은 남주인공이나, 힘 없고 가진 것 없이 더부살이하는 여주인공이 세상적 유혹이나 압박과 싸우는 것이 결코 쉽지 않음을 보여 주면서, 그러나 그러한 시험을 이겨 내고 내적 성장을 삶 속에서 행동에 옮길 때에 비로소 그들이 이상적 결혼에 도달함을 보여 준다.

3부

찰스 디킨스
—이웃 사랑에 근거한 사회 비판

1장

찰스 디킨스의 신앙

1. 디킨스의 신앙에 대한 논쟁

찰스 디킨스는 1812년 영국 남부 해안가 포츠머스(Portsmouth)의 랜드포트(Landport)에서 해군 경리국의 사원이었던 존 디킨스(John Dickens)와 엘리자베스 디킨스(Elizabeth Dickens)의 여덟 자녀 중 둘째로 태어났으며 위로는 누나가 있었다. 그가 태어났을 때 그의 집은 비교적 넉넉한 편이었으나 아버지는 재정을 제대로 관리하지 못해 수입보다 지출을 많이 하는 경향이 있었다. 이로 인해 그의 아버지는 1824년에는 런던에 있는 채무자 감옥에 갇히게 되었고 당시 풍습대로 온 가족이 감옥에 들어가게 되어 어머니와 어린 네 동생들이 감옥에서 살게 되었다.

이때 맏아들이었던 찰스는 채무자 감옥에 들어가지 않고 12살 어린 나이에 구두약 공장에서 일하게 되었는데, 구두약 공장에서 일하면서 그가 겪은 고통은 열악한 환경에서 고된 노동을 하느라 겪은 육체적인 고통도 컸지만, 정신적인 고통이 더욱 컸다. 11살까지는 켄트(Kent)의 채텀(Chatham)에서 윌리엄 가일즈(William Giles) 선생님의 인정과 가르침을 받으며 많은 책을 읽고 꿈을 키우던 아이였으나 이제 그 모든 꿈은 그에게 좌절과 절망만을 주었다. 아버지가 감옥에 갇힌 지 약 석 달 만에 연로한 할머니가 돌아가시면서 아버지는 유산 상속을 받게 되었고 다행히 그의 식구들은 감옥에서 풀려나게 되었지만, 이 경험은 디킨스로 하여금 가난한 사람들, 고통받는 사람들에 대해 강한 공감을 갖게 하는 계기가 되었다.

그의 부모는 열의가 있는 신앙인은 아니었으나 매주 교회를 다니는 사람이었다. 찰스는 어린 시절부터 부모를 따라 꾸준히 교회를 다녔으며, 어른이 되어서도 평생 매주 교회를 다녔다. 그가 교회 지정석을 빌리거나 소유한 기록들이 남아 있으며, 「우리의 온천 지역」("Our Watering Place")이나 「런던 시의 교회들」("City of London Churches") 등 많은 글에도 예배에 참석한 증거가 나타나 있고, 자신뿐 아니라 그의 어린 자녀들도 모두 영국 국교에서 세례를 받게 하였다. 그뿐 아니라 데이비스(R. H. Davies) 목사에게 쓴 편지에서 디킨스 자신이 "신약성경을 나보다 더 겸손히 숭앙하거나, 그것이 완전히 충분함을 더 깊이 깨닫고 있는 사람이 많지 않을 것이라고 나는 믿습니다"라고 말한 것에도 디킨스의 신앙이 잘 나타나 있다(Hooper 170 재인용).

디킨스는 1868년에 호주로 이민 가는 막내아들에게 쓴 편지에서 그의 형들이 멀리 떠날 때에도 "인간들이 만들어 낸 헛된 해석들은 멀리하고, 모두 이 책으로 자신을 이끌어 가라고 부탁하였다"고 하면서 그의 짐 속에 이 책, 즉 신약성경을 넣어 주었다.

어떤 거래에서도 절대로 누구든지 비열하게 이용하지 말며, 네 힘 아래 있는 사람에게 냉정하게 굴지 말아라. 남들이 너에게 해 주기를 바라는 대로 남들에게 하려고 노력하고, 만일 그들이 때때로 그렇게 하지 못해도 낙담하지 말아라. 우리의 구세주에 의해 정해진 가장 큰 규정에 복종하는 데 있어서 네가 실패하는 것보다는 그들이 실패하는 것이 너에게 훨씬 나은 것이다. 내가 너의 책들 사이에 신약성경을 넣는 것은, … 신약성경은 세상에 지금까지 알려진 혹은 앞으로도 알려질 가장 좋은 책이기 때문이며, 의무에 진실되고 충실하고자 노력하는 어떤 사람도 인도받을 수 있는 가장 좋은 교훈을 가르쳐 주기 때문이다. (Forster vol.2 379)

뿐만 아니라 그는 평생 하루 두 번 아침과 밤에 기도하였다. 친구인 러브레이스 여사(Lady Lovelace)의 임종 전 그녀를 방문했던 디킨스는 자신이 어른이 된 후 하루 두 번씩 기도했다고 말했으며, 아들들에게도 이 사실을 밝히며 기도를 권했다. 즉, 헨리(Henry)에게 쓴 편지에서 자신이 평생 매일 밤과 아침에 기도했음을 밝히며 헨리에게도 그렇게 하라고 권했고, 에드워드에게도 "밤과 아침에 네 자신의 기도를 하는 건전한 실행을 절대로 포기하지 말아라. 나 자신도 그것을 포기한 적 없으며, 나는 그것이 주는 위안을 안다"고 조언하였다(Hooper 178). 디킨스는 마지막 유서에서 "나는 우리의 주님이요, 구원자인 예수 그리스도를 통해 하나님의 자비에 내 영혼을 맡깁니다"라고 말하며, 자녀들에게는 "신약성경의 가르침으로 자신을 이끌어 가도록 겸손히 노력"하고 "여기저기 그 문자를 어떤 사람이 편협하게 해석한 것을 믿지 말라고 간곡히 이른다"라고 말한다(Forster vol.2 422).

이처럼 디킨스가 죽는 날까지 평생 신앙생활을 하였을 뿐 아니라 자신의 신앙을 분명하게 천명하였음에도 불구하고, 많은 사람들은 그가 강하게 종교를 거부했다고 생각하거나 그의 글에 나타나는 종교적인 면에 대하여 알지 못한 채 그가 교회나 목사에 대해 비판한 것만 기억하는 경우가 대부분이다. 이들은 디킨스의 삶과 작품에서 종교의 역할을 평가절하하고, 디킨스의 신앙이 가진 중요성에 대해 회의적으로 생각한다. 예를 들어 1940년대 저명한 디킨스 학자로서 20세기 말까지 디킨스와 종교에 관한 논의에서 중요한 위치를 차지했던 하우스는 "디킨스의 실질적인 인본주의적 기독교는 종교적 경험이라고 불리는 것의 가장자리조차 거의 건드리지 않으며, 그의 작품은 진정한 종교적 주제와 연결되는 강력한 감정의 어떤 것도 가리켜 보이지 않는다"라고 주장하였다(House 131).

콜린스 또한 디킨스의 아들 헨리 경(Sir Henry Fielding Dickens)이 자기 아버지가 "깊은 종교적 확신을 가지고 있었다"고 한 것에 대해 "만일 그의 종교가 '깊은' 것이었다면 그의 소설들은 기독교 예배와 믿음에 대해 더 분명하고 집요한 언급들을 포함하고 있었을 것이다"라고 디킨스의 신앙을 인정하지 않았다(Philip Collins 59). 랄슨 또한 디킨스가 그의 문화가 성경의 기획보다 커져 버렸다는 의식을 가지고 있었다면서, "예언자적인 디킨스가 불러낸 성경적 이상들이 불가능한 믿음의 허구들임을 드러내는 역사적 사실임"을 인지하였다고 주장하였다

(Larson 6).

　이들의 관점, 즉 디킨스를 따뜻한 마음을 가지기는 하였으나 객관적인 사고를 한 세속주의 소설가로 보는 관점들은 "그의 소설을 읽는 대부분의 비평과 종교라는 주제에 관한 입장에서 기인할 뿐 아니라 기독교적인 것은 모두 불신하는 현대 문학 비평에서 기인하는 것이다"(Mason 318). 그러나 이처럼 세속주의적 사고에 기반한 비평가들의 입장을 비판하고, 디킨스의 신앙을 재평가하여 그의 문학과 종교를 분석하는 포스트세속적 연구들이 근래에 많이 나오고 있다. 콜레지는 2012년 『하나님과 찰스 디킨스: 한 고전 작가의 그리스도인으로서의 목소리 복구』(*God and Charles Dickens: Recovering the Christian Voice of a Classic Author*)라는 책을 출판하여 디킨스가 비종교적이었을 것이라고 심지어는 반종교적이었음에 틀림없다고 주장하는 분석들은 근거가 없으며 잘못된 정보에 기초해 있다고 비판한다. 그는 디킨스의 소설과 편지, 에세이들이 "우리 주님에 대한 겸손한 존경과, 열정적인 기독교적 확신, 그리고 철저한 기독교 세계관"으로 가득 차 있다면서, 더 중요한 것은 디킨스가 그리스도인으로서의 확신들을 작품에서 "계획적이고 의도적"으로 표현을 하였기 때문에, 그의 작품들에는 "기독교적 성격이 분명하고 똑똑히 눈에 보이는" 점이라고 밝힌다(Colledge 3).

　버터워스 또한 2016년 『디킨스와 종교와 사회』(*Dickens, Religion and Society*)라는 책을 출판하여, 디킨스의 종교가 그의 작품에 절대적으로 중심적임을 분석하였다. 그는 이 책에서 디킨스의 종교에 대한 관심은 그의 작품의 핵심에 들어가 있으며 "그의 작품의 가장 유명한 면모이면서 중요한 면모의 하나인 사회 비평의 토대가 되고 있고 그것을 결정짓고 있다"고 주장한다. 디킨스는 사회가 잘못된 것에 대한 분명한 처방을 가지고 있었으며, 어떻게 바로잡을 것인지에 대해 확실한 견해를 가지고 있었다. 즉 모든 사회의 문제들에 대한 답은 기독교이며, 기독교의 가르침을 제대로 따르지 못한 실패가 모든 잘못된 것들의 원인이라는 것이었다(Butterworth 2).

후퍼는 2017년 출판한 『찰스 디킨스: 신앙과 천사들과 가난한 사람들』(Charles Dickens: Faith, Angels and the Poor)을 통해 디킨스가 낮은 신분에서 탈출하여 국제적인 문학 명사가 된 이야기는 그의 15권 소설에 나타난 어떤 이야기 못지않게 흥미롭다면서, 그 과정에서 재정적인 안정을 위한 욕망에 추동된 면도 있지만 신앙이 그를 자극하고 움직인 것 또한 사실이라고 지적한다. 디킨스의 신앙은 그로 하여금 가난의 굴레에 갇힌 사람들을 돌보도록 추동하였고, 개인들과 전체로서의 사회가 어려운 사람을 돌볼 그리스도인으로서의 책임을 가지고 있다고 믿었고, 자기 자신을 소리 낼 수 없는 사람들의 목소리이며 나라의 양심이라고 보게 하였던 것이다. 그는 이러한 신앙에 따라 작품을 썼을 뿐 아니라, 고아와 가난한 사람들을 위한 학교를 세우거나 "타락한 여성"을 위한 집을 마련하는 일 등에 함께 하며 많은 자선 활동을 하기도 하였다(Hooper 12~14).

러시아의 소설가 톨스토이와 도스토옙스키는 디킨스를 "저 위대한 그리스도인 작가"(that great Christian writer)라고 지칭했다고 한다. 그러나 디킨스는 종교를 앞세워 글을 쓰지 않았으며, 기독교에 대해 말은 많되 예수를 따라 삶을 살지 않는 것을 "종교의 단순한 직업화"(mere professions of religion)라고 명명하고 비판하였다. 그는 데이비스(R. H. Davies) 목사에게 쓴 편지에서 "뻔뻔스러운 종교의 직업화와 종교의 상거래는 진정한 기독교가 이 세상에서 발전하지 못하게 하는 주요 원인 중의 하나"라고 비판한 바 있다(Forster vol.2 380).

디킨스는 19세기 영국에서 흔한 모습이었던 과시적이고 호전적이기까지 한 종교적 어법에 대해 비판했으며, 자신은 그러한 표현을 의도적으로 피했다. 그러한 잘못된 교회나 광적인 종교성에 대해서는 담대하고 열정적으로 비판하였고, 비국교도에 대해서는 거의 언제나 냉혹한 풍자를 했고, 국교도에 대해서도 대부분 통렬한 비판을 하였다. 디킨스와 종교의 관계에 대한 비평가들의 혼동과 몰이해는 그가 한편으로는 자신의 신앙을 분명히 밝히면서도 다른 한편으로는 교회와 종교주의자들을 강하게 비난한 데에서 오고 있다고 할 수 있다. 그렇다면 그의 신앙은 어떠한 것이었을까 좀 더 자세히 살펴볼 필요가 있다.

2. 디킨스와 영국 국교(빅토리아 시대)

찰스 디킨스(1812~1870)가 활동했던 시기는 조지 왕조 시대가 끝난 후 빅토리아 여왕이 통치한 시기(1837~1901)의 초중반에 해당한다. 이 시기의 영국은 종교적인 활동이 그 어느 때보다 활발했던 때로서 많은 교회가 세워지고 선교사가 파송되고 종교적 가치가 모든 사회적 이슈를 물들일 정도로 종교가 부흥한 시기기도 하지만 과학의 발전과 고등 비평의 영향 등으로 19세기 중반 이후는 종교적 논쟁이 활발해지고 세속화가 확산된 시기기도 했다. 18세기에 시작된 복음주의 부흥 운동은 영국 국교에 큰 영향을 주어 저교회파(Low Church) 복음주의는 영국 사회 전반에 광범위하고 커다란 영향력을 끼쳤으며, 1830년대에 일어난 옥스퍼드 운동(Oxford Movement)은 소책자 운동을 통해 자유주의적 경향에 대해 강하게 비판하고, 교리와 해석의 문제를 교회의 권위에 맡기며 국교 내 로마 가톨릭 전통을 되살려 고교회파(High Church) 부흥에 크게 기여하였다.

디킨스의 신앙에 대한 연구는 이러한 당시의 논쟁에 그가 관심이 없었다거나 심지어 무지했다는 식으로 그를 고립시키거나, 아니면 그가 복음주의 그룹과 정반대에 있었던 것으로 단순화시키고, 그의 신앙이 어떠한 것이었는지에 대해 자세히 탐구하지 않은 경향이 있었다. 그러나 포스트세속 시대를 맞아 디킨스의 신앙이 어떠했는지에 대해 심도 있는 연구들이 많이 나오고 있고, 이러한 연구들은 그의 작품을 깊이 있게 이해하는 데에 커다란 도움을 주고 있다.

디킨스는 저교회파 복음주의도 고교회파 소책자 운동도 비판하였다. 복음주의에 대해서는 원죄와 인간의 타락을 강조하고 가난한 사람들의 물질적 고통을 먼저 줄여 주기보다 영적 필요성을 강조한다고 비판하였다. 소책자 운동에 대해서는 종교개혁 이전의 가톨릭의 교리와 실행을 되살리려는 것 때문에 좋아하지 않았고, 예배와 성례전에 대한 강조가 신앙을 사회 안에 실질적으로 적용시키는 것으로부터 불필요하게 벗어나게 한다고 비판하였다. 후퍼(Hooper 174)나 울턴(Oulton 21)은 디킨스가 가졌던 자유주의적인 관점과 실질적인 신앙이 광교회파(Broad Church)적이었다고 분류하고 있다. 광교회파는 고교회파와 저교회파를 분리시키는 교리적 갈등과 교회법상의 대립에 저항하였고, 근대적 사고의 발전을 수용하여 교회가 가진 폭넓게 포괄하는 성격을 강조하였다.

그런데 울턴에 의하면 광교회파는 공통의 생각을 가지고 하나의 집합을 이루었다기보다는 오히려 비판적인 마음의 태도를 의미하는 것이었다고 한다. 또한 광교회파는 그 관점이 유니테리언교(Unitarianism)와 공통적인 면이 많았는데, 디킨스가 유니테리언과 공유한 점은 둘 다 예수 중심적이며, 신약성경 중심의 신앙, 그리고 신앙을 행동에 옮겨야 하고 사회 개혁의 동기로 삼아야 한다는 것이었다(Hooper 172). 디킨스가 유니테리언교를 처음 접한 것은 1842년 미국을 방문했을 때였으며, 귀국해서도 당시 런던의 문학계와 지성계에 널리 퍼졌던 유니테리언교에 큰 매력을 느끼고, 유니테리언 교회에 몇 년간 다니기도 하였다. 그러므로 그를 유니테리언교인이라고 오해하는 경우도 가끔 있는데, 유니테리언교가 디킨스가 가장 중요시했던 것처럼 예수의 본을 따라 행동하며 살아야 한다는 것을 강조하는 점에서는 디킨스의 신앙과 공통점을 가지고 있었지만, 디킨스는 삼위일체를 부정하는 유니테리언의 교리에는 동의하지 않았다.

지금까지 영국 국교도였던 디킨스가 국교의 세 분파, 즉 저교회파, 고교회파, 광교회파와 관련하여 어떤 입장을 취하고 있었는지 살펴보았다. 사실 디킨스의 당시 교회에 대한 비판과 그리스도인에 대한 비판은 통렬하였다. 그러나 디킨스의 비판은 밖에서 비방하는 것이 아니라, 항상 내부에서 개혁하려는 목소리였다. 교회들에게 부름받은 진정한 목적으로 나아가라고, 교인들에게 진정한 제자도로 나아가라고, 그가 말했던 "진정한 기독교 정신"(real Christianity)으로 돌아가라고 한 것이다. 그의 교회 비판은 교회 밖에서 회의하며 교회와 반목하는 목소리가 아니라 교회 내부의 사람으로서 그리스도인들이 주위의 사람들에게 도덕적인 책임을 다하도록 그들을 깨우려는 목소리였고, 그들에게 자기의 소명에 따라 올바르게 살기를 촉구하는 목소리였던 것이다. 디킨스는 교회가 예수의 가르침과 행동을 따라 주변 세상에 그대로 행하는 사람들의 공동체가 되기를 바랐다(Colledge 24).

실제로 디킨스는 교리나 분파적 편협한 논쟁들에 크게 관심이 없었고, 오직 예수를 본받아(imitate) 그의 가르침과 모범을 따라 사는 것, 타자에게 너그럽고, 동정심을 가지고, 용서하고, 자신의 삶을 주는 것을 가장 중요하게 생각하였다. 당시 많은 신학적 논쟁이나 교리들과 거리를 두고, 구약성경을 지나치게 중시하여 발생하는 위선과 비참을 비판하고, 신약성경에 나타난 예수의 본을 받아 가난하고 궁핍한 자를 사랑과 자선으로 보살피며 살아가는 것을 가장 중요한 핵심으로 삼았던 그의 신앙은 흔히 "단순한"(simple) 신앙이라고 불린다.

그렇다면 디킨스의 단순한 신앙은 순진하고, 피상적이며 아는 것이 모자라는 것이었을까? 아니면 지성적이고 아는 것도 많았지만, 핵심적이 아닌 것은 모두 제거한 것이었을까? 이에 대해서 비평가들은 여러 가지 설명을 하고 있다. 콜레지는 디킨스가 교리의 순수성이나 신학의 완전성 추구, 교회 행정 조직에 대해 관심이 없는 듯이 보인다면, 그러한 것들이 그에게 상대적으로 덜 중요했기 때문이었다고 한다. 디킨스에게 중요한 것은 "기독교 정신을 실행"하는 것이었으며, 그것은 "예수를 본받아 행하고 그의 가르침을 따르는 것"을 의미하였다고 한다(Colledge 137).

울턴은 디킨스가 비록 작품에서 복음주의자들에 대해 날카로운 풍자를 많이 하긴 했지만, 또한 상당 부분 복음주의자들의 생각을 공유하는 "복합적" 관계 속에 있었음을 지적하였다. 디킨스는 원죄와 영원한 형벌을 강조하는 복음주의 교리를 비판하긴 했지만 예수가 우리를 영원한 형벌에서 구원하신 구세주라는 것을 믿음으로써 "복음주의의 가르침을 자신만의 자유주의적인 신앙에 적응"시키는 발전적 입장을 가지고 있었다(Oulton 197). 버터워스는 디킨스가 "자신의 종교에 대해 고도로 수준 높은 이해"를 하고 있었다고 주장하면서, 당대의 신학적 사고와 논쟁들에 대해 잘 알고 있었고 결코 피상적이지 않은 깊은 관계를 종교와 맺고 있었음을 보여 주었다(Butterworth 4).

이들의 분석을 종합해 보면, 디킨스의 신앙이 단순했다는 것은 그의 신앙이 피상적이었다거나 평이했다는 것과는 다르다. 그의 "단순한" 신앙은 그의 작품들이 보여 주듯이 세심하게 숙고된 것이고 열정적으로 표현된 것이며 예수 중심의 실천적 윤리로 실행되는 것이었다.

3. 『우리 주님의 생애』

디킨스 신앙의 핵심이었던 예수를 구체적으로 가장 잘 보여 주는 글이 『우리 주님의 생애』(The Life of Our Lord)라는 책이다. 이 책은 디킨스가 자녀들에게 읽어 주기 위하여 1846년부터 1849년까지 손으로 썼던 필사본으로 이 글이 완성된 1849년(디킨스가 소설 『데이비드 코퍼필드』를 완성한 해)에 그에게는 여덟 명의 자녀가 있었다. 큰아들 찰스 주니어는 1837년생이었고, 막내인 헨리 필딩은 1849년생이었다. 디킨스는 자녀들의 성장에 세심한 신경을 썼던 자상한 아버지였을 뿐 아니라 자녀들과 함께 있는 것을 즐거워했고 그들을 재미있게 해 주려고 노력하였고 그들의 즐거움에 함께하는 것을 좋아하였다고 친구들과 가족 사이에 정평이 나 있다. 이러한 아버지로서 디킨스는 아이들이 신실한 그리스도인으로 성장하기를 바랐고 그들의 종교적 도덕적 성장을 남의 가르침에 맡겨 놓기를 원치 않았다. 자녀들이 "인간들이 만들어 낸 헛된 해석들"에 좌우되지 않고 예수 자신을 볼 수 있기를 바랐고, "여기저기 그 문자를 사람이 편협하게 해석한 것"이 아닌 신약성경 그 자체를 알게 되기를 원하였다. 그러므로 아직 자녀들이 글을 읽을 줄 알기 전부터 이 책을 써서 그들에게 읽어 주곤 하였다고 한다.

그런데 디킨스는 이 글을 오직 자녀들을 위해 아버지가 주는 사적이고 친밀한 선물이라고 생각했기에 책으로 출판하지 않겠다는 강한 의지를 갖고 있었고 따라서 오랫동안 출판되지 못하였다. 이 책의 서문에 따르면, 디킨스의 처제로서 그의 가정을 돌보고 자녀들을 길렀던 조지나 호가스(Georgina Hogarth)는 이 필사본을 책으로 출판하자고, 아니면 적어도 인쇄해 놓자고 제안하였으나 디킨스는 1~2주 심사숙고 끝에 그 제안을 거절했다고 한다. 따라서 디킨스의 사후에 이 사본을 물려받은 조지나는 죽으면서 막내인 헨리 경에게 디킨스의 자녀가 살아 있는 동안에는 이것이 출판되면 안 된다는 경고와 함께 이것을 넘겨주었다. 그 후 디킨스의 자녀 중 마지막으로 헨리 경이 사망하며 아내와 자녀들에게 필사본의 출판 여부를 맡겼고, 이에 그들이 논의하여 출판하기로 결정함으로써 1934년에『우리 주님의 생애』가 비로소 출판되게 되었다. 85년간 "소중한 가족의 비밀로 신성하게 지켜져 온" 글이 마침내 출판에 이르게 된 것이다(Dickens, *The Life of Our Lord* 8~11).

이 책은 어린 자녀들에게 그리스도인으로서의 신앙과 신앙생활의 핵심을 전달하고자 쉬우면서도 포괄적인 형식으로 예수의 생애에 대해 쓰고 있다. 영국에서 1860년 이전에 예수의 생애를 쓰는 방식은 4복음서, 즉 마태, 마가, 누가, 요한복음서를 조화시키는 공관서(共觀書, harmony)를 쓰는 것이었다. 공관서를 쓰는 것은 4복음서를 하나의 서술로 종합하면서 조화를 이루어야 하는 복합적인 작업이었는데, 디킨스는 이 공관서 쓰기 방법을 선택하여 예수의 생애를 써 나갔다(Colledge 34~35). 그러므로『우리 주님의 생애』에는 디킨스가 이해한 예수의 모습, 자녀들에게 전달해 주고 싶은 복음의 핵심이 잘 나타나 있다.

이 책의 첫 문단에서 디킨스는 사랑하는 자녀들에게 이 책을 통해 무엇을 알게 해 주고자 하는지 그 목적을 명확하게 밝히고 있다.

나의 사랑하는 자녀들아,

나는 너희들이 예수 그리스도의 역사에 관해 알기를 아주 간절히 원한다. 모든 사람이 그에 관하여 알아야 하기 때문이다. 아무도 그처럼 그렇게 선하고, 그렇게 친절하고, 그렇게 온화하며, 잘못을 저질렀거나 어떤 식으로든 아프거나 비참한 모든 사람에 대해 그렇게 가엽게 여기는 사람이 결코 없었다. 그리고 그는 지금 우리가 가기를 원하고, 우리가 죽은 다음에 모두 서로 만나기를 원하고, 거기서 언제나 항상 함께 있기를 원하는 천국에 계시는데, 너희는 그가 누구인지와 그가 한 것이 무엇인지를 알지 못한다면 천국이 얼마나 좋은 곳인지 결코 알 수 없을 것이다. (Dickens, *The Life of Our Lord* 17)

이 첫 문단 속에는 디킨스가 자녀들에게 전수하고 싶었던 신앙의 핵심이 무엇인지 명확히 나타나 있다. 예수의 성품 중에서도 무엇을 가장 중요하게 생각하는지, 즉 선하고 친절하고 온화하고 모든 사람 특히 이 세상에서 무시당하는 죄인, 병자, 불쌍한 사람들에 대해 가엽게 여겼던 **사랑**을 언급하고 있다. 그리고 그가 부활하여 천국에 갔음을 믿고 있고, 자녀들도 모두 천국에 가기를 소망하기에, 그들에게 예수가 누구인지 알게 하고 그가 한 일이 무엇이었는지 알게 하기 위하여 이 책을 썼음을 밝히고 있는 것이다.

이 책은 16개의 짧은 장들로 구성되어 있으며, 주로 누가복음서를 기초로 해서 4복음서를 종합하고 있다. 제3장의 시작에서 디킨스는 하나님이 가난한 자들을 어떻게 보시는지, 자신이 자녀들에게 가난한 사람들에게 어떻게 하기를 원하는지를 다음과 같이 설명한다.

> 그와 함께 다니며 사람들을 가르칠 훌륭한 사람들도 있었겠지만, 예
> 수 그리스도는 그의 동료로 열두 명의 가난한 사람을 택하셨다. 이 열
> 두 명은 "사도들" 혹은 "제자들"이라고 불렸으며, 그가 그들을 가난한
> 사람 중에서 택하신 것은, … 천국은 부자들만을 위해서가 아니라 똑
> 같이 가난한 자들을 위해서도 만들어졌으며, 하나님은 좋은 옷을 입
> 은 사람들과 누더기를 입고 맨발로 다니는 사람들을 차별하지 않으신
> 다는 것을, 가난한 사람들이 알게 하기 위해서였다. 살아 있는 가장 비
> 참하고 가장 못생기고 볼품없고 불행한 사람들도 만일 그들이 여기 이
> 땅에서 선하면 천국에서 빛나는 천사가 될 것이다. 내 사랑하는 아이
> 들아, 절대 이것을 잊지 말고, 너희가 자랐을 때, 어떤 가난한 남자나
> 여자나 아이에게 절대 교만하거나 몰인정하게 굴지 말아라. 만일 그
> 들이 나쁘면, 그들이 인정 있는 친구들과 좋은 집이 있고 더 나은 교육
> 을 받았더라면 그들도 더 좋은 사람이 되었을 것이라고 생각하여라.
> (Dickens, *The Life of Our Lord* 33~34)

후퍼는 이 책에서 디킨스가 예수의 삶에 관한 이야기를 효과적
으로 다시 쓰고 있는 것에 더하여, 자녀들에게 자신의 믿음의 두 가지
핵심을 소개하고 있다고 평가한다. 즉, 신앙이 일을 통하여 보여져야
할 필요성과 개인과 사회의 기독교적 책임이 가난한 사람들을 돌보아
야 한다는 것이라는 점이다(Hooper 177). 태프트는, 『우리 주님의 생애』

에 나타난 도덕적 행동에 대한 강조가 때로 디킨스가 기독교의 "초자연적 요소"를 무시하고 "도덕적 요소"만 강조한 것으로 잘못 해석되곤 하는 점을 지적하였다. 디킨스 신앙을 특징짓는 두 가지 요소는 특정한 신학적 교리에 대한 강한 거부감과 도덕적 행동에 대한 강조인데, 이러한 특징은 앞에서도 지적하였듯이 많은 세속주의 비평가들로 하여금 그의 신앙에 대해 부정 내지 무시하는 입장을 취하게 하였다. 그러나 디킨스는 『우리 주님의 생애』의 첫 문단에서 강조하고 있듯이 분명하게 정통적인 기독교 신앙을 표명하고 있을 뿐 아니라, 이 책 속의 복음서에 나타난 기적들을 충실하게 포함시킴으로써 기독교의 도덕적인 요소뿐만 아니라 초자연적인 요소들을 자녀들이 믿도록 전달하였다 (Taft 661).

콜레지는 이 책에서 예수를 때로는 선생님, 지상을 걸은 신성, 우리 종교의 창시자, 신성한 용서자, 등으로 다양하게 부르고 있지만 가장 많이 부른 호칭은 "우리의 구세주", "하나님의 아들", "우리의 본보기"였음을 지적하고 있다. 이 책에서 거의 마흔 번이나 "우리의 구세주"로 부르고 있는 것은 예수가 우리의 죄를 대신 지시고 구속과 구원을 이루셨다는 디킨스의 믿음을 보여 주고 있으며, 12번 사용된 "하나님의 아들"은 예수의 신성을 언급한 것이며, "우리의 본보기"라는 명칭은 모든 신앙생활의 핵심은 예수의 모범을 따라 살아야 한다는 그의 신앙을 보여 주고 있는 것이다(Colledge 33).

디킨스는 자신이 쓴 복음서의 마지막 문단을 다음과 같이 쓰고 있다.

기억하거라! ― 기독교는 우리에게 악을 행하는 사람들에게조차
도―항상 **선을 행하는 것이다.** 우리의 이웃을 우리 자신처럼 사랑하
고, 그들이 우리에게 해 주기를 원하는 것처럼 우리도 모든 사람에게
행하는 것이 기독교다. 온화하고, 자비롭고, 용서하며, 그러한 성품들
을 우리 가슴속에 조용히 간직하고, 결코 그런 것을 자랑하거나 우리
의 기도나 하나님에 대한 우리의 사랑을 자랑하거나 하지 않고, 항상
모든 일에 올바르게 행하려고 겸손히 노력함으로써 하나님을 사랑함
을 보이는 것이 기독교다. (Dickens, *The Life of Our Lord* 122)

디킨스는 이처럼 모든 사람에게 선을 행하는 것을 강조하고, 이
웃 사랑이 곧 하나님 사랑이라는 복음서의 정신을 강조함으로써, 예수
의 모범을 따라 살아야 한다는 그의 신앙의 핵심에 이웃 사랑이 있음을
보여 주고 있다.

『우리 주님의 생애』는 비록 아이들을 위한 글이었지만, 그의 종
교적 사고의 핵심에 있었고 그의 기독교 사상과 신앙생활을 결정했던
예수에 대한 분명한 생각을 표현하고 있기에 디킨스의 신앙에 대한 소
중한 자료가 되고 있다. 또한 그의 모든 작품에 흐르고 있는 기독교 세
계관이 잘 나타나 있어서, 디킨스 작품들에 나타난 종교를 이해하는 데
중요한 길잡이를 제공하고 있다.

4. 디킨스의 신앙과 작품 세계

디킨스가 자신의 신앙을 작품 속에 어떻게 나타냈는지는, 1861년 데이비드 매크래(David Macrae) 목사에게 보낸 다음 편지에 잘 설명되어 있다.

> 내가 나의 예술을 실행할 때 항상 내게 있는 커다란 책임감에 대한 깊은 인식을 가지고, 가장 꾸준하고 열성적인 노력을 기울이는 것 중의 하나는 나의 모든 선한 사람들 안에 우리의 위대한 선생님의 가르침에 대한 어렴풋한 반영들을 보여 주는 것이었으며, 모든 도덕적 선함의 위대한 근원으로서 그러한 가르침에 이르도록 눈에 띄지 않게 독자를 이끌어 가는 것이었습니다. 나의 강력한 예시들은 모두 신약성경에서 도출된 것입니다. 내가 그린 모든 사회적 폐습들은 신약성경의 정신을 떠난 것으로 그려졌으며, 내가 그린 모든 선한 사람들은 겸손하고, 자비롭고, 신실하고, 용서합니다. 나는 반복해서 분명한 단어들로 그들이 우리 종교를 세우신 분의 제자들이라고 주장합니다. … (Dickens, *The Letters* vol.9 556~557)

디킨스가 그의 작품 속에 그려진 그리스도인들의 모습에 대해 비판한 매크래 목사에게 자신의 입장을 밝힌 이 편지에는 그가 예술가로서 자신의 책무를 무엇이라고 생각하는지가 잘 나타나 있다.

첫 번째로, 그는 예수의 가르침의 흔적을 보여 주는 선한 인물들을 그리는 것에 열심히 노력을 기울인다고 말하고 있다. 자기의 작품이 신약성경에 깊이 뿌리박고 있으며, 자기가 그린 선한 인물들은 예수의 제자들, 즉 "겸손하고(humble), 자비롭고(charitable), 신실하고(faithful), 용서하는(forgiving)" 사람들이라고 말하고 있어서, 그의 소설에 등장하는 선한 인물들은 예수의 도덕적 윤리적 성품을 반영하는 인물들로 창조하였음을 설명하고 있다. 예수를 본받아 살아가는 것을 신앙의 핵심으로 생각했던 디킨스는 그의 작품 속에서 선한 인물을 그릴 때 그 기준을 예수를 닮은 사람에 두고 있었다. 신학적 논쟁이나 교리에 대한 설명을 통해서가 아니라, 그의 인물들을 통해서 기독교적 가치가 무엇인지를 그려 내고자 했던 것이다.

두 번째로, 디킨스는 "내가 그린 모든 사회적 폐습들은 신약성경의 정신을 떠난 것으로 그려졌으며"라고 말하여, 그의 작품의 가장 중요한 주제인 사회 비판이 신약성경에 기초해 이루어지고 있음을 분명히 밝히고 있다. 매크래 목사는 디킨스의 사회 비판에 기독교인들이 포함되어 있는 것에 대해 디킨스를 비판했지만, 디킨스는 여기에서 그가 기독교 자체를 비판하는 것이 아니라 자칭 기독교인이라고는 하나 실제로 기독교의 정신을 떠난 사람들을 비판한 것이라는 대답이다. 그의 작품은 분명한 기독교 세계관에서 나오고 있으며, 그의 사회 비판은 예수의 가르침과 신약성경에 근거하여 있음을 천명하고 있는 것이다.

세 번째로, 이 글에는 예술가로서 무엇을 그릴 것인가 하는 내용뿐 아니라 어떻게 전달할 것인가 하는 방법에 대해서도 나타나 있는데, 즉 독자들이 예수의 가르침을 따를 수 있도록 "눈에 띄지 않게"(unostentatiously) 인도하는 것을 예술가로서 자신의 커다란 의무라고 말하고 있는 점이다. 이는 디킨스가 자기의 신앙을 자랑하듯 드러내고 호전적으로 표현하던 당시의 기독교인들에 대하여 거부감을 느꼈고, 그러한 사람들을 작품 속에서 비판하였으며, 자기 자신의 신앙 생활에서 그런 태도를 철저히 피하였던 것과 일관된 것이다. 그러므로 "눈에 띄지 않게" 이끈다는 것은 그의 신앙관이었을 뿐 아니라, 이 신앙관을 자신의 예술에 적용한 예술론이라고 할 수 있는데, 윌키 콜린스(Wilkie Collins)에게 보낸 다음 편지에 나타난 주장과도 일치한다.

> 예술이라는 것은 성취를 달성할 때까지 모든 기초를 조심스럽게 놓는 것, 즉 모든 것이 향하고 있었던 것을—오직 넌지시 암시하기 위해서, 배경 조명에 의해 보여 주는 것이다. 이것이 신의 섭리의 방식이며, 모든 예술은 단지 그 섭리의 작은 모방일 뿐이다. (Oulton 198 재인용)

디킨스는 작품 속에서 종교적인 것을 별로 언급하지 않으며, 그가 진정한 기독교 신앙의 모범으로 그린 인물들도 종교적인 것에 대해 별로 말하지 않는다. 그들은 단지 그들의 삶 속에서 예수의 본을 따라 살아갈 뿐이다. 그가 비판했던 『마틴 처즐윗』(*Martin Chuzzlewit*)의 펙스니프 씨(Mr. Seth Pecksniff)나, 『황폐한 집』(*Bleak House*)의 채드밴드 목사(Reverend Mr. Chadband), 『작은 도릿』(*Little Dorrit*)의 크레넘 부인(Mrs. Clennam) 등 디킨스가 통렬하게 비판한 이런 인물들은 진정한 그리고 진실된 그리스도인의 정반대 되는 과시하고 정죄하는 종교인의 대표적 예들이었다. 디킨스의 그리스도인으로서의 목소리는 종교적인 것들을 거의 언급하지 않는다. 그가 진정한 그리스도인의 모범으로 그린 인물들은 교리나 종교적 예식 등과는 연관이 없다. 그들은 단순하게 남을 위하여 자신을 주는 일에서 예수를 닮은 삶을 살아간다.

후퍼가 디킨스에 대해서 "그는 종교적인 작가는 아니었다. 그는 자신의 기독교적 이상을 자신의 작품을 통해 표현하려 했던 뛰어난 작가였다"라고 평가한 것이나(Hooper 16), 톨스토이와 도스토옙스키가 그를 "위대한 그리스도인 작가"라고 평가한 것은, 모두 같은 맥락에서 디킨스의 문학이 종교와 가지는 관계를 설명한 중요한 평가라고 할 수 있다. 디킨스 작품을 분석할 때 주로 사용되었던 사회 경제적, 계급 간의 갈등을 중심으로 한 분석 방법이 아니라, 종교와의 관계 속에서 그의 작품을 다시 읽는 것은 디킨스 작품에서 제대로 평가되지 못했던 의미들을 새롭게 찾아내게 할 것이다.

이 책에서 다룰 『크리스마스 캐럴』(*A Christmas Carol*)과 『위대한 유산』(*Great Expectations*)에는 그러한 디킨스의 면모가 잘 나타나 있다. 『크리스마스 캐럴』은 크리스마스 정신이 바로 예수의 모범을 따른 이웃 사랑임을 잘 표현한 디킨스의 가장 대중적인 작품이며, 『위대한 유산』은 디킨스가 창조한 많은 인물 중 유일하게 작품 속에서 "그리스도인"이라고 불리는 인물이 등장하는, 가장 사랑받는 작품이다. 이 작품들에서 디킨스는 어떻게 자신의 종교적 이상을 표현하고 있는지, 그 이상과는 다른 영국 사회를 어떻게 비판하고 있는지, 그를 "위대한 그리스도인 작가"라고 불리게 한 면모는 무엇인지 살펴보고자 한다.

『크리스마스 캐럴』과 디킨스의 사회 비판

1. 크리스마스 이야기들

찰스 디킨스는 크리스마스에 관하여 여러 이야기를 썼는데, 1843년에서 1848년 사이에는 다섯 개의 단편소설을 써서 따로 출판하였고, 이를 묶어 1852년에 『크리스마스 책들』이라는 저렴한 한 권의 편집본으로 출판하였다. 1850년과 1867년 사이에는 잡지 『가정 이야기』(House-hold Words)와 『일년 내내』(All the Year Round)에 짧은 이야기들을 실었고 이 것들을 묶어 『크리스마스 이야기들』을 출판하였다. 이 중 가장 처음에 써서 1843년에 출판했던 이야기가 『크리스마스 캐럴』(A Christmas Carol) 인데, 이 작품의 위상이 워낙 뛰어나다 보니 다른 크리스마스 이야기들은 다소 저평가받는 면이 없지 않다.

　『크리스마스 캐럴』이 실린 『크리스마스 책들』에는 이 소설 외에 『차임 종소리』(The Chimes), 『벽난로 위의 귀뚜라미』(The Cricket on the Hearth), 『생존경쟁』(The Battle of Life), 『유령이 따라다니는 사람』(The Haunted Man)이 실려 있는데, 디킨스의 천재성이 발휘된 장편소설들보다 길이나 제작 의도, 대상 독자가 제한적이라고 덜 중요한 작품으로 간주되기도 한다. 그렇지만 이 책은 디킨스의 작가로서의 경력에 핵심적인 역할을 했고, 특히 『크리스마스 캐럴』의 놀라운 성공은 그에게 세계적 평판을 얻게 해 주었으며, 오늘날에도 꾸준히 책으로 읽힐 뿐 아니라, 연극, 영화, TV 드라마 등으로 제작되어 그의 명성을 계속 알리고 있는 작품이기도 하다. 무엇보다 출판 당시부터 이 작품들에 나타난 "크리스마스 정신"은 그의 사회 비판을 요약적으로 보여 주는 것으로 인식되었다.

디킨스는 영국의 많은 어린이들이 노동자로 일하는 지옥같이 열악한 환경을 마주한 1843년 3월에 한 가지 계획을 세웠다. 원래는 그러한 사실들을 대중에게 알리는 논픽션 팸플릿을 제작할 생각이었지만, 이 생각을 접고 크리스마스 이야기, 즉 픽션을 쓰기로 한 것이다. 디킨스는 자신의 계획을 수정한 것에 대해, 처음 생각했던 것을 따르되 "스무 배의 힘을—이만 배의 힘을—발휘할 수 있는" 작품을 쓰는 데 노력을 기울이기로 하였다고 설명하고 있다(Dickens, *The Letters* vol.3 461). 즉 디킨스는 어린 노동자들의 열악한 환경을 보여 주는 팸플릿을 제작함으로써 그들을 도와주는 일이 일어나는 것보다 그것에 관한 소설을 씀으로써 훨씬 더 효과적으로 가난한 사람들을 도와주는 일이 일어날 수 있을 것이라고 생각했던 것이다.

디킨스의 사회 비판이 그의 신앙과 연결되어 있음은 위에서 설명한 바 있지만, 특히 크리스마스 이야기들을 통하여 전달하는 사회 비판이 그와 연결되어 있음은 다음 글에서 더욱 분명해진다. 디킨스가

1861년에 매크레 목사에게 보낸 편지에서 "내가 그린 모든 사회적 폐습들은 신약성경의 정신을 떠난 것으로" 그려진 것이라고 하였음을 위에서 설명하였는데, 그는 그 편지에 다음과 같은 말을 덧붙인 바 있다.

> 더 나아가, 나는 몇 년 전에 크리스마스를 위한 새로운 종류의 책을 고안하였는데 … 그것은 기독교적 미덕의 예증과 기독교적 교훈을 가르치는 것으로부터 절대 분리되는 것이 불가능한 것이라고 생각합니다. 그러한 책들의 하나하나에는 설교하는 성서의 구절이 분명히 있으며, 그 구절은 언제나 예수의 입에서 나온 것입니다. (Dickens, *The Letters* vol.9 557)

디킨스 작품의 가장 유명하고 핵심적인 면모인 사회 비판은 이처럼 그의 종교와 밀접하게 연결되어 있었으며, 디킨스는 이것을 표현하기 위하여 크리스마스 이야기라는 새로운 종류의 책을 고안했던 것이다.

디킨스가 우리가 알고 있는 크리스마스를 "발명했다"라는 말이 여러 비평가들 사이에 회자된다. 이 말은 다소 과장된 표현이며 디킨스가 실제로 크리스마스를 발명했다고는 할 수 없지만, 디킨스적인 크리스마스 정신을 그가 만들어 낸 것은 사실이라고 할 수 있다. 그 정신은 『크리스마스 캐럴』에서 구두쇠 에벤에저 스크루지(Ebenezer Scrooge)에게 크리스마스를 기뻐한다고 핀잔받는 조카에 의하여 이렇게 설명된다.

"하지만 크리스마스를 언제나 좋은 때로, 인정 많고 관대하고 자선을 실천하는 유쾌한 때로, 길고 긴 일 년 중에서도 제가 알기로는 남자들이나 여자들이나 모두가 꼭 닫힌 마음을 솔직하게 열고, 자신들보다 못한 사람들을 다른 길을 가는 전혀 다른 피조물이 아니라 정말로 함께 죽음으로 향하는 길을 걷는 동지처럼 느끼는 유일한 때로 생각한다는 것은 분명해요." (CC 15)[11]

디킨스의 크리스마스 이야기들이 그린 따뜻한 마음, 용서, 관대함, 유쾌한 선행, 크리스마스 계절의 축제 속에 떠들썩하게 한껏 즐기는 것 등은 이후 영국의 크리스마스 축제에 큰 영향을 주어 오늘에 이르게 되었다고 할 수 있다.

2. 이웃 사랑의 의의

디킨스는 1852년에 크리스마스 이야기들을 묶어 출판한 편집본의 서문에서 그 책을 쓴 목적을 이렇게 밝히고 있다. "나의 목적은 그 계절의 좋은 기분이 정당화시켜 주는 변덕스러운 가면극 풍으로 기독교의 땅

---

11 『크리스마스 캐럴』의 번역문을 인용하는 경우에는 『크리스마스 캐럴』(김세미 옮김, 문예출판사, 2006)에서 인용하였으며, 원제목인 "A Christmas Carol"의 앞 글자를 따서 "CC"로 표기하였다. 원문에서 인용하는 경우에는 A Christmas Carol and Other Christmas Writings(Ed. Michael Slater, New York, NY: Penguin Books, 2003)에서 인용하였으며, "A Christmas Carol"로 표기하였다.

에서 결코 철 지나는 법이 없는 사랑과 관대한 생각을 일깨우는 것이었다." 그는 즐거운 크리스마스의 계절을 독자들의 양심을 깨워 가난과 빈곤 속에 있는 사람들에게 이웃 사랑을 실천하게 할 수 있는 때라고 생각하였고, 그러한 목적으로 쓰는 크리스마스 이야기의 형식으로 변덕스러운 가면극 풍을 사용했다고 말하고 있는 것이다.

디킨스는 「짧은 시간제 노동자」("The Short-Timers")에서 가난한 사람들, 궁핍한 사람들, 소외된 사람들이 넘치는 런던 거리를 다음과 같이 묘사한다.

> 나는, 웨스트민스터 사원, 성 베드로 성당, 국회의사당, 감옥, 법정, 이 나라를 다스리는 모든 기관들의 몇 야드 안에서와 마찬가지로, 내가 묵고 있는 코벤트 가든의 몇 야드 안에서도, 버젓이 길거리에서 아이들을 방치하는 수치스러운 경우들을, 거지들과 게으름뱅이들, 도둑들, 몸과 마음이 비참하고 파괴적으로 불구가 된 많은 사람들을 만들어 내는 참을 수 없는 일을 방치하는 것을 볼 수 있다—아니, 내가 원하든 원하지 않든, 그런 일들을 보지 않을 수 없다—이는 그들 자신에게 비참한 것이며, 공동체에 비참한 것이고, 문명에 대한 치욕이며, 기독교에 대한 모욕이다. (Colledge 27~28 재인용)

런던 거리에 넘치는 가난하고 비참한 많은 사람들 특히 아이들을 보면서, 디킨스는 그 사람들을 그대로 버려두는 것, 그리고 그러한 사람들을 만들어 내는 사회의 문제를 방치하는 것은 영국 사회와 기독교에 대한 모욕이라고 비판하고 있다. 이러한 현실이 사랑과 연민, 가난한 사람들을 위한 실질적 행동을 해야 하는 기독교 정신에 위배되는 상황이라는 디킨스의 비판은 그의 전 작품을 통해 나타나는 사회 비판과 종교가 어떻게 연결되어 있는지를 잘 보여 주고 있다. 디킨스에게 있어서 신앙은 그가 여기에서 말하는 그러한 고통들을 줄여 주는 것을 반드시 포함하기 때문이다.

19세기 초에 영국인들 사이에 널리 퍼져 있던 종교적 태도는 가난을 신성한 세계 질서인 불변의 경제법의 어쩔 수 없는 부산물이라고 보는 경향이 있었고, 따라서 자선이 가난을 덜어 줄 수는 있지만, 자선의 대상은 도움을 받기에 합당한 사람에게만 한정된다고 생각하였다. 즉 게으름이나 무절제 혹은 낭비로 인해 가난해진 사람은 개인적인 잘못으로 가난하게 된 것이고 자기 죄에 대한 보상을 받는 것일 뿐이라고 보았던 것이다(Butterworth 26). 디킨스는 이러한 태도에 대하여 예수의 가르침과 기독교의 가치에 반하는 것이라고 비판하였으며, 『크리스마스 캐럴』은 그러한 태도를 가지고 있는 사람들을 비판하고 있다.

『크리스마스 캐럴』에서 스크루지가 크리스마스이브에 가난한 사람들을 위한 기금을 모금하기 위해 온 신사들에게 "나는 크리스마스라고 해서 특별히 즐겁지도 않은 사람이고 게으른 사람들을 즐겁게 해 주고 싶지도 않소, 나는 아까 이야기가 나왔던 시설들을 유지하기 위해 이미 세금을 내고 있다고. 그것만으로도 충분해. 그렇게 게으른 녀석들이라면 거기에 가면 되지"라고 말하는 것은(*CC* 19), 사실 당시 많은 영국인들이 가졌던 생각과 크게 다르지 않다. 여기서 스크루지가 말하는 "아까 이야기가 나왔던 시설들"이란 감옥과 구빈원(救貧院)을 가리키는 것으로 스크루지는 가난한 사람들은 "게으른 사람들"이기 때문에 그런 시설들에 가면 된다고 생각하고 있으며, 자기는 그런 시설들을 위해 세금을 내고 있기 때문에 할 일을 다하고 있다고 생각하는 것이다.

그런데 스크루지에게 매몰찬 거절을 당한 신사들은 크리스마스에 기금을 모집하는 이유를 다음과 같이 스크루지에게 설명했었다.

"그런 시설들은 서민들의 마음이나 몸을 기독교적으로 충분히 격려하지 못한다는 생각 때문에 저희들은 가난한 사람들에게 약간의 고기와 음료와 땔감을 사주기 위한 기금을 모금하려 애쓰고 있답니다. 가난한 사람들은 지금이야말로 일 년 중에서도 부족함이 절실하게 느껴지는 시기이기 때문에, 그리고 넉넉한 사람들은 풍요로움을 향유하는 시기이기 때문에 크리스마스를 고른 것입니다." (CC 21)

이들의 설명에 따르면 스크루지가 말하는 시설에 가느니 "죽는 편이 낫겠다는 사람들도 많다"고 하는데, 스크루지의 대답은 "죽는 편이 낫다면 죽으면 될 것 아니오"였다(CC 19). 디킨스는 여기에서 스크루지를 통해 단순히 인정머리 없는 한 구두쇠를 비판하고 있는 것이 아니다. 오히려 가난한 사람에 대해 당시 많은 영국인들이 가졌던 이런 생각과 태도, 즉, 가난한 사람은 게으름이나 무절제, 낭비 등 개인적인 잘못으로 가난하게 된 것으로 자기 죄에 대해 벌을 받는 것일 뿐 그들을 도울 필요가 없다고 생각했던 것에 대해 비판하고 있는 것이다.

사실 디킨스 당대에 영국은 산업혁명의 진행으로 노동자들이 도시로 몰려들었고 자본주의의 급격한 발전에서 파생된 부작용과 때마침 당한 감자 흉작 등 여러 가지 좋지 않은 상황이 겹치면서 수많은 사람이 굶주림과 극한의 가난, 과도한 노동으로 고통받고 있었다. 1840년대는 가장 상황이 좋지 않아 "기아의 40년대"(Hungry Forties)라고 불린다. 이러한 상황 속에 디킨스는 가난한 사람, 고통당하는 사람들에 대해 가슴 아프게 생각하였고, 그의 거의 모든 작품 속에는 이들에 대한 이웃 사랑이 면면히 흐르고 있다.

　　디킨스의 사회 비판이 그의 신앙에 기초해 있었음을 심도 있게 분석한 버터워스는 그의 비판이 특히 선한 사마리아 사람의 비유와 연관되어 있음을 지적한다(Butterworth 41). 선한 사마리아 사람의 비유는 예수가 "네 이웃을 네 자신과 같이 사랑하라"는 기독교의 핵심 명령의 의미를 설명한 비유다. 어떤 사람이 강도를 만나 옷도 빼앗기고 매도 맞아 거의 죽게 된 채로 내버려져 있었다. 마침 어떤 제사장이 그 길을 지나가다가 그 사람을 보았지만 피하여 지나갔고, 레위 사람도 피하여 지나갔다. 그러나 거기를 지나가게 된 한 사마리아 사람은 그 사람을 보고 측은하게 여겨 상처를 치료해 주고, 자기 짐승에 태워서 여관으로 데리고 가 돌보아 주었을 뿐 아니라, 다음날 여관 주인에게 돈을 주면서 그 사람을 돌보아 주기를 부탁하였다는 이야기이다. 종교 지도자였던 제사장이나 레위 사람은 강도 만난 사람을 피하여 가고, 당시 유대인들에게 기피와 무시의 대상이었던 사마리아 사람이 그를 치료하고 돌보아 준 이야기를 들려주면서, 예수는 "이 세 사람 가운데서 누가 강도 만난 사람에게 이웃이 되어 주었다고 생각하느냐?"고 물었다. 그리고 자비를 베푼 사마리아 사람과 같이 행하라고 말하였다(「누가복음서」 10:29-37).

"이웃"이라는 인물은 정치적 신학적 사고에서 긴 역사를 가지고 있다. "네 이웃을 네 자신과 같이 사랑하라"(love your neighbor as you love yourself)는 「레위기」 19장 18절의 명령으로부터 시작하여, 이 역사는 성경의 전통을 넘어, 칸트, 헤겔, 니체, 키에르케고어, 프로이트, 레비나스, 라캉 등 근대의 많은 사상가들에 의해 재해석되며 발전해 왔다. 최근에도 『이웃: 정치적 신학의 세 가지 질문』(The Neighbor: Three Inquiries in Political Theology, 2005)을 쓴 지젝(Slavoj Žižek) 등 여러 사상가들에 의해 이웃의 개념은 재평가되고 있으며, 이웃이 어떻게 현대에 윤리적이고 정치적인 것을 재창조함에 있어서 가장 중요한 지점이 되고 있는가에 대한 탐구를 통해 이웃에 대한 우리의 이해를 확장시키고 있다 (Dempsey 85).

디킨스는 『우리 주님의 생애』의 마지막 문단을 "기억하거라!—기독교는 우리에게 악을 행하는 사람들에게조차도—항상 **선을 행하는 것이다.** 우리의 이웃을 우리 자신처럼 사랑하고, 그들이 우리에게 해 주기를 원하는 것처럼 우리도 모든 사람에게 행하는 것이 기독교다"라고 결론짓고 있는데, 이는 디킨스가 자녀들에게 기독교 신앙의 핵심을 이웃에 대한 사랑으로 정의하고, 자신에게 악을 행하는 사람들에게조차 항상 선을 행하는 것을 강조함으로써 이웃의 개념을 설명하고 있으며, 그들이 우리에게 해 주기를 원하는 것처럼 우리도 모든 사람에게 행하는 것이라고 이웃 사랑의 방법까지 제시하고 있음을 보여주고 있다. 디킨스의 작품 속에 일관되게 나타나는 사회 비판은 바로 이러한 **이웃 사랑**의 정신에 근거하고 있는 것이다.

스크루지가 "죽는 편이 낫다면 죽으면 될 것 아니오"라고 대답한 다음에 했던 말은 "그러면 인구 과잉도 줄일 수 있겠구먼"이었다(*CC* 20). 현재 크리스마스의 유령(Ghost of Christmas Present)과 함께 밥 크랫칫(Bob Cratchit)의 집에 갔을 때, 스크루지가 유령에게 꼬마 팀(Tiny Tim)이 계속 살아갈 수 있게 해 달라고 간청하자 유령은 이때 스크루지가 했던 말을 풍자적으로 되풀이한다. "어차피 죽을 아이라면 죽는 게 낫겠지. 그러면 인구 과잉도 줄일 수 있을 테고 말이야"(*CC* 92). 스크루지가 했던 이러한 말에는 1840년대에 사회적·정치적 이슈였던 또 하나의 중요한 생각, 즉 공리주의와 맬서스(Thomas Robert Malthus)의 인구론(人口論)이 내포되어 있다. 맬서스의 『인구론』(*Essay on the Principle of Population*, 1798)을 따르면, 스스로 먹고사는 문제를 해결할 수 없는 사람과 그 자녀는 최소화시켜야 할 "잉여 인구"의 일부로 간주된다. 스크루지가 가난한 사람에 대해 자선을 베풀기를 거부하는 것이나 어차피 죽을 사람이라면 죽는 게 낫다고 말했던 태도의 근저에는, 빈민의 죽음은 "잉여 인구"를 감소시키는 데에 긍정적인 역할을 할 것으로 보는 사고가 깔려 있으며, 이는 "최대 다수의 최대 행복"을 주장하는 공리주의와 맞닿아 있었고, 디킨스는 이러한 사고들을 비판하고 있는 것이다. 디킨스는 현재의 크리스마스 유령의 입을 빌려 이 비판을 전달한다.

"네가 심장이 돌로 만들어진 사람이 아니라면 인구 과잉이 어떤 뜻인지, 어디서 남아도는지 알게 되기 전까지는 그런 사악한 말은 삼가도록 해라. 어떤 사람들이 살아야 하고, 또 어떤 사람들이 죽어야 하는지 네가 결정하려 드느냐? 하나님의 눈에는 저렇게 가난한 아이들 수백만 명보다 네가 더 가치가 없고, 살 자격이 없을 수도 있단 말이다. 오, 하나님! 나뭇잎 위의 벌레가 먼지 속에서 뒹구는 가난한 형제들을 보고 쓸데없이 생명이 너무 많다고 말하는 꼴이라니!" (CC 92)

디킨스가 사회 문제들에 대해 가졌던 종교적 태도는 당시 기독교계에서 일어난 사회 개혁을 위한 운동과 궤를 같이 한 것이었다. 일찍이 복음주의자였던 국회의원 윌버포스가 "눈에 보이고 똑똑히 눈에 띄는 개혁"을 통해 명목상의 신앙을 행동으로 옮길 것을 강조하여 노예무역을 폐지시키고 사회의 약자를 위한 개혁들을 법령화했듯이, 자본주의의 발전으로 많은 사회적 문제들이 발생하기 시작했던 이 시기에 기독교계는 기독교의 도덕적 원칙들이 개인적 행동에 적용될 뿐 아니라 사회적 차원에서도 적용되어야 한다는 신앙에 기초하여 사회 개혁을 위한 운동을 시작하였고 수많은 개혁을 이루어 냈다. 예를 들어 조셉 스티븐스(Joseph Rayner Stephens) 목사는 성경에나 집중하고 방적기는 그들에게 맡겨 두라는 비판에 "왜 내가 공장 개혁을 위한 선동자가 되었는지를 알기 원하는 사람이 있다면, 나는 그 시스템이 살아 있는 하나님의 말씀에 반대되는 것이기 때문이라고 대답한다"고 선언하였다(Butterworth 46 재인용). 스티븐스 목사를 위시하여, 조지 불(George

Stringer Bull) 목사, 국회의원 마이클 새들러(Michael Sadler), 애쉴리 경 (Lord Ashley) 등 많은 그리스도인들이 사회에 만연한 문제를 방치하는 것은 기독교의 가치에 반하는 반기독교적인 태도라고 비판하였다. 하루 열여섯 시간씩 일하는 열악한 노동환경을 개선하기 위하여 "열 시간 운동"(Ten-Hour Movement)을 일으켜 경제 제도가 억제되지 않고 무제한적으로 작동되는 것을 비판하고 수정하고자 하였고, 가난한 사람들을 도와주되 가두다시피 구빈원에 수용하여 일을 시키는 "신 구빈법"(New Poor Law)을 비판하였으며, 특히 공장과 탄광에서 행해지는 아동노동을 비판하였다. 1840~1850년대에는 기독교 사회주의가 일어나, 자유 시장 정책이 초래하는 해악들을 공동의 행동과 성인 교육 확대를 통해 해결하려 했고, 종교를 효과적인 사회적 힘으로 만들려고 노력하기도 하였다.

제3장에서 현재 크리스마스 유령은 접힌 옷자락 사이에서 "불쌍하고, 비참하고, 소름 끼치고, 흉측하고, 보잘것없는 모습"을 한 아이둘을 끄집어낸다. 무릎을 꿇고 유령의 옷자락에 매달려 있는 이 아이들 중 남자아이는 '무지' 여자아이는 '빈곤'이다. 이 아이들의 끔찍한 모습을 본 스크루지는 "이 아이들이 보호나 원조를 받을 수 있는 곳은 없습니까?"라고 묻는데, 유령은 "감옥이 없느냐고?" "구빈원이 없느냐고?"라고 스크루지가 했던 말을 고스란히 되돌리며 말한다. 스크루지가 했던 말을 풍자적으로 그대로 반복하여 패러디하는 유령의 말을 통해, 디킨스는 가난한 사람들을 감옥에 가두다시피 구빈원에 수용하여 강제 노역을 시켰던 신 구빈법을 비판하고 있는 것이다.

디킨스는 기독교의 관점에서 사회 개혁을 시작한 사람들과 마찬가지로 기독교의 도덕적 가르침은 개인적 차원에 머무르는 것이 아니라 사회적 차원에 적용되어야 한다고 생각하였고, 이에 따라 개인적인 차원에서 많은 자선 활동을 했을 뿐 아니라 소설을 통해 사회 비판의 목소리를 전달하였다. 당시 영국 사회의 많은 잘못이 예수의 가르침을 따르지 않는 데서 연유한다고 판단하였으며, 사회를 바로 잡기 위해서는 신약성경의 가르침에 따라 자신을 버리고 남들을 위해 봉사해야하는 것이 해법이라고 생각하였다. 스크루지에게 주어진 과제는 바로 가난하고 고통받는 사람들에게 "선한 사마리아 사람"이 되는 것, 즉 **이웃**이 되는 것이며, 『크리스마스 캐럴』은 스크루지가 그렇게 변화해 가는 과정을 생생히 보여 주고 있다.

3. 스크루지의 거듭남

첫 번째 장에서, 제이콥 말리(Jacob Marley)의 유령이 스크루지를 찾아와 하는 말은 이 책 전체의 주제에 핵심적인 대화다. 여기에서 말리의 유령은 왜 자기가 사후 세계에서 스크루지를 만나러 왔는지 그 이유를 설명한다.

> "사람이라면 누구나 내면의 영혼이 밖으로 나다니며 다른 사람들과 어울리고 멀리 그리고 널리 여행을 하게 해야 하는 법이네. 살아 있는

동안 영혼이 그 의무를 다하지 못한다면 죽은 후에라도 그렇게 해야 한다네. 세상을 배회해서 … 생전에 나눌 수도 있었던, 그래서 행복해질 수 있었지만 지금은 공유하지 못하는 것이 무엇인지 지켜보아야 하는 것이라네." (*CC* 33~34)

말리는 7년 전에 죽은 스크루지의 동업자였다. 스크루지와 똑같이 인정머리 없는 구두쇠였던 말리의 유령은 지금 그의 몸통을 죄고 있는 사슬을 끌고 다니고 있다. 그 사슬은 길고 그의 몸에 꼬리처럼 감겨 있었으며, "금고, 열쇠, 맹꽁이자물쇠, 회계장부, 온갖 증서, 강철로 만든 무거운 돈주머니 따위가" 주렁주렁 매달려 있다(*CC* 29). 이러한 말리는 자기와 다르지 않은 동업자 스크루지를 단순히 욕심 많은 구두쇠로만 보는 것이 아니라, 더 근본적으로 다른 사람들의 고통이나 필요에 둔감한 채 자기만의 세계에 고립되어 있는 자기중심적이고 배려심 없는 사업가로 보고 있고, 그러한 그의 변화를 촉구하기 위하여 온 것을 설명하고 있다.

서술자는 스크루지에 대해, "알 만한 사람들은 복잡한 인생길을 비스듬히 나아가면서 인간의 모든 동정심에게 가까이 오지 말라고 경고하는 것이야말로 스크루지의 '본질'이라고 불렀다"라고 설명하고 있다. 스크루지의 이러한 상태는 키에르케고어의 "악마적"이라는 개념을 정확히 체화하고 있다고 프레스턴은 분석한다(Preston 744). 『불안의 개념』(*The Concept of Anxiety*, 1844)에서 키에르케고어는 "칩거성(蟄居性)" 혹은 "부자유성"의 상태에 존재하는 사람들에 대하여 설명하였다. 이들은 기본적으로 "선(善)에 대한 불안"을 가지고 선을 두려워하며, 결과적으로 자유로부터 자신을 닫아 버린다. "개체에 있어서의 악의 작용을 관찰하며 이 사실을 윤리적으로 표현한 것이 '악이란 침거하고 있는 것'이라는 표현이다. 악마적인 것은 다른 무엇을 가지고 자신을 가두는 것이 아니라 스스로가 자신을 가두는 것이다. 그리고 부자유성은 자기 자신을 죄수로 만든다는 이 점에 존재의 심오한 의미가 있는 것이다." 선(善)은 자유와 소통과 확장을 나타내는데, 이것은 "점차 침거의 도를 강화하고, 교제를 원치 않는" 악마적 입장의 정반대이기 때문이다(키에르케고어 247). 키에르케고어는, "이러한 상태에 있어서의 악마적인 것은 신약성서에서 구제를 받아 보겠다고 '나와 당신과 무슨 상관이 있나 이까'하고 외친 저 악마가 잘 나타내 주고 있다. 그러므로 악마적인 것은 선과의 일체의 접촉을 회피한다—그 선이 악마적인 것을 자유로 이끌어 가기 위하여 현실적으로 위협을 하건, 혹은 단지 전혀 우연적으로 접촉을 하게 되건 간에 마찬가지다"(키에르케고어 274).

말리의 유령은 사후 세계에서 자기처럼 고통을 당하지 않으려면 "악마적 입장"을 벗어나라고 스크루지에게 충고한다.

> "무엇이 되었든 자신이 살아가는 좁은 범위에서 친절하게 굴려고 노력하는 모든 기독교도의 영혼들이 그 다양한 방법들을 모두 실천하기에는 필멸의 인생이 너무 짧다는 것을 알지 못했어. 아무리 후회를 해도 잘못 사용해서 놓쳐 버린 한 사람의 삶의 기회를 되돌릴 수 없다는 것을 나는 알지 못했다고! 그래, 그게 바로 나야! 아아! 그게 나였

어!"

　"하지만 자네는 언제나 훌륭한 사업가였잖나, 제이콥." 이런 변명을 자기 자신을 위해서도 하고 싶은 스크루지가 항의했다.

　"사업가라고?" 유령이 다시 손을 비틀어대며 소리 질렀다. "인류가 나의 사업이었네. 사람들을 위한 복지사업이 내 일이었어. 자선사업과 자비심과 관용. 이 모든 것들이 나의 사업이었어. 내가 했던 장사 거래들은 내 진짜 사업이라는 넓은 바다에 있는 물 한 방울에 지나지 않았단 말일세!" *(CC 36~37)*

　말리의 유령은 스크루지에게 자신의 "진짜 사업"이 무엇이었는지 말하고 있다. 진짜 사업은 인류를 위하는 일, 가난한 사람들을 위하여 일하고, 이웃에게 자비와 관용을 베푸는 것이라고. 이것은 바로 키에르케고어가 말한 "악마적"과 정반대 되는 일들이다. 선을 떠나 다른 사람과의 모든 교제를 끊고 자신 안에 갇혀 사는 삶을 살고 있는 스크루지에게, 그와 똑같은 삶을 살았던 말리는 아무리 후회해도 다시 돌이킬 수 없는 "잘못 사용해서 놓쳐 버린 한 사람의 삶의 기회"를 놓치지 말라고 충고한다. 즉 길지 않은 인생을 살아가는 동안 선을 행하고 조금이라도 남을 위해, 특히 가난하고 어려운 사람들을 위해 친절하게 행하고 그들의 필요를 채워 주는 삶을 살아가라고, 그렇게 살아갈 수 있는 시간은 너무 짧다는 것을 경고하고 있는 것이다.

　철저하게 자기 안에 자기를 가두고 주위의 모든 사람과 단절한 채 "칩거성"과 "부자유성"에 갇혀 "악마적"이었던 스크루지는 어떻게 그와는 정반대되는 "선한 사마리아 사람"으로 변화될 수 있을 것인가? 디킨스는 가면극의 형태를 빌려와 과거, 현재, 미래의 크리스마스 유령을 등장시키고, "고통을 통한 구원"이라는 기독교적 수사(修辭)를 통해 이를 이루어 낸다. 레저는 "고통을 통한 구원"이 디킨스의 "크리스마스 철학"이라고 불리는 것의 핵심적 내용이라고 보고 있다. 1843년부터 1867년까지 썼던 크리스마스 이야기들에서, 디킨스는 고통과 상실을 극복하고 선함과 복지를 증진시킬 수 있는 인간의 능력을 보여 주는 이야기들, 즉 그의 "크리스마스 철학"을 전달하는 글들을 썼던 것이다(Ledger 183~184).

먼저 그가 남을 알 수 있고 남들과 공감할 수 있으려면 자기 자신을 알아야 하는 것이 필수적이다. 과거의 크리스마스 유령(Ghost of Christmas Past)이 보여 주는 과거를 통해 스크루지가 자신을 알아 가는 과정은 견디기 힘든 고통을 수반한다. 유령이 그를 데리고 간 첫 장면은 아버지가 방학 때에도 학교에 내버려 두어 외로움을 뼈저리게 경험해야 했던 어린 시절이다. 어린 시절의 반가운 친구들은 크리스마스에 모두 즐겁게 집으로 돌아가는데, 빈약한 긴 의자와 책상들 때문에 더욱 초라해 보이는 방 한가운데 책상에 쓸쓸히 앉아 책을 읽고 있는 어린 시절의 자신을 보자 스크루지는 잊어버리고 있던 자신의 불쌍한 과거 모습에 흐느껴 운다(CC 51). 펑펑 울고 있던 스크루지는 그 외로운 아이가 상상 속에 만났던 알리바바와 로빈슨 크루소 등을 보며, 어린 스크루지가 불쌍해져서 중얼거렸다. "불쌍한 녀석!" 그리고 처음으로 자신이 했던 일을 후회하는 반성의 모습을 보인다. "그럴 수만 있다면. …

그렇지만 이제는 너무 늦어 버렸어." 유령이 왜 그러는지 묻자 "어제저녁에 한 꼬마가 제 사무실 문 앞에서 크리스마스 캐럴을 불렀어요. 그 애한테 뭐라도 주어서 보낼 걸 그랬다 싶어서 말이지요"(CC 53). 자기도 한때는 어린아이였으며, 어린 시절 혼자 남겨진다는 것이 얼마나 고통스러운 것이었는지에 대한 기억을 통해 스크루지는 그 꼬마에 대한 동정심을 느끼게 된 것이다. 어린 시절의 자신을 기억하게 된 스크루지가 다른 사람에 대한 공감 능력을 갖게 되는 첫 순간이다.

유령은 이제 좀 커서 소년이 된 스크루지에게 온 여동생 팬의 따뜻한 태도, 그가 견습공으로 일하던 커다란 상점의 주인 펫치윅(Fezzi-wig) 영감 부부가 열었던 행복한 무도회, 약혼녀 벨이 "황금이라는 우상"을 쫓아 변해 버린 스크루지를 떠나는 장면, 벨이 꾸린 행복한 가정의 모습으로 스크루지를 안내한다. 여동생 팬에 대한 추억은 그녀가 일찍 죽으면서 남긴 유일한 아들, 그가 냉정하게 대했던 조카 프레드(Fred)에 대한 생각으로 이어져 스크루지는 마음이 불편해지고, 펫치윅 영감에 대한 추억은 "그분이 선사한 행복은 한 재산을 쓴 것만큼이나 대단한 것"이었음을 깨닫게 해 준다. 그래서 자기 "직원에게 지금 한두 마디 좋은 말을 할 수 있으면 좋겠다"는 생각을 하게 된다(CC 63). 돈만을 추구하는 사람으로 변한 스크루지를 떠나 그렇지 않은 남자와 행복한 가정을 이룬 벨을 보며 처절한 상실감을 느낀 스크루지는 애원한다. "제발 더 이상 보여 주지 마십시오! 저를 집으로 데려다주세요. 어째서 저를 고문하면서 즐거워하시는 겁니까?"(CC 67).

과거에 있었던 일들을 "전부 있었던 그대로" 보여 주는 유령에게 "더 이상은 견딜 수가 없다"고 고통을 호소하던 스크루지는 모자로 유령을 덮어서 제압하려 하고, 그러다 쏟아지는 졸음에 빠져들었다. 과거의 크리스마스의 유령은 스크루지로 하여금 과거를 기억하게 하고, 그 기억을 통해 자신을 알게 하고, 자신의 모습을 "있었던 그대로" 직시하는 아픔을 통해 변화를 시작하게 하였다. 그러나 스크루지가 그 고통이 너무 괴로워서 유령을 모자로 엎어서 제압하려 하는 것은 아직 완전한 변화에 도달하지 못했음을 보여 준다. 그는 아직 고통의 순례길을 더 걸어가야 하는 것이다.

그러나 스크루지가 두 번째 유령, 즉 현재의 크리스마스 유령을 만나는 장면은 그가 타자를 알고 공감할 수 있는 능력에 있어서 상당한 진전을 이루었음을 보여 준다. 과거의 크리스마스 유령은 스크루지의 침대 커튼을 직접 자기 손으로 열어 스크루지로 하여금 자신을 만날 수밖에 없도록 만들어야 했지만, 이번에는 스크루지가 두 번째 유령이 나타나기를 기다리며 커튼을 "자기 손으로 젖혀 두었다"(CC 73). 스크루지는 유령이 나타나기를 기대하지만, 유령은 옆 방에서 스크루지가 자기를 찾아오기를 기다린다. 십오 분을 긴장과 공포 속에 보낸 스크루지가 유령의 빛을 따라 옆 방문 앞에 다가가 손잡이에 손을 댔을 때, 현재의 크리스마스 유령은 "들어오너라!", "안으로 들어와서 더 잘 알아보라고!"라고 말한다(CC 76). 이 초대의 말은 스크루지에게 결단을 요구하는 것이다. 그는 의지를 가지고 자기 앞에 있는 타자에 대한 지식을 추구하며 선으로 나아갈 수도 있고, 아니면 그 기회를 거부하고 자신의 어두운 방에 남아 "칩거성"과 "부자유성" 안에 계속 남아 있을 수도 있다. 이 순간 그가 자기의 은둔처 같은 방을 떠나 현재의 크리스마스 유령이 있는 방으로 들어가기로 한 결정은 타자를 알기를 거부했던 전의 모습과는 사뭇 달라진 커다란 변화를 보여 주는 것이다(McReynoids 29). 이렇게 변화한 스크루지에 대해서 서술자는 "이제 예전의 완고한 스크루지가 아니었다"고 서술한다. 스크루지는 이 유령에게, "지난밤에는 강요에 못 이겨 끌려다녔지만 교훈을 얻었고 그것이 지금 효과를 발휘하고 있지요. 오늘 밤에도 저에게 뭔가를 가르쳐 주셔야 한다면 제가 거기서 얻는 바가 있도록 해 주십시오"라고 겸손하게 말한다(CC 78).

현재의 크리스마스 유령이 보여 주는 것은 사무원 밥 크랫칫의 집과 조카 프레드의 집, 그리고 알 수 없는 많은 장소들과 그곳에서 크리스마스의 사랑을 나누는 다양한 사람들이다. 사무원 밥은 일주일에 15실링밖에 벌지 못하지만 아내와 아이들과 함께 행복한 크리스마스를 보내고 있다.

> 마침내 식사가 전부 끝났고, 가족들은 식탁을 치운 다음 벽난로를 쓸고 난롯불을 북돋웠다. 벽난로 시렁에 얹어 두었던 주전자에 담긴 음료는 완벽하게 잘 만들어졌고, 사과와 오렌지가 식탁 위에 차려졌으며 밤을 가득 담은 삽이 불 위에 얹어졌다. 그런 다음 크랫칫 가족 모두가 난롯가에 둘러앉았다. (CC 90~91)

디킨스의 소설에서 난로와 음식은 가정의 행복에 대한 지표이다. 크랫칫 가족과 마찬가지로 조카 프레드의 가족도 함께 "식사를 마치고 난롯가에 둘러앉아" 디저트를 먹으며 음악을 연주하고 여러 가지 게임을 하면서 즐거운 시간을 보내고 있다(*CC* 101). 프레드에게 크리스마스 저녁 식사를 초대받았던 스크루지는 왜 결혼을 했느냐고 핀잔을 주었었고, 프레드는 사랑하게 되었기 때문에 결혼했다고 했었다. 스크루지는 "세상에서 '메리 크리스마스'라는 말보다 더 우스운 말"이 "사랑"이라는 듯이 냉정하게 거절했었는데(*CC* 16), 알고 보니 프레드는 이처럼 가정의 행복을 누리고 있었던 것이다.

스크루지는 현재의 크리스마스 유령의 인도로 런던 거리의 사람들이 교회로 가는 모습 혹은 가난한 연회를 준비하는 모습을 보고, 황량하고 적막한 황야에 있는 광부의 집을, 바다 위를 날아 망망대해에 떠 있는 배 위의 선원들을 본다. 그 모든 낯선 곳에서 사람들은 "일 년 중 그 어느 때보다도 그날만큼은 서로에게 더욱 따뜻한 말을" 건네며(*CC* 98), 크리스마스를 사랑함에 있어서 모두 한마음이었다. 크리스마스는 다양한 사람들을 함께 연결하는 끈과 같았고, 이 모든 것을 보여주는 유령은 스크루지로 하여금 크리스마스를 제대로 이해하고 다른 사람들과 친밀한 연대를 가지도록 초대한 것이다. 그러나 스크루지는 이 즐거운 크리스마스에도 선술집에서 혼자 음울한 식사를 했을 뿐이며, 그의 작은 난로는 불길이 약해서 "있으나 마나 할 정도"였고, "아주 조금이라도 온기를 느끼려면 스크루지는 바싹 당겨 앉아서 난로 쪽으로 몸을 수그릴 수밖에 없었다"고 묘사된 대로 외롭고 쓸쓸하다(*CC* 27).

스크루지가 도달해야 할 고통을 통한 구원의 여정은 미래의 크리스마스 유령(Ghost of Christmas Yet To Come)과 함께하는 여정에서 정점에 도달한다. 현재의 크리스마스 유령이 크리스마스의 사랑으로 타자와 공감할 것을 가르쳤다면 다가올 크리스마스의 유령은 모든 인간을 묶는 죽음을 직면하게 한다. 프레드는, 크리스마스를 "허튼소리"라고 조롱하는 스크루지에게, "자신들보다 못한 사람들을 다른 길을 가는 전혀 다른 피조물이 아니라, 정말로 함께 죽음으로 향하는 길을 걷는 동지"임을 느끼고 "인정 많고 관대하고 자선을 실천하는" 때가 크리스마스라고 설명했었다(CC 15). 미래의 크리스마스 유령은 스크루지에게 자신의 죽음을 직면하게 함으로써 "자신들보다 못한 사람들"을 향해 사랑과 공감을 가지고 자선을 실행하도록 촉구한다.

미래의 크리스마스 유령이 보여 준 런던시의 중심부 상인들로 가득한 거래소에서 부유한 사업가들의 대화에서나, 악취 나고 쓰레기가 뒹구는 도시 외진 구석에서 헐벗고 술에 취한 사람들의 대화에서, 그들은 모두 어떤 한 죽은 사람에 대하여 험담을 하고 있었다. 빚 있는 사람은 그의 빚에서 놓여나 다행스러워하고, 가난한 사람들은 그의 사소한 물건들, 심지어는 침대 커튼까지도 훔쳐서 팔고 있다. 그들이 그 사람의 죽음에 대해서 느끼는 유일한 감정은 기쁨뿐이었다. 스크루지는 커튼도 없는 침대 위에 누더기 시트를 머리끝까지 덮어쓴 누군가가 누워 있는 것을 목격한다. "약탈당하고 도둑을 맞은 침대 위에는 아무도 지켜보지 않고, 아무도 울어 주지 않고, 아무도 돌보지 않는 한 남자의 몸이 있었다"(CC 125). 유령은 시트를 들추어 시체의 얼굴을 보라고 하지만 스크루지는 차마 그렇게 못하고, "정말 무서운 장소입니다. 이곳을 떠나도 여기서 배운 교훈은 절대로 두고 가지 않겠습니다. 믿어 주십시오. 제발 떠나십시다!"라고 공포와 절망 속에 간청한다(CC 127). 마침내 유령이 교회 묘지에 있는 그 남자의 무덤을 보여 주었을 때 묘비에는 자신의 이름 "에벤에저 스크루지"가 적혀 있었다.

다가올 크리스마스의 유령은 스크루지에게 죽음을 통해 자신을 바라보게 하며, 이 가장 고통스러운 경험을 통해 스크루지는 완전히 변하게 된다. 사실 그는 미래의 크리스마스 유령을 처음 만났을 때, "이미 마음속으로 사는 방식을 바꾸겠다고 결심했고, 새로운 결심을 잘 따르고 있는 자신의 모습을 볼 수 있을 거라고 생각했으며, 그럴 수 있기를 바라고 있었다"(CC 118). 그러나 이제 인간이 고집스럽게 잘못된 길을 걸어간다면 도달하고야 말 종착역을 목격하였을 때, 스크루지는 유령의 옷자락을 꽉 움켜잡으며 이렇게 외쳤다. "제 말을 들어 보세요! 저는 이제 예전의 제가 아니란 말입니다. 오늘 밤 이런 일을 겪지 않았더라면 그렇게 살고 말았을 그런 인간이 되지 않을 거란 말입니다. 저에게 아무런 희망도 남아 있지 않다면 왜 이런 것을 보여 주시는 겁니까?"(CC 137) 스크루지는 유령 앞의 땅바닥에 온몸을 내던지고 애원한다. "지금부터는 온 마음을 다해 크리스마스를 경배하고, … 과거 안에서, 현재 안에서, 미래 안에서 살겠습니다. … 오, 제발 이 묘비 위의 이름을 제가 지울 수 있을 거라고 말씀해 주십시오!"(CC 138~139). 스크루지는 너무나 간절한 마음에 온 힘을 다해 유령의 손을 붙잡고 매달렸지만, 그보다 힘이 더 센 유령은 그를 물리쳤다. 그는 절대적 절망에 빠져, 손을 높이 치켜들고 "그의 운명이 바뀌게 해 달라고 마지막 기도를"(in a last prayer to have his fate reversed) 드렸다(CC 139).

스크루지가 자신에게 어떠한 가능성도 남아 있지 않다는 것을 깨닫고 철저한 절망 속에 빠졌을 때, 그는 이러한 마지막 기도를 드렸던 것이다. 키에르케고어가 말한 "믿음의 도약"이 일어나는 순간이다. 키에르케고어는 "결정적인 순간은 인간이 최후의 궁지에 몰릴 때, 인간적 용어로 아무 가능성이 없는 곳에서만 온다. 그때 문제는 그가 하나님에게는 모든 것이 가능하다는 것을 믿을 것인가, 즉, **신앙**을 가질 것인가 하는 것이다"(Preston 748 재인용). 키에르케고어의 말처럼 스크루지는 최후의 궁지에 몰려 모든 가능성이 상실되었다는 것을 깨닫는 이 고통의 순간 자신과 만나게 되고 동시에 더 높으신 분과 만나게 되며, 믿음의 도약에 이르게 된다.

이러한 믿음의 도약을 통해, 그는 과거와 현재와 미래 속에 살기를 결심하게 된다. 키에르케고어에 따르면 자유라는 신앙의 도약을 위하여 반드시 선행하는 것이 불안이라는 무서운 속박의 상태다. 스크루지가 기도할 수 있고 자유를 경험할 수 있게 되기 전 그는 심각한 불안을 경험했다. 불안은 스크루지로 하여금 자신의 존재에 눈뜨게 한다. 모든 사람이 궁극적으로 만나게 되는 죽음을 직면하게 함으로써 디킨스는 스크루지로 하여금 **믿음의 도약**을 하게 하고, 새롭게 거듭나게 한다. 디킨스에게 자신을 찾는 것은, 그리스도의 구원과 연결되어 있다.

스크루지는 마지막 유령이 침대 기둥으로 바뀌어 버리고 난 뒤, 자기에게 앞으로 개선할 시간이 남아 있음에 감격한다. "그중에서도 가장 행복했던 것은 앞으로 놓인 시간이 스크루지 자신의 것이어서 잘못을 고칠 수 있을 거라는 점이었다! 과거 안에서, 현재 안에서, 미래

안에서 살아야지!"(CC 140) 과거와 현재와 미래라는 시간에 대해 숙고하고 있는 이 작품은, 죽음은 새 삶에 대한 희망으로만 반격을 받을 수 있음을 보여 준다. 죽음을 이기고 새로운 사람으로 다시 태어난 스크루지의 모습은 다음과 같이 묘사된다.

"하하하하하!"

정말이지 수십 년 동안 웃어 본 적이 없는 사람치고는 최고로 화통한 웃음이었다. 스크루지는 환한 웃음 계열에서 최고라고 해도 과언이 아니었다!

"가만있자, 오늘이 며칠인지 모르겠네!" 스크루지가 중얼거렸다. "유령님들이랑 얼마나 지냈는지를 모르겠군. 아무것도 모르겠어. 아기나 다름이 없네. 하지만 상관없어. 신경 쓰지 않는다고. 그냥 아기로 살지 뭐." (CC 142)

자신을 아기로 느끼고, 아기로 살겠다고 하는 것은 그의 거듭난 삶이 아기처럼 새롭다는 것을 알게 할 뿐 아니라, 스크루지가 미래의 크리스마스 유령과 꼬마 팀의 죽음 장면에 갔을 때 들었던 말씀, "어린아이 하나를 데려다가 그들 가운데 세우시고"(「마태복음서」18:2)를 기억나게 한다. "쥐어짜고, 비틀고, 움켜쥐고, 긁어모으고, 인색하고 탐욕스러운 늙은 죄인"이었던 스크루지는(CC 11), 이제 꼬마 팀같이 사랑받을 수 있는 어린아이로 거듭났다.

그의 삶은 완전히 변화하였다. 전에 잘못한 것들을 속죄하는 데에 그의 남은 삶을 경주하였고, 최선을 다하여 어려운 사람들을 도와주었다. "스크루지는 자신의 말보다 더욱 많은 것을 베풀었다. 자신이 했던 약속을 모두 실천했고, 더욱더 나아가 헤아릴 수 없이 많은 것을 베풀었다. 그리고 죽지 않은 꼬마 팀에게도 스크루지는 두 번째 아버지나 다름없었다. 스크루지는 좋은 친구, 좋은 스승, 좋은 사람으로 런던이나 다른 도시들이나 다른 지역이나 온 세상에 이름이 알려졌다"(CC 152). 스크루지는 존재론적인 변화를 겪어 믿음의 사람이 되었을 뿐 아니라, 그의 믿음에는 행함이 따랐다. "우리의 이웃을 우리 자신처럼 사랑하고, 그들이 우리에게 해 주기를 원하는 것처럼 우리도 모든 사람에게 행하는 것이 기독교다"(Dickens, *The Life of Our Lord* 122)라고 자녀들을 가르쳤던 디킨스는, 스크루지의 변화된 삶을 통해 행함이 있는 믿음이 무엇인지 보여 주고 있으며, 우리 자신처럼 이웃을 사랑하는 것이 무엇인지 제시하고 있다.

4. "홀려서 읽기"

디킨스가 『크리스마스 캐럴』을 쓴 목적이 영국인들을 각성시켜 가난한 사람들, 비참한 사람들, 특히 불쌍한 어린이들을 도와주게 하기 위해서였다는 것에 대해 위에서 설명하였다. 디킨스는 이 목적을 어떻게 이루고자 하는가. 물론 일차적으로는 스크루지라는 인물의 변화를 통해 보여 주고 있다고 할 수 있다. 그러나 스크루지의 변화를 보며 독자들도 그와 함께 자신들의 잘못을 깨닫고 가난한 사람들, 비참한 사람들에게 이웃이 되는 진정한 그리스도인으로 변화할 수 있을까?

디킨스는 사실 스크루지가 진정한 그리스도인으로 다시 태어났음을 크게 외치지 않는다. 오히려 변화한 스크루지가 "교회에도 갔고"(CC 147)라고 짤막하게만 그의 종교적 변화를 설명한다. 이것은 디킨스가 "모든 도덕적 선함의 위대한 근원으로서" 예수의 가르침에 이르도록 "눈에 띄지 않게 독자를 이끌어 가는 것"이 그의 예술관이라고 설명한 것과 일관된 태도다. 디킨스는 말로 길게 기독교의 교리를 주장하거나 스크루지의 변화가 종교적인 것이라고 설명하지 않고, 오직 스크루지의 변화된 삶을 통해 그가 진정한 그리스도인이 되었음을 보여 준다.

그렇다면 그가 독자들을 이끌어 가는 방법은 어떠한가? 먼저 과거의 크리스마스 유령이 등장하는 장면을 자세히 살펴볼 필요가 있다.

> 침대 커튼을 옆으로 젖힌 것은, 내 분명히 말하지만, 손이었다. 그의 발치 쪽의 커튼도 아니고, 등 뒤의 커튼도 아닌, 스크루지의 바로 정면에 드리워진 커튼이었다. 스크루지가 누워 있던 침대 커튼이 옆으로 젖혀졌고, 스크루지는 몸을 반쯤 일으키다가 커튼을 열어젖힌 이 세상의 존재 같지 않은 방문객과 정면으로 맞닥뜨렸다. 독자 여러분의 팔꿈치 바로 앞에 마음으로 서 있는 바로 지금의 내가 여러분을 마주하고 있는 거리만큼이나 가까웠다. (CC 45)

이전까지 서술자는 전지적 삼인칭 서술자로서 서술에 집중할 뿐, 자신의 존재를 드러내지 않았다. 그런데 여기에서 그는 과거 크리스마스 유령의 등장을 묘사하면서 "내 분명히 말하지만"이라고 말하여 자신의 존재를 확실히 드러낼 뿐 아니라, 한 걸음 더 나아가 유령과 스크루지 사이의 거리가 "독자 여러분의 팔꿈치 바로 앞에 마음으로 서 있는 바로 지금의 내가 여러분을 마주하고 있는 거리만큼이나 가까웠다"라고 설명하고 있다. 서술자와 독자 사이의 거리가, 유령과 스크루지 사이의 거리와 마찬가지라는 뜻이다. 이는 유령을 서술자와 똑같은 존재론적인 위치에 가져다 놓는 것이며, 의미를 확장해 보면, 작가인 디킨스와 같은 위치에 가져다 놓는 것이라고 할 수 있다. 서술자는 유령과 마찬가지로 교화의 임무를 가지고 있으며, 독자는 스크루지와 마찬가지로 교화될 필요성이 있음을 내포하고 있는 것이다(Sabey 128). 이는 유령들이 스크루지를 데리고 다니며 경험하게 하는 것들을 통하여 스크루지를 변화시켰듯이, 서술자를 통해 작가가 독자들로 하여금 스크루지의 경험에 공감하며 변화해 가도록 인도하고 있음을 의도적으로 드러낸 것이라고 할 수 있다.

독자들의 경험은 읽기 혹은 더 나아가 비평 방법과 관련되어 있다. 20세기 세속주의 비평 이론의 대표적인 예로 "의심의 해석학"을 들 수 있다. "의심의 해석학"이라는 용어는 폴 리쾨르(Paul Ricoeur)가 마르크스, 프로이트, 니체를 3대 "의심의 거장"이라고 하면서, 20세기의 해석학을 체계적으로 정리하여 정의한 것이라고 할 수 있다. 독서의 방법으로서 의심의 해석학은 텍스트를 읽을 때 텍스트에 나타난 "표면"을 그대로 믿지 말고 그 밑에 숨겨진 것이 없는지 의심해야 하며, 이러한 의심을 통해 나쁜 이데올로기나 윤리에 속지 않도록 해야 한다고 주장했다.

그러나 최근에는 "의심의 해석학"을 비롯하여 텍스트의 의미를 의심하고 그 밑에 숨겨진 나쁜 의도를 밝혀야 한다는 다양한 이론들을 비판하고, 작품을 있는 그대로 읽고 거기 드러나 있는 "표면"의 의미를 받아들이는 것이 문학에서 매우 중요하다는 비평 이론들이 잇달아 등장하고 있다. 펠스키(Rita Felski)는 오늘날 비평 이론이, 문학 텍스트의 다양한 형식과 독서의 동기에 무지한 "부정적 미학" 때문에 표류하고 있다고 비판하며, "자아와 텍스트가 어떻게 상호작용하는지에 대해 더 넓고 깊은 설명"이 필요하다고 주장한다. 펠스키는 "긍정적 미학"의 한 방법으로 "홀려서 읽기"(enchanted reading)의 개념을 주장하였는데, "홀림"(enchantment)이란 독서를 할 때 독자가 자신을 잊는 즐거운 상태를 의미하여, 텍스트와 자아 사이의 경계가 희미해지면서 자율성과 자기 통제를 잃어버리는 상태다. 이러한 상태는 20세기 비평 이론에서 배제되어야 할 것으로 비판받아 왔지만, 펠스키는 비평 방법으로서의 "반(反)신비화"가 가진 한계를 직시한다면 "홀림"의 경험은 비평 이론이 허용하는 것보다 더 풍부하고 다양한 면을 가지고 있다는 것을 알게 될 것이라고 주장하고 있다(Felski 76).

이것은 베넷(Jane Bennett)의 주장과도 일맥상통하는 것이다. 베넷은 "홀림"은 우리를 세상과 연결시켜 주며, 따라서 도덕적인 일을 할 수 있는 정서적인 동기를 제공한다고 주장한다. 홀림은 "존재에 매혹된” 상태며, 일상의 쾌활함, 매력, 감동에 예민한 “미학적 기질”이고, 우리에게 에너지를 주어 “활력이 있고, 기발하고, 흘러넘치는” 세상을 제공한다. 반면에 근대의 이성주의가 가져온 “반(反)홀림”(disenchantment)은 회의주의, 무신론, 허무주의 등으로 연결되어, 삶의 의미를 잃게 하고 상실감을 초래하였으며, 이는 모든 도덕적 구상을 헛되고 무력하게 만들었고, 우리로 하여금 세상과 연결된 것을 끊어지게 하였다(Bennett 162).

태프트는 빅토리아 시대가 반(反)홀림의 시대라고 간주되어 왔으며, 세속화 이론은 과학의 발달로 현대는 이성화, 지성화, 반(反)홀림화가 진행되고 이에 따라 종교는 사라지게 될 것이라고 보았음을 설명하면서, “비록 최근에 학자들이 빅토리아 시대가 단지 신앙의 쇠퇴를 기록했다는 주장에 도전하고 있지만, 반홀림 이론은 강력하게 살아남아 있다”고 비판하였다(Taft 659). 틸리는 『크리스마스 캐럴』과 같은 이야기에서 묘사된 과장된 감정 뒤에는 “타자에 대한 사회적, 윤리적, 도덕적 돌봄”에 대한 자아의 욕구가 위치해 있으며, “독자의 감정적 반응을 지도함에 있어서 문학과 예술의 역할에 대한 질문”이 놓여 있다고 주장하였다(Tilley 1).

『크리스마스 캐럴』을 통해 디킨스가 독자에게 전달하고자 하는 바를 이해하기 위해서는 “홀림”의 상태에 독자가 들어가 상상력을 가지고 작품 속 인물들과 공감하고 그들이 경험하는 감정을 함께 느끼는 것이 매우 중요하다. 디킨스는 최근의 학자들이 제안한 “홀려서 읽기”라는 비평 방법을 예견이나 하듯 스크루지의 변화가 유령들이 보여 주는 것을 어떻게 "읽어 내는가", 즉 어떻게 "해석하는가"와 연결되어 있음을 보여 준다. 의심의 해석학과는 다른 대안적 읽기, 즉 비판적이지 않고, 표면에 나타난 것을 받아들이는 회복력 있는 읽기 방법이 어떻게 홀림을 통해 자아를 새롭게 만들어 내는지, 자아가 독서의 과정에서 어떻게 기능하는지에 대한 생생한 설명을 제공하는 것이다(Plourde 271).

유령들이 보여 주는 장면은 일종의 텍스트라고 할 수 있는데, 그것을 대하는 스크루지의 태도는 크리스마스이브를 지나는 동안 극적으로 변화한다. 원래 어느 누구도 믿지 않는 인색하고 탐욕스러운 구두쇠였던 스크루지는, 처음 말리의 유령이 나타났을 때 "의심 많은 독자"의 전형적인 모습을 보여 준다. 그가 가장 반복해서 하는 말은 "엉터리 속임수야!"(Humbug!)라는 말이다. 그에게는 크리스마스도, 사랑도, 말리의 유령도 모두 "엉터리 속임수"였다.

> "자네는 나를 믿지 않는군." 유령이 말했다.
> "못 믿겠네." 스크루지가 말했다. …
> "왜 자네의 감각을 의심하는 건가?"
> "왜냐하면 말이지." 스크루지가 말했다. "감각은 아주 사소한 것에도 영향을 받기 때문이지. 위장이 약간만 좋지 않아도 감각은 속는다네. 어쩌면 자네는 소화가 되지 않은 조그만 쇠고기 조각일 수도 있고, 겨자 찌꺼기나 치즈 조각, 아니면 설익은 감자 부스러기일 수도 있지."
> (*CC* 31)

스크루지는 말리의 유령이 자기 눈앞에서 말하고 있는 이 순간 감각을 통해 그의 존재를 확인하지만, 감각은 아주 사소한 것에도 영향을 받는다면서 그의 존재를 믿지 않는다. 의심의 해석학을 실행하는 비평가나 독자와 마찬가지 태도다.

스크루지가 자신의 감각조차 믿지 않고 의심하던 상태에서 유령을 믿고 그들이 보여 주는 것을 이해하고 변화하기 시작하는 것은 자신의 어릴 적 모습을 기억하고 어린 자신이 읽던 동화 속 인물들을 만나면서부터다. 그는 과거의 크리스마스 유령에 이끌려, 혼자 쓸쓸히 학교에 남은 어린 스크루지가 책을 읽고 있는 장면을 보게 된다. 그때 "갑자기 창밖에 이국적인 옷을 입은 한 남자가 놀라울 정도로 현실적이고 뚜렷하게 눈에 띄는 모습으로 허리춤에 도끼를 매달고, 장작을 등에 실은 당나귀의 고삐를 잡고 서 있었다." 그때 스크루지는 환희에 차서 외쳤다. "그리운 그 옛날의 알리바바로군요! 그래, 맞아요. 기억이 납니다! 언젠가 저쪽의 고독한 아이가 여기 완전히 외톨이로 남겨졌던 크리스마스 때에 알리바바가 처음으로 찾아왔었지요"(*CC* 52). 스크루지는 알리바바에 이어 발렌타인, 오르손, 지니 등을 보면서 완전 다른 사람이 된 듯하다. "런던에 있는 사업 상대들이 웃는 것도 우는 것도 아닌 평소와는 전혀 딴판인 목소리로 열과 성을 다해 그런 이야기에 그가 열을 올리는 것을 듣고, 그의 밝고 흥분된 얼굴을 보았다면 깜짝 놀랐을 것이다"라고 서술자는 스크루지의 변화를 묘사한다. 전날 자기 사무실 문 앞에서 크리스마스 캐럴을 부르던 한 꼬마에게 차갑고 모질게 굴었던 것에 대해 "그 애한테 뭐라도 주어서 보낼걸 그랬다"라고 후회를 내비친 것은 바로 이때였다(CC 53). 이처럼 스크루지가 보인 최초의 변화는 어린아이와 같은 마음으로 텍스트를 읽는 것과 연결되어 나타났다.

　　스크루지의 영적 변화의 과정은 이처럼 믿기 어려운 유령이 제공하는 텍스트에 대해 의심을 버리고 공감을 느끼는 것과 병행하고 있을 뿐 아니라, 이 과정에서 자아와 타자 사이의 경계가 허물어지는 것과 연결되어 있다. 이는 『크리스마스 캐럴』이라는 텍스트를 제공하는 디킨스가 독자로 하여금 의심 많은 합리주의자의 태도를 버리고 스크루지와 함께 미학적 경험을 공유하기를 권유하는 것이다. "스크루지를 홀림으로써, 디킨스는 판타지를 읽는 것의 도덕적 가치를 증가시키고 있다. … 불신을 정지시키는 형태를 취하는 이러한 홀림은 스크루지로 하여금 외부의 영향에 열려 있게 만들고 따라서 자기 자신이 아닌 것들에 대해 책임감을 가지도록 만들고 있다"(Plourde 280). 현재의 크리스마스 유령이 보여 주는 조카의 집 장면에서 게임을 하고 있는 그들에게 완전히 빠져들어, "지금 하고 있는 놀이가 너무 재미있어서 사람들의 귀에는 자신의 목소리가 들리지 않는다는 사실도 완전히 잊어버린 채 스크루지는 가끔 자기 생각을 크게 말했고, 그의 대답은 곧잘 맞기도 했다"(CC 105). 스크루지가 사무원 밥 크랫칫의 집에서 크리스마스 식사 장면을 보았을 때, 밥은 꼬마 팀이 "집에 오는 길에 그 애가 교회에서 사람들이 자기를 보았기를 바란다고 말하는 거요. 자기가 장애인이니까 자기를 보고 절름발이 걸인을 걷게 하고 장님을 눈 뜨게 한 주님을 크리스마스 날에 다시 한번 떠올릴 수 있다면 좋은 일이지 않겠느

냐는 거지"라고 말하는데, 꼬마 팀이 건강하고 따뜻한 마음을 가진 아이로 자라기를 바라는 밥의 목소리는 떨렸다(CC 87~88). 이때 스크루지는 유령에게 "전에는 한 번도 느껴보지 못했던 관심을 담아" 꼬마 팀이 살 수 있는지 물었는데, 유령은 미래가 바뀌지 않는다면 그 아이는 죽게 될 것이라고 하고, 스크루지는 "'오, 절대 안 됩니다. 친절하신 유령님, 그 애가 살 수 있다고 말해 주세요'"라고 간청한다(CC 92).

　　스크루지가 유령들이 보여 주는 텍스트에 "홀려서 읽기"의 반응을 통해 변화해 가는 과정은, "부자와 나사로의 비유"를 떠올리게 한다. "부자와 나사로의 비유"에서 부자는 죽은 후 지옥에 갔고, 부자의 대문 앞에서 구걸하던 거지 나사로는 천국에 가서 아브라함의 품에 안겼다. 지옥 불 속에서 고통을 당하던 부자는 아브라함 품에 안긴 나사로를 통해 물 한 방울을 얻어먹게 해 달라고 하다가 거절당하였고, 이에 부자는 자기 형제가 다섯이 있는데 자기처럼 고통받는 지옥에 오지 않게 도와 달라면서 나사로를 그들에게 보내어 경고하게 해 달라고 간청한다. 죽은 사람들 가운데 누가 살아나서 그들에게로 가면 그들이 회개할 것이라고 생각하는 것이다. 이에 아브라함은 "그들이 모세와 예언자들의 말을 듣지 않는다면, 죽은 사람들 가운데서 누가 살아난다고 해도, 그들은 믿지 않을 것이다"라고 대답한다(「누가복음서」16:19-31).

　　스크루지는 유령들이 나타났을 때 그들의 이야기를 믿고 반응하였기에 거듭날 수 있었다. 스크루지의 변화를 "고통을 통한 구원"이라고 할 수 있는 것은 그가 유령들이 보여 주는 장면들에서 깊은 고통을 느꼈기 때문이다. 그것을 의심하고 거리를 두었더라면 고통 자체를 느끼지 못했을 것이다. 스크루지가 깊이 느낀 고통—그것은 상상력을 가지고 공감하였기 때문에 가능했으며, 디킨스는 자기가 이 작품을 통해 보여 주는 장면들을 통해 독자가 열린 마음으로 자기중심적 세계에서 빠져나와 작품 속 인물들과 공감하며 고통을 함께 느끼고 함께 변화해 가기를 원한다. 거듭남이라는 기독교 서사가 어떻게 읽고 해석할 것인가의 문제와 함께 가고 있는 것이다. 스크루지가 유령들이 보여 주는 이야기를 통해 변화한 것처럼 독자들이 『크리스마스 캐럴』을 읽으며 변화할 수 있으려면, 독자들도 스크루지처럼 의심에 가득 찬 합리주의적 태도를 버리고 이야기에 빠져들 수 있는 상상력과 공감 능력을 되찾아야 한다.

　　공감 능력은 19세기 작가들이 매우 중요하게 생각했던 것이다. 냉혹한 구두쇠였던 스크루지는 남들과 담을 쌓고도 자기의 일을 하는 것을 통해 더 나은 세상을 만들어 갈 수 있다는 공리주의적 사고에 속고 있었다고 할 수 있다. 가난한 사람들을 위해 모금을 나온 사람들에게 스크루지는 "사람이란 자기 일만 잘하는 것으로도 충분하지. 다른 사람 일까지 참견하는 것은 오지랖 넓은 짓이요. 나는 내 일만으로도 바쁘다오"라고 말하고, 그런 다음 "자기 자신이 잘난 듯 여겨져 보통 때보다 더욱 유쾌한 기분으로 다시 일을 하기 시작했다"고 기술되어 있다(*CC* 20). 그는 주위 사람들과 연결되어 있다는 것을 알지 못하며, 공감 능력을 철저히 결핍하고 있었다. 그랬던 스크루지가 의심과 불신을 버리고 유령들의 이야기에 마음을 열었을 때, 타자에 대한 공감 능력을 회복하고 그들을 도와주는 행위로 나아갈 수 있었다. 디킨스가 독자에게 제시하는 독서 방법이 의심하는 읽기와 반대되는 홀림의 읽기라고 본다면 포스트세속적 **홀려서 읽기**는 자아의 새로운 모델을 받아들이게 함으로써 대안적 도덕적 위치를 제공한다. 스크루지의 읽기 방법의 변화는 반(反)비판적 읽기를 통해 텍스트와 윤리 사이의 관계를 더 긴밀하게 살펴볼 기회를 제공하며 독자의 읽기를 선도하고 있다.

5. 크리스마스 이야기의 의의

『크리스마스 캐럴』에는 디킨스가 많은 크리스마스 이야기들을 통해 발전시킨 디킨스적 크리스마스 정신이 집약적으로 나타나 있다. 따뜻한 배려, 용서, 선의, 베풂, 돌봄, 고통을 통한 구원, 신나는 축제 속의 기쁨과 즐거움. 디킨스는 자기의 작품을 대중 앞에서 읽는 공공독서회를 평생 열었으며 건강이 좋지 않은 가운데에도 독서회를 무리하게 계속한 것이 그의 죽음을 앞당겼다고 생각될 정도인데 『크리스마스 캐럴』은 디킨스의 독서회에서 핵심적으로 읽히던 작품이었다. 그는 1853년 겨울 버밍엄에서 열렸던 독서회에서부터 『크리스마스 캐럴』을 각색하여 읽기 시작했으며, 1870년 그가 죽던 해에 마지막으로 열렸던 독서회에서도 『크리스마스 캐럴』을 읽었다. 디킨스가 평생 독서회를 통해 이 작품을 읽은 것은 그의 크리스마스 정신을 널리 전파하는 데 크게 기여하였다.

    『크리스마스 캐럴』에는 디킨스의 사회 비판과 스크루지의 변화, 그리고 그와 함께하는 독자에 대한 변화 촉구가 잘 어우러져 있다. 유령들을 통해 스크루지가 종교적·존재론적으로 변화하는 것은 독자의 변화에 대한 촉구와 함께 가고, 이것은 스크루지와 별반 다르지 않은 영국 사회가 변화하여 이웃 사랑을 실천할 것을 촉구하는 디킨스의 사회 비판과 직결되어 있다. 크리스마스 이야기들에 잘 나타나 있는 디킨스의 이 주제는 그의 모든 작품을 관통하는 핵심적인 것이라고 할 수 있다. 체스터턴(Chesterton)이 디킨스의 모든 작품은 크리스마스 이야기라고 선언한 것이나 프랑스 비평가 알랭(Alain)이 디킨스의 소설들은 크리스마스 이야기들에 나타난 주제의 변주들이라고 분석한 것은 (Glancy 1~2 재인용), 『크리스마스 캐럴』에 구현된 주제가 디킨스의 작품들에서 얼마나 중요한 것인지를 잘 보여 주고 있다.

1. "황금기" 영국 사회에 대한 비판

디킨스는 첫 소설인 『픽윅 보고서』(*The Pickwick Papers*)를 1836년 출판한
이래 총 열다섯 편의 장편소설을 썼는데, 마지막 작품인 『에드윈 드루
드의 비밀』(*The Mystery of Edwin Drood*)은 1870년 그의 갑작스러운 죽음으
로 미완성 작품이 되었다. 그중에서 『위대한 유산』은 열세 번째 소설
로서 디킨스가 창간하고 소유하였던 잡지 중 하나인 『일년 내내』(*All the
Year Round*)에 1860년 12월부터 1861년 8월까지 연재되었다. 『위대한 유
산』은 그의 후기 작품으로서 초기 작품에서보다 인물들은 더 깊이 있
게 그려지고, 연재된 소설에서 결핍되기 쉬웠던 플롯은 짜임새가 탄탄
해졌으며, 언어에 대한 감수성이 더 높아졌고 스타일도 무르익어 그의
작품 중 최고의 걸작의 하나로 꼽힌다.

　　『위대한 유산』이 쓰였던 1860년대 영국 사회의 풍경은 『크리스
마스 캐럴』이 쓰였던 1840년대와는 사뭇 달랐다. 갖가지 정치적 사회
적 문제와 기아로 고통받던 빅토리아 시대의 초기(1830~1848)가 고통

의 시기였다면, 중기(1848~1870)는 경제적 성장과 제국의 확장이 계속된 번영의 시기였다. 1851년 런던의 하이드 파크에 세워진 거대한 유리 건물인 수정궁(Crystal Palace)에서 열린 세계박람회(Great Exhibition)는 세계 각국의 산업 제품을 전시하는 대박람회로, 세계적으로 뻗어 가는 영국의 위상을 잘 보여 주었다. 이 세계박람회는 전시의 내용뿐 아니라 박람회가 열린 수정궁이라는 건물 그 자체가 영국의 기술이 이루어 낸 커다란 위업을 드러내고 있었다. 영국의 경제적 번영과 기술의 발전은 전 세계에 걸쳐 확장되어 갔고, 영국은 전 세계에 걸친 식민지 확장으로 소위 "해가 지지 않는 제국"이 되었다.

1840년대는 영국 사회가 직면한 가난의 문제가 중요한 이슈였으며, 사람들은 어떻게 이 문제를 극복할 것인가에 대해 관심이 많았다. 그러나 1850년대 말에서 1860년대 초의 공적 담론에서 가장 눈에 띄는 점은 노동 계층에 대한 불안이 사라져 버렸다는 점이다. 모리스에 따르면 이때까지 노동 계층의 가난한 사람들은 국가의 경제적, 사회적, 물질적, 도덕적 안녕에 대한 위협의 근원으로 인식되어 그 문제를 해결하려는 많은 논의가 진행되었는데, 이제 영국은 "황금기"를 맞이하였다고 생각했으며 가난의 문제에 대해서 관심도 없어지고 공적 담론에서 다루지도 않게 된 것이다(Pam Morris 103).

빅토리아 시대의 "황금기"라고 불리는 이 시기에 영국인들은 영국의 성취에 대해 커다란 자부심을 가지게 되었고 영국의 위대함에 만족하였다. 『위대한 유산』의 주인공 핍(Pip)은 부푼 꿈과 큰 기대를 안고 런던에 도착한 첫 순간, 런던을 보며 이렇게 생각한다.

그 당시 우리 영국인들은 우리가 만물 중에서 가장 좋은 것들을 소유하고 있고 가장 훌륭한 존재라는 사실을 의심한다면 그건 대역죄에 해당한다는 점에 특별히 합의를 하고 있었다. 그렇지 않았다면 런던의 방대함에 겁을 먹고 있던 그 당시의 내가 혹시 그곳이 조금 보기 흉하고 기형적이며 좁고 더러운 곳이 아닐까 하는 막연한 의심을 가졌을지도 모른다고 생각한다. (*GE* 상권 277)[12]

핍이 묘사하고 있는 영국의 위대함에 대한 환상은 영국인들로 하여금 여전히 존재하는 가난의 문제를 외면하게 하고 부와 사치에 매달리게 하였다. 부유함은 "존경할 만함"(respectability: 사회적 지위가 있음, 혹은 그러한 사람들)과 동일시되었으며, 이에 대해 1859년 『웨스트민스터 리뷰』(*The Westminster Review*)는 부를 향한 강렬한 욕망은 풍요함과 재산을 무조건 우러러보는 것에 기인하였으며 따라서 "부와 존경할 만함은 같은 것의 양면이 되었다"고 기술하고 있다(Pam Morris 104 재인용).

아직도 사회에 만연해 있는 가난이라는 현실을 외면하고 영국이 세계 최대의 발전을 이루고 있다는 생각 속에, 영국인들은 모두에게 "막대한 유산"이 기다리고 있다는 환상을 가지고 있음을 이 소설은 풍자한다. 사실 이 소설의 원제목은 "Great Expectations"이며, 정확하게

---

12 『위대한 유산』의 번역문을 인용하는 경우에는 『위대한 유산』 상하권(류경희 옮김, 열린책들, 2014)에서 인용하였으며, 원제목인 "*Great Expectations*"의 앞글자를 따서 "*GE*"로 표기하고 상권과 하권을 밝힌 후 쪽수를 표기하였다. 원문에서 인용하는 경우에는 *Great Expectations*(Ed. Angus Calder, New York, NY: Penguin Books, 1965)에서 인용하였으며, "*Great Expectations*"로 표기하였다.

번역하자면 "예상되는 막대한 유산 상속"이라고 할 수 있다. 그래서 학자들 간에는 적어도 "막대한 유산"이라고 번역해야 한다는 주장이 있으나, "위대한 유산"으로 이미 널리 알려져 있을 뿐 아니라, 이렇게 번역하였을 때 의미 있는 상징적 의미가 발생하기도 하므로, 여기에서는 "위대한 유산"으로 번역하기로 한다. 그런데 "예상되는 막대한 유산 상속"은 이 소설에서 핍이 받을 것으로 기대했으나 환상에 불과한 것으로 풍자되고 있듯이, 그것은 동시에 영국인들이 당시에 가졌던 영국이라는 나라의 미래에 대한 환상을 풍자하는 제목이 되기도 하는 것이다.

특히 경제적으로 번영하며 제국이 발전하던 이 시기에 많은 작가들은 편안한 관용과 평정으로 사회적 정치적 문제를 대하는 빅토리아 중기의 태도를 따랐다. 이러한 빅토리아 중기의 태도는 나라 전체를 만족감으로 하나 되게 하는 "일반적 번영이라는 황금빛 안개의 이데올로기적 구축"이라고 할 수 있다. 그러나 일반적 번영이라는 황금빛 안개는 실제로 많은 노동 계층의 사람들이 계속 겪어야 했던 가난에 의해 위협을 받았고, 사회는 그 황금빛 안개를 유지하기 위해 가난한 자를 없는 것처럼 무시하고, 심지어는 범죄시하였다(Pam Morris 106).

그러나 디킨스는 빅토리아 시대의 사회 문제를 비판적으로 고찰하기를 계속하였으며, 그런 문제들이 다 없어져 버린 듯이 행세하는 사람들의 이중성을 풍자하였다. 『위대한 유산』은 오히려 그러한 부와 범죄의 세계가 동전의 양면처럼 공존하고 있을 뿐 아니라, 부의 세계가 범죄의 세계 위에 세워져 있음을 파헤친다. 핍이 자기에게 유산 상속을 해주려는 사람이 범죄자 매그위치(Abel Magwitch)라는 것을 알게 되는 절망적 순간, 매그위치가 하는 다음 말은 그 연결 고리를 잘 드러낸다.

> "그래, 핍, 사랑하는 내 꼬마야. 내가 너를 신사로 만든 거다! … 나는
> 거칠게 살았다. 너를 평탄하게 살게 하려고. 나는 열심히 일했다. 네가
> 일 따위는 모르고 살게 하려고. 무슨 이익을 바라고 그랬느냐고, 애야?
> … 내가 그랬던 건 그때 그곳에서 네가 생명을 구한, 그 거름 더미 속에
> 서 쫓기는 개 같던 내가 신사를 만들어 냈다고 하늘 높이 고개를 쳐들
> 고 자랑할 수 있다는 걸 네게 알리기 위해서였다. 그리고, 핍, 네가 바
> 로 그 신사다!" (*GE* 하권 120)

매그위치라는 범죄자가 핍을 신사로 만들기 위하여 자기는 유
배지 호주에서 모진 고생을 하면서도 그 고생을 통해 번 돈을 모두 런
던의 핍에게 보냈던 것이다. 유산 상속이 예정된 뒤 신사를 자처하며
게으르고 사치한 생활을 해 온 핍의 모든 돈이 매그위치가 유배지에서
힘들게 벌어 송금한 것이라는 사실만큼 당시의 부와 사치의 세계와 범
죄와 비참한 사람들의 세계의 아이러니한 연결 관계를 잘 보여 줄 수
있는 것이 있을까!『위대한 유산』은 영국 사회 전체가 "금사슬(다른 사
람들의 노동에 기초해 일부 사람들에 의해 향유되는 물질적 부요함)"과 "쇠사
슬(범죄)"에 의하여 함께 연결되어 있음을 강하게 암시하며 비판하고
있다(Brown 128).

겉으로 화려하게 발전하고 있는 영국에서 여전히 고통받고 있
는 많은 비참한 사람들에 대한 디킨스의 관심은 그의 작품 속에서 초

지일관 계속되고 있다. 디킨스는 당대 영국 사회 속에서 고통받고 있는 사람들을 외면한 채 부에 대한 환상에 쌓여 사치와 부도덕을 일삼는 중상류 계층에 대하여 강하게 비판하였다. 그의 이러한 사회 비판은 마르크스주의적 비평의 관심을 끌었고 사회 경제적 문제나 계급 갈등의 관점에서 그를 높이 평가하기도 혹은 그의 한계를 비판하기도 한 것이 20세기 세속주의 비평계에서 주를 이루었던 비평이었다. 그러나 포스트세속 비평의 관점은 그의 주된 관심이 계급 투쟁이나 정치적인 주제에 있었던 것이 아님을 직시한다. 디킨스는 이 사회의 문제를 해결해 나가기 위해서는 각 개인이 변화되는 것이 중요하다고 보았고, 개인의 변화를 위해서는 도덕적이고 영적인 진리, 즉 그가 복음서에 가장 잘 표현되어 있음을 발견하였던 진리를 전달하는 것이 매우 중요하다고 생각하였다. 『위대한 유산』에 나타난 당대 영국 사회에 대한 비판은 "내가 그린 모든 사회적 폐습들은 신약성경의 정신을 떠난 것으로 그려진" 것이라는 디킨스 자신의 말의 반영으로서, 그의 사회 비판이 신약성경이라는 "최고의 책"에 뿌리를 두고 있음을 잘 보여 주고 있다.

2. 크리스마스에 일어난 일들

『위대한 유산』은 크리스마스이브에 시작된다. 소설은 강하류 습지대에서 어린 핍이 최초로 사물의 실체를 기억하는 첫날로 시작되는데, 그는 교회 앞 묘지에서 부모님과 다섯 형제가 묻혀 있는 무덤을 바라보고 있다가, "조용히 해, 이놈아. 안 그러면 목을 댕강 잘라 버릴 테다!"라고 외치는 무시무시하게 생긴 남자를 만난다. 이 당시에 그는 탈옥수로서 다리에 족쇄를 차고 있었고 잿빛 옷을 입고 신발은 찢어졌으며 온몸은 진흙 범벅에 다리를 절뚝거리며 무서운 시선으로 쏘아볼 뿐 아니라 욕설과 위협으로 핍에게 공포감을 더한다. 마치 묘지에서 솟아난 듯한 탈옥수 매그위치가 핍에게 요구하는 것은 족쇄를 끊을 줄칼과 주린 배를 채울 음식이다.

탈옥수의 위협에 커다란 공포에 휩싸인 핍은, 자신을 매로 길러온 누나의 눈치를 살피며 죄책감을 느끼면서도 몰래 음식과 줄칼을 훔쳐 다음날 아침 일찍 매그위치에게 가져다주는 데 성공한다. 굶주림과 습기와 추위 속에 탈옥수를 찾는 추격대에 쫓기며 지난밤을 보낸 매그위치는, "당장 저기 저 너머에 있는 교수대로 꽁꽁 묶여 끌려가는 한이 있더라도 아침은 먹을 거야. 그럼 벌벌 떨리는 이 오한이 분명히 사라질 게다"라고 말하며 핍이 가져온 음식을 한꺼번에 게걸스럽게 먹는다. 그러면서도 의심의 눈빛으로 주위를 두리번거리며 먹는 그의 모습을 보면서, 핍은 그에 대해 가졌던 공포감과 혐오감을 넘어서서, 그가 불쌍하다는 연민의 마음을 갖게 된다.

그의 처량한 처지가 불쌍하다고 생각하면서, 그리고 천천히 다시 돼지고기파이를 먹기 시작하는 모습을 지켜보면서 나는 용기를 내어 말했다. "그렇게 맛있게 드시니 기뻐요."

"뭐라고 했냐?"

"음식을 맛있게 드셔서 기쁘다고 말했어요."

"고맙다, 얘야. 정말 맛있게 먹고 있다."

나는 우리 집 큰 개가 밥 먹는 모습을 본 적이 있었다. 그런데 나는 그 개가 밥 먹는 모습과 남자가 음식을 먹는 모습이 확연히 닮았다는 사실을 깨달았다. … 모습 하나하나를 놓고 볼 때 그는 정말 개와 닮은 꼴이었다. (*GE* 상권 39)

극한의 상황에서 마치 개와 같이 밥을 먹고 있는 매그위치를 보면서 핍은 그를 불쌍히 여기며 자기가 가져온 음식을 맛있게 먹는 것에 기뻐한다. 매그위치는 그 전날 핍을 위협하던 때와 달리 그에게 감사의 마음을 표현하며 맛있게 식사한다. 훗날 42장에서 매그위치는 자신의 삶에 대해 "나는 평생을 감옥을 들락날락, 들락날락, 들락날락했다"고 정리하면서 "이 간략한 표현을 통해 내 인생이 어땠는지 알 것이다. 그게 핍이 내 친구가 된 후 배에 실려 쫓겨나게 될 때까지 **내** 삶의 거의 전부였다"(*GE* 하권 166)라고 한다. 그는 "내가 처음으로 내 존재를 의식했던 건 살기 위해 에식스에서 무를 도둑질할 때였어. 어떤 사람이 … 화로를 훔쳐 가는 바람에 너무 추웠다"라면서, 어린 시절부터 제대로 돌봐 주는 사람은 단 한 사람도 없었고, 끝도 없이 붙잡혀 감금되는 삶을 살았으며, 누더기를 걸친 아이가 되었을 때 그는 이미 상습범이라는 오명을 뒤집어쓰고 있었던 것을 설명한다. 이러한 그의 삶에서 이날 어린 핍이 음식을 가져다준 행위는 그가 받은 최초의 따뜻함이었던 것이다. 크리스마스 아침에 어린 소년에게 받은 음식과 그가 보인 따뜻한 마음에 매그위치의 삶은 커다란 변화를 겪게 된다. 매그위치는 "그때 그곳에서 네가 생명을 구한, 그 거름 더미 속에서 쫓기는 개 같던" 자신이 "혹시 앞으로 내가 1기니라도 돈을 벌게 된다면 틀림없이 그 돈이 너한테 가게 할 거라고" 맹세했으며, 그 이후 정말 그 맹세에 따라 자기가 번 모든 돈을 핍에게 보내 그를 신사로 키웠다고 설명한다.

매그위치에게 이 크리스마스는, 물론 스크루지의 크리스마스와 똑같지는 않지만 많은 면에서 비슷하다. 스크루지는 그때까지 구두쇠로 살아오며 주위의 어려운 사람들을 전혀 돌보지 않고 오히려 괴롭힌 자였고, 매그위치는 가진 것 없는 자로 생존을 위해 갖가지 범죄를 저질러 온 자였다. 그렇지만 스크루지는 유령들의 인도로 개심하고 변화하였고, 매그위치는 핍의 도움을 받고 변화하기 시작하였다. 매그위치에게는 자신의 삶을 희생해서 핍을 신사로 기르겠다는 삶의 목적이 생겼고, 비록 유배지에서지만 철저히 변화된 삶을 살았다. 매그위치와 스크루지의 형편이 상반되기는 했지만, 매그위치의 이야기는 디킨스의 "크리스마스 철학"이 나타나 있는 이야기, 즉 고통과 상실을 극복하고 선함과 사랑을 실천할 수 있는 인간의 능력을 보여 주는 또 하나의 크리스마스 이야기이다.

이 크리스마스는 핍의 삶도 완전히 바꾸어 놓게 된다. 어린 핍은 음식과 줄칼을 훔쳐 탈옥수를 도운 일에 대해 가책을 느끼고 기억에서 지우고 싶어 할 뿐 아니라 자신에게 주어질 막대한 유산이 매그위치에게서 오는 것이라는 점을 전혀 알지 못하고 있었기 때문에, 자신의 삶이 이 크리스마스에 바뀌게 되었다는 것을 어른이 된 후까지도 모르고 있었다. 그러나 핍의 삶은 바로 이 크리스마스 날에 일어난 매그위치의 변화로 인해 바뀌기 시작하였던 것이며, 이는 꼬마 팀의 삶이 크리스마스 날에 일어난 스크루지의 변화로 인해 바뀔 수 있었던 것과 마찬가지였다.

그러나 『위대한 유산』에는 이처럼 따뜻한 크리스마스 이야기만 서술되어 있는 것이 아니다. 사실 핍이 대장장이 매부 조 가저리(Joe Gargery)의 줄칼과 누나인 조 부인이 만든 음식을 훔치던 때, 누나는 다음날 있을 크리스마스 성찬을 준비하고 있었는데, 크리스마스 날에 가저리 집에서 열린 성찬은 습지에서 매그위치가 먹던 식사와 극명한 대조를 이루고 있다. 교회 서기인 웝슬 씨, 수레바퀴 제조업자인 허블 씨와 그의 부인, 부유한 곡물상인 펌블추크 숙부가 초대된 이날 식탁에서, 그들은 핍을 화젯거리로 삼아 대화의 뾰족한 창끝으로 그를 찔러대어 고통을 주고 있었으므로 핍은 자신이 "스페인 투우장의 불행한 어린 황소" 같았다고 회상하고 있다(*GE* 상권 49). 그들은 식사를 하기 위해 자리에 앉는 순간부터 핍이 자신을 키워 준 누나의 은혜를 감사할 줄 모르는 아이라고 하면서 모두 불쾌하다는 듯 그를 째려본다. 이 자리에서 유일하게 조는 주위 사람들이 핍의 가슴을 찌르는 말을 할 때마다 그레이비(고깃국물 소스)를 더 주는 행위를 통해 핍의 편을 들어 주지만 그 영향력은 너무나 미미했다. 이러한 크리스마스 식탁은 『크리스마스 캐럴』에 그려지는 많은 기쁨과 가정적 행복이 넘치는 크리스마스 식탁과 반대되는 것일 뿐 아니라, 습지에서 굶주림 속에 쫓기는 비참한 탈옥수 매그위치가 먹었던 식사와도 아이러니한 대조를 이루고 있다.

이 앞부분에서 매그위치는 단순히 핍에 의해 "나의 죄수"라고 지칭될 뿐 그의 이름은 밝혀지지 않으며, 많은 세월이 지난 후 40장에서 그가 유배지를 탈출하여 핍을 찾아와 자신이 그의 은인임을 밝힌 후에야 이름이 밝혀진다. 42장에서 매그위치가 기술하는 그의 삶은 아무도 보살펴 주지 않는 가난한 고아가 먹고살기 위해 먹을 것을 훔치다 수도 없이 감옥을 들락날락하는 범죄자로 살 수밖에 없었던 삶이었다. 매그위치의 삶은 2년 후인 1862년 빅토르 위고에 의해 출판된『레 미제라블』의 장 발장의 삶의 원형이라고 할 만하다.『레 미제라블』또한 비참한 사람들을 범죄자로 만드는 사회의 문제를 다루고 있으며, 구원은 믿음과 사랑의 행위로 올 수 있음을 보여 주는 기독교의 메시지를 담고 있다. 그런데 회슬은 위고의『레 미제라블』이 이러한 메시지를 전달하는 방법이 다소 감상적이고 멜로드라마적인 반면에 디킨스의『위대한 유산』은 메시지를 "눈에 띄지 않는" 방식으로 전달하고 있어 문학적으로 더 뛰어나다고 평가한다(Hösle 500).

디킨스는 매그위치의 삶을 통해 가난한 자, 교육받지 못한 자, 고아의 문제 등 약자의 문제뿐 아니라, 영국의 사법 체계와 계층의 문제를 중요하게 다루고 있다. 매그위치가 어려서부터 먹을 것이 없어서 여러 가지 죄를 저질러 감옥을 드나드는 범죄자가 되긴 했지만, 심각한 범죄의 세계에 들어가게 된 것은 신사 계층의 콤피슨을 만나면서부터 이며, 이를 통해 매그위치가 콤피슨으로 인해 겪어야 했던 고통은 매그위치의 고통이 가난의 문제일 뿐 아니라 법과 계층의 문제와 직결되어 있음이 여실히 드러난다. 콤피슨은 자칭 신사였고 유명한 기숙 학교도

다녔고 학식도 있었다. 유창한 언변에다 신사들의 행동 방식에도 능통했고 외모도 잘생겼다. 그는 사기, 필체 위조, 훔친 은행권 유통 등등의 일을 하면서 이익은 자기가 빼먹고 모든 죄는 다른 사람이 뒤집어쓰게 하는 사람이었고, 매그위치를 만난 후에는 그런 더러운 일을 모두 매그위치에게 시켰고 매그위치는 그에게 철저히 이용당했다.

매그위치와 콤피슨이 붙잡혀 재판을 받았을 때의 모습은 사회의 편견과 차별을 여실히 드러낸다.

> 내가 형사 법정 피고석에 앉았을 때 무엇보다도 콤피슨이 곱슬머리에 검정색 정장을 입고 흰 손수건을 꽂은 아주 근사한 신사의 모습으로 앉아 있는 반면에 나는 비천하고 가련한 부류의 모습을 하고 앉아 있다는 사실을 알아차렸다. … 변론이 시작되자 나는 음모를 더 명확하게 깨달았다. 콤피슨 측 변호사가 이렇게 말했기 때문이다 "재판장님, 그리고 신사 숙녀 여러분, 여기 여러분 앞에 여러분 눈으로 확연히 구분할 수 있는 두 사람이 나란히 앉아 있습니다. 한 명은 더 젊고 더 교육을 잘 받고 자랐으며, 마땅히 그런 사람으로 대접받아야 할 사람입니다. 다른 한 명은 나이가 더 많고 형편없는 교육을 받고 자랐으며, 마땅히 그런 사람으로 대접받아야 할 사람입니다. … 만약 이 사건에 단 한 사람만 연루되어 있다고 한다면 여러분은 그가 누군지 의심할 수 있겠습니까? 그리고 만약 이 사건에 두 사람이 연루되어 있다고 한다면 여러분은 이 두 사람 중 누가 더 나쁜 사람인지 의심할 수 있겠습니까?" (*GE* 하권 174~175)

판결이 내려졌을 때 콤피슨은 7년 형을 선고받고 매그위치는 14년 형을 선고받았다. 매그위치가 핍을 만난 것은, 이처럼 억울한 형량을 선고받고 감옥선에 갇혀 있다 탈옥을 했을 때 일어난 일이었다. 그날 매그위치는 핍의 말을 통해 콤피슨도 뒤따라 탈옥한 것을 알게 되고, 그를 다시 감옥에 넣기 위해 추격하여 붙잡다가 자기 자신까지 다시 잡혔는데, 같은 탈옥에 대해서도 콤피슨은 가벼운 처벌을 받았을 뿐이고, 매그위치는 종신유배형을 받게 되었다. 이에 매그위치는 핍을 신사로 키워 이 사회에 복수하기로 결심하고 유배지 호주에서 악착같이 돈을 벌어 번 돈을 모두 핍에게 보냈던 것이다.

디킨스는 여러 작품에서 영국의 정치, 법, 교육, 형법 체계 등 당시의 제도들이 가진 문제점을 비판하였다. 『위대한 유산』에서 매그위치가 그러한 제도들의 가장 큰 피해자로 나오고 있다면, 그것들을 잘 이용하여 사회에서 출세하고 인정받고 있는 인물은 변호사 재거스(Jaggers)다. 그는 자기가 몸담고 있는 세계가 더러움을 상징하듯 항상 진한 향수 냄새를 풍기는 비누로 손을 씻는다. 집게손가락으로 사람들에게 손가락질하며 경멸의 눈빛과 권위 있는 태도와 자기가 누설하겠다고 마음만 먹으면 모든 사람을 파멸시킬 수 있는 비밀을 알고 있다는 것을 암시하는 듯한 태도를 가진 그는 재판에 이기기 위해서라면 거짓 증인을 세우는 것도 마다하지 않는다. 재거스가 핍에게 많은 유산이 상속될 것이고 신사로 살아야 한다는 것을 알려 준 후, 런던에 있는 재거스 사무실에 간 핍이 보게 되는 그의 사무실은 다음과 같이 묘사된다.

방 안에는 내가 그곳에서 마땅히 보게 될 거라고 기대하지 않았던 기이한 물건들, 예컨대 낡고 녹슨 권총, 칼집에 들어 있는 칼, 이상하게 생긴 몇몇 상자들과 꾸러미들, 기이하게도 코 부분에 경련이 일어난 듯 잔뜩 찡그리고 있는 무시무시한 안면 석고상 두 개 등이 이곳저곳에 있었다. 재거스 씨가 앉는 등받이가 높은 의자는 새까만 말총으로 만들어진 것이었고, 의자 둘레엔 마치 관처럼 빙 둘러 가며 황동 못들이 가지런하게 박혀 있었다. 나는 그가 그 의자에 몸을 기대고 앉아 의뢰인을 바라보며 자기 집게손가락을 물어뜯고 있는 모습을 쉽게 그려 볼 수 있었다. 방은 작았고 의뢰인들은 그 방의 벽에 등을 대는 습관이 있는 듯했다. 벽, 특히 재거스 씨의 의자 맞은편 벽은 의뢰인들의 어깨가 자주 닿았던 듯 반들거렸다. (*GE* 상권 280)

이처럼 재거스 변호사의 사무실에는 핍이 기대하지 않았던 물건들이 많았다. 나중에 알게 되지만 무시무시한 두 안면 석고상은 재거스가 관여한 재판에서 사형당한 두 죄수가 처형되자마자 그들의 얼굴에 석고를 부어 만든 것이었다. 그의 의자는 마치 관과 같은 모습이고, 특히 그에게 손가락질당했을 의뢰인들은 자신의 운명이 저명한 변호사인 그에게 달려있으므로 비참한 마음으로 맞은편 벽에 어깨를 대고 변호사의 거만하고 위압적인 말을 듣고 있었을 것이 눈에 선히 그려지는 장면이다.

재거스를 기다리는 동안 주변을 산책하러 나갔다 뉴게이트 감옥 근처에 갔을 때, 핍에게 한 감옥 경비원이 다가와 재판을 방청하게 해주겠다면서 돈을 내라고 한다. 핍이 거절하자 그는 핍을 법정 마당으로 데리고 가 교수대가 보관되어 있는 곳과 사람들이 공개적으로 태형 당하는 곳을 보여 주었고, 죄수들이 교수형을 당하러 나오는 문도 보여 주었다. 그는 다음다음 날 아침 8시에 교수형을 당할 사람 네 명이 그 문을 통해 나오게 될 것이라고 말하여 그 무시무시한 문에 대해 핍의 관심을 고조시키고자 하였다. 핍은 그의 말을 들으며 소름 끼치도록 끔찍했고 런던에 대해 메스꺼운 느낌마저 들게 된다.

이때 핍이 느낀 재판정에 대한 끔찍한 마음과 메스꺼움은, 나중에 매그위치가 사형을 선고받게 되는 재판정을 보며 독자들이 느끼게 되는 마음으로 연결된다. 매그위치는 자신이 번 모든 돈을 보내 신사로 키워 낸 핍을 만나기 위해, 종신유배지 호주를 떠나 런던에 왔다. 종신유배지를 떠나온 것은 사형에 해당하는 범법이기 때문에 핍은 매그위치를 외국으로 피신시키려 하지만 이 계획은 실패하고, 결국 법정에 서게 된 매그위치는 재판을 받게 된다. 그 당시는 재판을 종결짓는 날을 정해서 한꺼번에 판결을 선고하여 사형선고에 끝맺음 효과를 극적으로 만드는 것이 관행이었다. 이날 판사 앞에는 무려 서른두 명의 남녀 죄수들이 한데 모여 서서 사형을 선고받는다. 핍은 "지금도 기억 속에 생생히 간직되어 지워지지 않는 그때 그 광경이 아니었다면" 이런 끔찍한 광경을 직접 목격했다는 사실을 좀처럼 믿지 못했을 것이라고 회고하고 있다(GE 하권 354~355).

유리창 위에 맺혀 반짝이는 빗방울들을 뚫고 밝은 햇살이 법정의 큰

창문으로 비쳐 들어와 서른두 명의 죄수와 판사 사이에 넓게 퍼진 빛
줄기를 만들어 냈다. 그 빛줄기는 양쪽을 서로 연결시켜 주었으며, 아
마도 방청객 중 몇 명에게는 그 양쪽이 절대적으로 평등하게, 온갖 것
들을 다 알고 계시고 과오를 범하지 않으시는 보다 위대한 심판자께
어떻게 나아가고 있는지를 상기시켰을지도 모른다. (*GE* 하권 356)

여기에서 서술자 핍을 통하여 디킨스는 이 재판정 위에 햇살을
비추고 판사와 서른두 명의 죄수를 절대적으로 평등하게 연결시키는
"위대한 심판자"를 독자들에게 상기시킨다. 이 재판정은 죄수들의 삶
에 대한 배려 없이 극적 효과를 위해 한꺼번에 서른두 명에게 사형을 언
도하는 자리지만, "위대한 심판자"는 판사와 죄수와 방청객을 차별하
지 않으시며, 모든 것을 아시고 과오 없이 모두를 공평하게 심판하시는
분이시다. 디킨스는 매그위치의 삶을 통해 영국 사회의 갖가지 제도적
문제점들이 가진 것 없고 배운 것 없는 사람들에게 얼마나 불공정하며
그들을 판단함에 있어서 얼마나 과오 투성이인지를 보여 주면서, 독자
들로 하여금 그렇지 않으신 "위대한 심판자"를 바라보도록 조용히 이
끌고 있다.

매그위치가 크리스마스에 핍을 처음 만난 후 변화하기 시작하
였다고 했지만, 사실 처음에 그의 결심은 핍을 통해 사회에 대한 복수
를 하고자 한 것이었다. 즉 자기가 번 돈으로 신사를 길러 신사가 되
지 못해 자신이 겪었던 차별과 억울함을 풀고자 한 것이었다. 이때 그
가 생각한 신사는 교육을 받아 외국어를 하고, 돈을 펑펑 쓰며 사치하

고, 마음에 드는 여자가 있으면 돈으로 마음을 살 수 있는 사람이며, 자신은 그러한 신사를 "소유"하게 된다는 꿈을 가지고 있었다. 매그위치의 이러한 생각은 신사에 대한 생각도 올바르지 못하고, 사람에 대하여 소유권을 주장한다는 것도 올바르지 못하다. 그러나 그는 핍을 신사로 기르기 위해 자신의 삶을 희생하였으며, 핍을 만나기 위해 영국으로 온 것은 목숨을 건 것이었고, 자제력을 잃으려 할 때는 스스로 "상스럽게 굴지 않겠다"고 핍에게 다짐하곤 한다. 억울한 옥살이로 점철된 자신의 인생을 이야기할 때도, 핍을 만나 누리는 자유의 기쁨을 이야기할 때도, "상스럽게 굴지 않겠다"고 말하며 자신을 절제한다.

핍이 그를 붙잡히지 않게 하기 위해 영국에서 탈출시켜 외국으로 보내려고 보트를 탔을 때, 핍은 그가 잡히게 될까 봐 불안하고 초조해하지만 매그위치는 마치 해탈한 사람과 같이 뱃전 너머로 강물에 손을 넣고 적시면서 부드러운 미소를 핍에게 지어 보인다. "우리는 지금 내가 손을 적시고 있는 이 강물의 밑바닥을 볼 수 없는 것과 마찬가지로 몇 시간 후에 벌어질 상황의 밑바닥을 볼 수 없단다. 또한 내가 이 강물을 손으로 잡을 수 없는 것과 마찬가지로 그 몇 시간의 흐름을 손으로 잡을 수도 없단다. 강물이 손가락들 사이로 흘러가면서 사라지는 게 너도 보이겠지!"(*GE* 하권 322) 매그위치는 보트 앞머리에 일고 있는 잔물결 소리가 꼭 "일요일에 듣는 곡조" 같다고 말하며 평온한 표정을 짓는데, 이 위기의 순간에 그는 하늘나라의 멜로디를 듣고 있는 것만 같다.

그는 보상금을 노리고 경찰을 몰고 온 콤피슨으로 인해 탈출에 실패하고 결국 사형선고를 받지만 그는 어느 누구도 원망하지 않고,

오히려 죄수인 자기 곁을 지키는 핍에 대해 걱정한다. 탈출을 시도하다 다친 부상으로 죽어 가는 매그위치 옆에서 핍은 진심으로 기도한다. "오 주님, 죄인인 그에게 자비를 베풀어 주십시오"(*GE* 하권 361). 이 기도에 나타난 핍의 태도에 대해서는 비평가 사이에 논란이 있고 이 문제는 핍의 성장 부분에서 다시 논의하겠지만, 핍의 이 기도를 통해 디킨스는 매그위치로 대표되는 가난하고 비참한 사람들에게 하나님의 자비를 구하는 간절한 마음을 표현하고 있다고 하겠다.

3. "이 온화한 그리스도의 사람"

디킨스가 예술가로서 책임감을 가지고 꾸준히 노력한 것 중에 하나가 선한 인물들 안에 예수의 가르침에 대한 반영을 보여 주고, 모든 선함의 근원으로서 그러한 가르침에 이르도록 눈에 띄지 않게 독자를 이끌어 가는 것이었다고 설명한 바 있다. 자신이 그린 모든 사회적 폐습들은 신약성경을 떠난 것으로 그려졌으며, 반면 선한 사람들은 "겸손하고, 자비롭고, 신실하고, 용서한다"고, 이러한 사람들이야말로 예수의 제자들이라고 반복해서 분명하게 주장하였음을 설명하였다. 그의 분명한 주장대로 디킨스는 예술가로서 책임감을 가지고 자신의 작품 속에 등장하는 선한 사람들 안에 예수의 가르침에 대한 반영을 보여 주었지만, 독자들에게 그러한 가르침에 이르도록 함에 있어서 **눈에 띄지 않게** 이끌어 가려고 하였기 때문에, 자신이 그린 선한 인물에게 그리스도인이라는 이름을 함부로 사용하지 않았다. 그런데 예외적으로 디킨스가 그의 작품 속에서 진정한 "그리스도인"이라고 명시한 인물이 조 가저리다.

이것이 가진 의의를 분석하기 위해 『위대한 유산』의 우리말 번역본에서 "저 착한 기독교인"(*GE* 하권 366)으로 번역되어 있는 부분을 좀 자세히 살펴보고자 한다. 이 부분은 이 소설 총 59장 중 57장에 나오고 있다. 매그위치가 죽은 후, 핍은 그동안 겪었던 많은 정신적 혼란과 육체적 고통으로 인해 병이 엄습해 와서 열병 속에 헛것들과 싸우고 헛소리를 하며 오래 앓았다. 그러다가 그는 점차 자신을 따뜻하게 간호하고 있는 사람이 조라는 것을 깨닫게 된다. 핍은 자기가 지금까지 조에게 했던 짓 때문에, "오, 조, 내 가슴을 왜 그리 찢어 놓는 거야! 화가 난 모습으로 나를 봐, 조. 차라리 나를 때려, 조. 내 배은망덕을 지적해 줘. 내게 이렇게 잘해 주지 마!"라고 외친다(*GE* 하권 365). 그러나 조는 핍이 자신을 알아봤다는 사실에 기뻐할 뿐이며, 창가로 물러나 핍에게 보이지 않게 눈물을 훔친다. 자기에게 막대한 유산을 줄 사람이 매그위치라는 것을 모르고 미스 해비셤(Miss Havisham)이라고 잘못 알고 있던 동안 핍이 조를 대했던 태도는 그야말로 배은망덕이었지만, 모든 사람에게 외면당하고 빚에 쪼들리며 병든 핍을 조는 따뜻하게 감싸 주며 간호하고 있는 것이다. 이에 핍은 "오, 하나님, 저 착한 기독교인에게 축복을 내려 주세요!"라고 속으로 외치는 것이다.

여기에서 조의 품성은 "겸손하고, 자비롭고, 신실하고, 용서한다"는 기준을 하나하나 모두 충족시키고 있지만, 특히 용서와 연결되어 있음을 주목해 보고자 한다. 용서는 디킨스에게 있어서 진정한 그리스도인의 특징이며 그의 많은 작품에 면면히 흐르는 주제의 하나다. 구원에 대한 논의는 인간의 죄와 하나님의 용서에 대한 논의로 직결된다. 콜레지는 디킨스가 가족을 위해 썼던 기도문에 나타나 있는 인간의 죄와 실패와 하나님의 용서에 대한 간구가 디킨스의 세계관과 그의 작품의 특징이라고 분석하였다. 디킨스는 하나님이 인간의 죄를 기꺼이 용서하시는 것처럼 인간은 서로를 용서해야 한다는 것을 매우 중요하게 생각했으며, 용서를 진정한 기독교의 핵심적 요소로 보았다(Colledge 116). 핍이 조에게 용서를 구했을 때, 조는 "내가 너를 용서했다는 것을 하나님께서 알고 계신다"고 대답한다. 게다가 "만일 내가 용서할 것이 있다면"이라고 말하여, 조가 얼마나 따뜻한 마음으로 마음속 깊은 곳에서부터 핍을 기꺼이 용서했는지를 잘 보여 주고 있다(*Great Expectations* 488).

"저 착한 기독교인"으로 번역되어 있는 부분은 영어 원문으로는 "this gentle Christian man"이다. 『위대한 유산』은 디킨스가 꾸준히 탐색했던 주제의 하나인 진정한 신사란 무엇인가에 대하여 다루고 있는 작품 중의 하나다. 이 소설 속에서 가장 유효한 정의는 허버트 포켓(Herbert Pocket)이 들려준 아버지 포켓 씨의 정의, 즉 "가슴속 깊은 곳에서부터 진정한 신사가 아니라면 세상이 생긴 이래 그 누구도 매너에 있어서 진정한 신사가 될 수 없다"는 것이다(*GE* 상권 308~309). 즉, 매너가 좋다고 해서 신사가 되는 것이 아니라 가슴속 깊은 곳에서부터 진정한 신사가 되어야 한다는 이 말은, 일반적으로 디킨스가 신사에 대해 내린 유효한 정의라고 본다. 그런데 이 정의는 좀 거칠게 정리하자면, 신사란 매너도 좋고 마음도 신사다워야 한다는 것이다.

그렇다면 조를 신사라고 할 수 있는가? 조는 마음에 관한 한 이 기준을 충분히 충족시키지만, 대장장이 하층민으로서 교육을 제대로 받지 못했기 때문에 소위 신사다운 매너나 세련됨을 갖추지 못했다. 브라운은 조가 디킨스가 제시하는 신사다움이라는 이상에 미치지 못하며, 이 소설에서 그의 이상에 가까운 사람은 솔직하고 개방적이고 도회적이고 사회적으로 세련된 허버트로서, 허버트야말로 마음과 매너가 모두 훌륭한 신사라고 주장하고 있다(Brown 139). 이러한 입장에 있는 비평가들은, 디킨스가 조를 도저히 신사(gentleman)라고는 부를 수 없어서, "gentle"을 떼어 놓고 "Christian man"이라고 불렀다고 주장하기도 한다.

그러나 이러한 주장은 두 가지 문제를 가지고 있다. 첫째는, 정말 디킨스가 신사 계층을 이상시했는가 하는 점이다. 그러한 유의 해석을 하는 사람들은 디킨스가 아무리 훌륭해도 조를 신사라고 부르지 못하는 계급의식을 가지고 있었다고 비판한다. 그러나 그러한 비판 밑에는 디킨스가 어떤 사람을 신사로 인정하는 것이 그 사람이 삶의 높은 이상을 이루었다고 인정하는 것이라는 잘못된 가정이 놓여 있다.

두 번째는 "온화한 그리스도의 사람"이라는 말이 가진 중요성을 이해하지 못하는 문제다. 디킨스가 "Christian man"(그리스도의 사람)이라고 평가한 것이 "gentleman"(신사)이라고 평가하는 것보다 얼마나 신중하고 뜻깊은 평가인지를 미처 깨닫지 못한 데서 오는 오류인 것이다. 오히려 디킨스는 여기에서 "gentleman"이라는 단어의 한가운데를 과감히 내려치듯 자르고 "Christian"이라는 단어를 그 사이에 넣음으로써, "gentle"(온화한)이라는 품성의 기독교적 의미를 되살리고 "Christian"의 진정한 의미를 되새기게 하고 있는 것이다.

그렇다면, 디킨스는 조를 어떻게 그리스도인으로 보여 주고 있는가? 조는 핍의 누나가 어린 동생을 기르는 사실을 높게 평가하여 그녀와 결혼했었다. 남들에게는 그녀가 고아인 어린 동생을 돌보는 것이 결혼에 장애가 될 일이지만, 조는 오히려 그 점을 높이 평가하여 그녀와 결혼하였고, 당연히 결혼 후 자기 집으로 데려와 길렀다. 누나는 "티클러"라고 불리는 매로 핍을 때리며 길렀지만, 매형인 조는 핍과 함께 티클러에게 맞아 주며 그를 돌보아 주었다. 조는 폭력을 휘두르는 아내에게 당해 줄 뿐 아니라, 일부러 글자도 배우지 않는다. 군림하기를 좋아하는 아내가 싫어할까 봐 글자도 배우지 않는 것이다. 조가 아내에게 맞기만 하는 것을 보고, 어린 핍은 그동안 자기와 같은 수준의 "덩치 큰 아이"로 보고 가볍게 여겼지만, 사실 조는 어머니가 아버지에게 맞고 여러 차례 도망갔다 다시 잡혀 와서 또 맞는 것을 보았고, 힘들게 일만 하고 노예 같은 취급을 받고 마음의 평화라고는 한 번도 얻지 못했던 어머니를 보며 여자에게 옳지 않은 일을 하지 않겠다고 결심하여 아내에게 그냥 맞아 주는 것이었다. 이러한 사실들을 알게 된 날, 핍은 처음으로 그를 존경하는 마음을 갖게 된다(*GE* 상권 88).

크리스마스 날, 탈옥수 매그위치가 다시 잡히는 장면에서, 매그위치는 핍이 자기에게 음식과 줄칼을 가져다준 것 때문에 야단을 맞을 것을 염려하여, 자기가 대장장이 집에 들어가 훔쳐먹었다고 말하며,

미안하다고 한다. 이에 조는 "우리는 당신이 무슨 짓을 했는지 모릅니다. 하지만 그렇다고 가엾고 불쌍한 동료 인간인 당신을 굶어 죽게 하진 않았을 겁니다"라고 말한다(*GE* 상권 73). 그는 이 탈옥수가 자기 집에 와서 음식을 훔쳐 먹었다는 것을 들었을 때, 그 사실에 화를 내는 것이 아니라 그를 불쌍하게 여기고 자기 집 음식을 먹어 굶어 죽지 않은 것을 다행스럽게 생각하는 사람으로, 이 소설에서 유일하게 진정한 이웃 사랑의 정신을 소유한 사람이라고 할 수 있다.

변호사 재거스가 조에게 그의 도제인 핍을 면제시켜 달라고 하며, 도제 계약을 취소하는 대가를 돈으로 보상해 주려고 했을 때, 조는 절대로 대가를 받을 생각이 없음을 분명히 한다. 조는 그동안 가장 절친한 친구로 지낸 핍을 떠나보내야 하는 것이 너무 아쉽지만 핍이 명예와 행운을 향해 도제 일을 자유롭게 그만두고 가는 것에 대해서는 오히려 기뻐하며, 그것을 돈으로 보상받으라는 재거스의 제안에 대해서는 화를 낸다. 재거스는 법적으로 보상받을 수 있는 일에 대해 전혀 관심이 없는 조를 이해하지 못할 뿐 아니라, 오히려 "시골 바보"라고 생각한다. 법과 손익 계산을 중심으로 생각하는 재거스와 사랑에 입각하여 사고하고 판단하는 조의 세계관은 크게 부딪힌다. 이 마찰은 조가 온갖 권투 동작을 해 보이며 재거스의 주변을 빙빙 돌자 재거스가 문가로 뒷걸음질하여 피하면서 겨우 끝난다. 디킨스는 이처럼 다소 우스꽝스럽게 이 두 세계관의 마찰을 보여 주고 있지만, 핍은 훗날 그 와중에 조가 자기 어깨에 올려놓았던 따뜻한 손과 다정한 말을 기억하며, "아아, 다정하고 착하고 그리운 조! 내 팔에 닿던 당신 손의 사랑스러운 떨림이 천사의 날갯짓처럼 오늘 이날까지도 경건하게 느껴집니다!"라고 회상하고 있다(*GE* 상권 242).

그런데 조는 여기에서보다 훨씬 더 우스꽝스럽게 보이는 때가 있었다. 미스 해비셤이 오라고 해서 처음으로 그녀를 만나러 새티스 하우스에 갔을 때, 일요일 외출복을 입고 미스 해비셤 앞에 서 있는 그의 모습은 "벌레라도 잡아먹고 싶다는 듯 깃털을 잔뜩 곤두세운 새 같은 모습"이었다. 빛바랜 웨딩드레스를 입고 있는 미스 해비셤의 기이한 모습과 결혼식 준비를 하다가 멈춘 상태를 그대로 재연해 놓은 기이한 방 풍경에 놀라 조는 완전히 얼이 빠져 버렸고, 그녀가 그에게 질문을 할 때마다 그녀에게 직접 답하지 않고 핍에게 우회적으로 답을 하는 우스꽝스러운 상황을 만들고 말아, 핍은 매우 창피함을 느낀다(*GE* 상권 174).

또 하나 우스꽝스러운 모습을 꼽자면, 핍이 신사가 되기 위해 런던에서 살고 있을 때 그의 집을 찾아온 조가 보이는 모습이다. 조는 핍과 함께 살고 있는 허버트와 핍에게 반복해서 "sir"[13]라고 부르며 쩔쩔매는 모습을 보여 핍의 수치심을 자극한다. 또한 쓰고 온 모자를 어디에 두어야 할지 몰라 허둥대다 벽난로 선반의 맨 끝 구석에 세워 놓는데 모자가 계속 떨어지자, 그때마다 그것을 잡으러 돌진하여 그것을 멋지게 받아 내기도 하고, 어떤 때는 모자가 떨어지는 도중에 그걸 손으로 쳐올려 벽지 곳곳에 부딪치면서 방안 여기저기로 몰고 다니기다가 결국 차 찌꺼기 쏟는 그릇에 물을 첨벙 튀기며 빠뜨리고 말기도 한다.

---

13 "선생님", "나리" 등으로 번역할 수 있는 존칭이며, 이 글에서 인용하고 있는 번역본에는 "신사분"으로 번역되어 있다.

이 장면은 독자들에게 큰 웃음을 선사하는데, 그 웃음은 조를 우스꽝스럽게 만듦으로써 발생시키는 웃음이라고 할 수 있다(*GE* 상권 378).

이러한 장면들은 때로 조가 풍자의 대상으로 너무 바보스럽게 그려지고 있다고 보는 관점을 낳는다. 예를 들면 브라운은 조가 "다른 곳에서 갖도록 의도된 품위와 조화를 이루지 못할 정도까지" 웃음의 대상이 되는 인물로 이용되고 있다면서, 디킨스의 조에 대한 원래의 개념은 "착한 성격의 어리석은 사람"이라고 평가하고 있다(Brown 136). 그러나 이런 조의 모습을 창피해 하고 우스꽝스럽게 묘사하고 있는 사람이 핍이라는 점을 생각해야 한다. 이런 묘사를 할 때 핍은 신사에 대한 환상에 싸여 있는 때였고 속물적인 사고에 푹 젖어 있을 때였다. 핍의 눈을 통해 풍자의 대상이 되는 조는 웃음거리인 듯하고, 디킨스가 그를 풍자의 대상으로 삼는 듯하다. 그러나 자세히 살펴보면, 더 우스꽝스럽고 신랄한 풍자의 대상은 사실 그렇게 이상하게 주위를 꾸며 놓고 기괴한 복장을 하고 자신의 비극을 전시하며 과장하는 미스 해비섬이며, 자기의 돈이 어디서 오는지도 모르면서 신사가 됐다고 거들먹거리고 있는 핍이다. 또한 그를 바보라고 생각하는 사람은 모든 것을 돈으로 계산하고 돈을 위해서라면 불법도 마다 않는 변호사 재거스다.

조를 "온화한 그리스도의 사람"이라고 평가한 시점에서 핍은, 매그위치의 재산이 국고에 회수되어 더 이상 유산을 상속받을 가능성은 없는데 그동안 신사연하며 낭비한 돈 때문에 많은 빚에 쪼들리고 있는 상태였다. 핍에게 유산을 주려던 사람이 범죄자였고 이제 더 이상 유산 상속이 없다는 것이 알려지면서, 주위 사람들은 모두 핍에게서 등을 돌렸다. 그런 상황에서 핍은 열병을 앓으며 생사를 오가고 있었는데, 조는 핍이 가장 어렵고 힘든 이 시점에 그에게 와서 정성과 진심을 다해 간호해 주고 있었던 것이다. 그런데 그 후 핍은 조가 자기의 모든 빚까지 갚아 주었음을 알게 된다. 핍이 어렸을 때 조는 아내에게 맞아 가면서까지 그를 정성껏 길러 주었지만, 핍은 조를 배반하고 런던으로 떠나 버렸을 뿐 아니라 조를 무시하고 냉대하였다. 그런데도 조는 핍이 가장 어려울 때 찾아와 열병에서 구해 줄 뿐 아니라 많은 빚까지 기꺼이 갚아 주었다. 마치 "선한 사마리아인"이 강도당한 사람을 돌보아 주었듯이 핍이 가장 어려울 때 진정한 이웃이 되어 주었던 것이다.

　『우리 주님의 생애』의 마지막 문단에서 디킨스는, "온화하고, 자비롭고, 용서하며, 그러한 성품들을 우리 가슴속에 조용히 간직하고, 결코 그런 것을 자랑하거나 우리의 기도나 하나님에 대한 우리의 사랑을 자랑하거나 하지 않고, 항상 모든 일에 올바르게 행하려고 겸손히 노력함으로써 하나님을 사랑함을 보이는 것이 기독교"라고 정의하였다(Dickens, *The Life of Our Lord* 122). 『위대한 유산』에서 디킨스는 이러한 신앙에 따라 조를 창조하였고, 주인공 핍이 그러한 조를 "온화한 그리스도의 사람"이라고 부를 수 있는 단계에까지 성장해 가는 모습을 기술하고 있다.

4. 핍의 성장 이야기—영적 자서전

『위대한 유산』은 다음과 같은 문장으로 시작된다.

> 내 아버지의 성은 피립이고 내 이름은 필립인데, 유아 시절 내 혀는 둘
> 다 핍이라고 발음했지 그보다 더 길거나 더 분명하게 발음할 수 없었
> 다. 따라서 나는 스스로를 그냥 핍이라고 불렀고, 결국은 그렇게 불리
> 게 되었다. (*GE* 상권 11)

원래 필립 피립(Philip Pirrip)이 자신의 이름이지만 유아 때 고아
가 된 핍은 그 발음을 할 수 없어서, 자신을 핍(Pip)이라고 불렀고, 결국
모두에게 핍이라고 불리게 되었다는 이 소설의 첫 문장은, 이 소설이
어려서 고아가 된 한 소년이 어떻게 자아를 발전시켜 독립된 주체로 성
장해 가는지를 다루는 성장소설일 것으로 제시하고 있다고 볼 수 있다.

그러나 『위대한 유산』은 괴테의 『빌헬름 마이스터의 수업시대』
(1795) 이후 독일 문학에서 소설의 중요한 하위 장르로 발전해 온 빌둥
스로만(*Bildungsroman*)과 장르적 특성을 공유하고 있다기보다는 오히
려 영국 작가 존 번연(John Bunyan)이 1678년 출판한 『천로역정』(*The
Pilgrim's Progress*)과 장르적 특성을 더 많이 공유하고 있다고 할 수 있다.
*Bildungsroman*은 교양소설, 도제 소설, 성장소설 등으로 번역되는데, 한
젊은이가 어떻게 육체적, 도덕적, 심리적으로 성장과 발전을 이루어
자아를 찾고 사회 속에서 자신의 위치를 찾는가에 관한 이야기이다. 이

장르는 하딘(Hardin)이 분석하였듯이, "사고"(내적 성장)와 "행동"(사회적 발달)이 핵심 요소로서 함께 발전해 가는 것이다. 그러나 『위대한 유산』은 내적 성장과 사회적 발전이 함께 가는 것으로 그리고 있지 않다. 오히려 뉴위가 지적했듯이, 『위대한 유산』은 죄와 갱생, 내적 성숙, 기억을 통해 자신을 아는 것과 존재의 통일성을 찾는 것 등, 청교도 전통의 자서전을 상기시키는 서술이다. 그러므로 이 소설은 청교도의 "영적 자서전"의 풍부하고 복합적인 디킨스의 버전으로서, 청교도 "영적 자서전"의 목적과 기법을 잘 드러내고 있다고 할 수 있다(Newey 2, 183).

　　『위대한 유산』은 총 3권으로 구성되어 있으며, 각 권은 핍의 유산 상속에 관한 첫 번째, 두 번째, 세 번째 단계로 기술되어 있는데, 이러한 소설의 구조는 원형적으로 창조, 타락, 구원의 성경적 패턴에 상응하고 있으며, 기독교적인 시간과 역사의 개념을 드러내고 있다.

　　첫 번째 단계에서 고아인 어린 핍은 누나의 학대와 펌블추크 등의 주위 사람에 의해 죄의식을 주입받지만, 매형 조의 따뜻한 돌봄 속에 그의 도제가 되어 대장장이가 되겠다는 생각을 하며 순진하게 살아가고 있었다. 그러나 미스 해비셤과 그녀의 양녀 에스텔라(Estella)를 만난 후, 상류층의 눈에 비친 자신의 비천함을 절감하게 된다. 에스텔라가 핍에 대해 "손은 왜 저리 거칠까. 반장화는 왜 저리 투박하고"라고 경멸적으로 말했을 때(*GE* 상권 107), 그 경멸감과 계층 차별적 사고는 핍을 전염시켰고, 고아인 자신을 따뜻하게 키워 준 매형에 대한 감사와 존경의 마음은 사라지고, 그가 대장장이인 것을 부끄럽고 창피해 하기 시작한다. 변호사 재거스가 핍에게 "막대한 유산"을 받게 되었다고 알려 주자, 핍은 후원자가 미스 해비셤일 것으로 추측하고, 우쭐하고 교만한 마음이 되어 조를 더욱 부끄러워하며 그를 떠나면서 그의 타락은 시작된다.

두 번째 단계에서, 핍이 런던으로 떠나 시작한 "신사"로서의 삶은 화려한 소비와 과시의 삶이다. 미스 해비셤의 친척인 매슈 포켓 씨에게 신사 교육을 받게 되고, 그의 아들 허버트와 룸메이트로 살면서 신사의 매너를 익혀 가지만, 포켓 씨에게 받는 교육의 내용은 자세히 밝혀지지 않으며, 사치스러운 삶의 방식—즉, 보석으로 자신을 치장하고, 방을 비싼 가구로 채우고, 필요도 없는 시종을 거느리며 허세를 부리고, 사교계 클럽에서 타락한 상류층 친구들과 어울려 다니고, 빚을 내어 돈을 낭비하는 것 등—을 통해 핍이 실제로 배우는 것이라고는 속물이 되는 것뿐이다. 미스 해비셤이 에스텔라와 자신을 결혼시킬 것이라는 환상 속에 살아가는 이 시기에, 핍은 무엇보다 어릴 적 자신을 돌보아 주고 길러 주었던 조를 무시하고 기피하며, 자신을 도와주고 누나와 매형을 돌보아 준 비디(Biddy)를 무시한다. 신사 계층의 화려한 부와 사치 그리고 지위가 가져오는 부패 속에 핍은 타락의 상태에 빠져 있다.

이러한 타락의 단계에서 구원의 단계로의 변화는 자신을 후원해 온 사람이 매그위치임을 알게 되면서 시작되며, 이후 조에게 느끼는 진정한 반성을 통해 발전한다. 핍의 변화는, 스크루지의 경우와 마찬가지로, 고통을 통해 시작된다. 핍이 많은 재산을 받고 잘 나가는 런던 신사로 살 때 그의 삶은 도덕적으로 가장 나락에 떨어진 타락의 삶이었지만, 그가 종신추방형을 받은 죄수 매그위치의 돈으로 누렸던 신사의 삶을 더 이상 누릴 수 없게 되고 모든 사람들로부터 외면당하고 빚쟁이들에게 어려움을 당하고 건강의 어려움까지 겪는 등 가장 고통스러울 때 그는 내적 성숙을 이루며 구원의 단계로 발돋움하기 시작한다. 미스해비셤을 불에서 구하다 화상을 입고, 매그위치를 도피시키려다 물에 빠지고, 빚쟁이들에 쫓기며 열병을 앓는 과정은 모두, 세례가 상징하는 의미, 즉 죽음을 통해 다시 살아나는 거듭남의 과정이다.

이러한 핍의 성장의 과정은 매그위치와의 관계와 조와의 관계 속에 잘 드러나 있으며, 이 관계는 각각 예수가 제시한 비유와 연결되어 있다. 먼저 매그위치와의 관계를 살펴보자면, 이것은 특히 "양과 염소"의 비유와 연결되어 있다. 예수는 최후의 심판 날에 모든 민족을 불러 모아, 목자가 양과 염소를 가르듯이 그들을 가를 것인데, 양은 그의 오른쪽에, 염소는 그의 왼쪽에 세울 것이라면서, 그 기준을 설명한다. "그때 임금은 자기 오른쪽에 있는 사람들에게 말하기를 '내 아버지께 복을 받은 사람들아, 와서, 창세 때로부터 너희를 위하여 준비한 이 나라를 차지하여라. 너희는 내가 주릴 때에 내게 먹을 것을 주었고, 목마를 때에 마실 것을 주었으며, 나그네로 있을 때에 영접하였고, 헐벗었을 때에 입을 것을 주었고, 병들어 있을 때에 돌보아 주었고, 감옥에 갇혀 있을 때에 찾아 주었다' 할 것이다. 그때 의인들은 그에게 대답하기를 '주님, 우리가 언제, 주님께서 주리신 것을 보고 잡수실 것을 드리고, 목마르신 것을 보고 마실 것을 드리고, 나그네 되신 것을 보고 영접하고, 헐벗으신 것을 보고 입을 것을 드리고, 언제 병드시거나 감옥에 간히신 것을 보고 찾아갔습니까?' 하고 말할 것이다. 임금이 그들에게 말하기를 '내가 진정으로 너희에게 말한다. 너희가 여기 내 형제자매 가운데, 지극히 보잘것없는 사람 하나에게 한 것이 곧 내게 한 것이다' 할 것이다"(「마태복음서」 25:34-40). 디킨스는, 예수께서 그리스도인이 행해야 할 자비의 행위 여섯 가지를 말씀하신 이 구절을 직접 인용하지는 않지만, 소설의 진행에 따라 하나하나 구체적으로 드러내고 있다.

핍이 매그위치를 처음 만났을 때, 그는 탈옥수로서 (1)"주리고" (2)"목마른" (3)"나그네"였다. 어린 핍은 자기가 가져오라는 것을 가져오지 않으면 죽여 버리겠다고 협박하는 탈옥수가 무서워 그가 가져오라고 한 대로 먹을 것(빵, 돼지고기 파이 등)과 마실 것(브랜디)과 줄칼을 가져다준다. 이 단계에서 핍이 자발적으로 자선을 베풀었다고는 할 수 없지만, 밤새 추위와 습기와 공포와 배고픔에 시달린 매그위치가 자기가 가져온 음식을 "개"같이 게걸스럽게 먹는 모습에 그를 불쌍히 여기며 따뜻한 동정심을 느낀다. 그러나 누나가 만든 음식과 매형의 줄칼을 훔쳐다 준 것에 양심의 가책을 느낀 핍은 탈옥수가 다시 잡혀 들어가며 자기가 직접 훔쳤다고 말하여 핍이 의심받지 않도록 배려해 주었을 때에는 감사보다는 안도의 한숨을 내쉬었고, 누나에게는 물론 조에게도 자기가 탈옥수를 도와주었다고 고백하지 않고 숨긴다. 이러한 태도는 매그위치가 대장장이 집에서 자기가 직접 훔쳤다고 말했을 때 조가 한 반응, 즉 "가엾고 불쌍한 동료 인간"에 대해 동정심을 느끼며 용서하는 조의 태도에 한참 못 미치는 것으로, 조의 따뜻한 이웃 사랑의 마음은 핍이 성장해 가야 할 지점에 위치해 있다고 할 수 있다.

그때 핍은 누나에게는 아니라도 적어도 조에게는 모든 사실을 털어놓는 것이 올바른 일이라고 생각하면서도, 조가 자신을 나쁜 아이로 생각할 거라는 의심이 들어 털어놓지 않았다. 핍은 "그른 일이라고 알고 있는 일을 그만두지 못하는 것처럼, 너무 겁이 나서 옳은 일이라고 알고 있는 일을 할 수 없었다"고 그때를 회상하며 자신은 아직 세상을 접해 본 경험이 없는 때이니 누구에게 배워서 그런 것이 아니고, "나는 내 행동 지침을 혼자서 찾아 나갔을 뿐"이라고, 옳지 않은 행동을 스스로 찾아서 하였다고 기술하고 있다(*GE* 상권 75). 뿐만 아니라 핍은 계속해서 탈옥수와 관련된 것을 연상시키는 모든 일에 공포를 느끼며, 자신이 했던 일이 드러날까 두려워하며 산다. 『위대한 유산』의 구성의 또 하나의 특징은 핍이 그토록 잊고 싶어 억압시킨 범죄의 세계와의 연관성이 계속해서 핍의 인생에 나타나는 것이었다. 브룩스는 이 "피할 수 없는 억압된 것의 귀환"이 이 소설 구성의 핵심 요소로서 어떻게 작동하고 있는지를 분석하였다(Brooks 122).

이러한 핍이었기에 자기를 후원해 온 사람이 매그위치라는 것을 알게 되었을 때, 그에게 극도의 혐오감을 표출하며 절망에 빠져든다. 그러나 아이러니하게도 핍은 여섯 가지 자선 행위를 하나하나 실행한다. 어렸을 때 행한 (1), (2), (3)의 자선 행위가 매그위치의 협박을 받고 공포 속에서 그를 도운 것이었다면, 이제 유배지 호주에서 핍을 만나기 위해 런던에 온 매그위치를 처음 만났을 때에는 그와의 관계가 세상에 밝혀질까 두려워 그를 숨기기 위하여 (4)옷을 사서 입힌다. 그러나 그가 자기에게 보낸 돈이 유배지에서 힘들게 번 돈이었으며 자기를 만나러 온 것이 목숨을 건 일이었음을 알게 되자, 핍은 그를 배로 영국에서 탈출시키려고 시도하고 이 시도가 실패하는 과정을 통해 핍의 매그위치에 대한 생각은 변화한다.

> 이제 그에 대한 혐오감은 이미 다 녹아 사라지고 없었다. 내 손을 자기 손안에 꼭 쥐고 있는 쫓기고 부상당하고 쇠고랑이 채워진 그에게서 나는 오직 내 은인이 되고자 했던 사람의 모습과 긴 세월 동안 늘 한결같은 애정을 갖고 고마워하며 나를 아낌없이 너그럽게만 대해 주었던 사람의 모습을 보았을 뿐이다. 그저 내가 조에게 보여 주었던 모습보다 훨씬 더 고귀한 인간의 모습을 보았을 뿐이다. (*GE* 하권 338)

매그위치가 자신을 위해 해 온 일들의 의미를 깨닫고, 그의 희생을 직시하고, 자신보다 훨씬 고귀한 사람으로 매그위치를 인정하게 된 이 순간은 핍의 내적 성장을 잘 보여 주는 대목이다. 이제 핍은 더 이상 매그위치가 자신의 은인이라는 것을 숨기지 않을 뿐 아니라, 모든 사람이 손가락질해도 그의 옆을 지킨다. 매그위치는 핍에게 "이제 신사가 될 사람이 나 같은 놈과 연관되어 있다는 건 안 알려지는 게 최선"이라면서 자기가 재판을 받을 때 "부디 내가 너를 볼 수 있는 자리에 앉아 있어다오. 그러면 더 이상 바랄 게 없다"라고 말하지만 핍은 "아저씨 옆에 결코 꼼짝도 하지 않고 있을 겁니다"라고 약속하며, 그 약속을 지킨다. 그가 구치소에 있는 동안 계속 찾아가서 함께 하며, 재판을 받을 때에도 피고석 가까이 다가가 그의 손을 잡고 있는 것이다. 영국을 탈출하려다 입은 부상으로 죽어 가는 매그위치가 사형선고를 받자 그가 사형을 받지 않을 수 있게 탄원서를 작성하여 내무장관에게도 국왕에게도 보내는 등 백방으로 노력하며, 그가 마지막 숨을 거두는 순간까지 함께한다. (5)병들었을 때 돌보아 주고, (6)감옥에 갇혔을 때 찾아간 것이다.

이처럼 "양과 염소"의 비유에 나오는 여섯 가지 자선 행위를 순서까지 똑같이 핍이 매그위치에게 행한 것에 대하여, 회슬은 주인공이면서 서술자인 핍 자신이 이 모범을 알고 있었는지는 확실하지 않지만 "디킨스 자신이 자비의 **여섯** 행위라는 패턴에 따라 그의 이야기를 써 나갔다는 것은 의심의 여지가 없다"고 주장하였다(Hösle 480). 그런데 회슬의 주장처럼 핍이 매그위치에게 여섯 가지 자선을 모두 베푸는 것도 중요한 의미가 있긴 하지만, 매그위치에게 그 여섯 가지 자선을 행하는 핍의 내적 상태의 변화를 주목할 필요가 있다. 협박을 받고 공포로 인해 죄책감 속에 행했던 첫 자선과 달리, 마지막 자선은 진정한 이해와 감사와 존경과 사랑의 마음에서 나온 행동이었다. 디킨스는 여섯 가지 행동을 다하는 것도 중요하게 보았지만, 그러한 행동을 하는 과정을 통해 핍이 어떻게 이웃을 사랑하는 사람으로 영적 성장을 이루어가고 있는지를 잘 보여 주고 있는 것이다.

매그위치의 임종을 지킨 핍은, "오, 하느님, 부디 죄인인 그에게 자비를 내려 주소서!"(*GE* 하권 361)라고 기도한다. 이 기도는 누가복음서 18장 13절에 대한 인유다. 누가복음서 18장 9절에서 14절에는 "바리새파 사람과 세리"의 비유가 나온다. 이 두 사람이 기도하러 성전에 올라갔는데, 바리새파 사람은 자신이 율법을 잘 지키며 살았다는 것을 강조하며, 저 세리와 같지 않다고 감사한 반면에 세리는 하늘을 우러러볼 엄두도 못 내고, 가슴을 치며 "아, 하나님, 이 죄인에게 자비를 베풀어 주십시오"라고 기도하였다. 예수는 이 두 사람 이야기를 하며, 바리새파 사람이 아니라 세리가 의롭다는 인정을 받고 내려갔다고 말했다.

의롭다는 인정을 받은 세리의 기도는 "아, 하나님, 이 죄인에게 자비를 베풀어 주십시오"였다. 그런데 핍의 기도는 "아, 하나님, 저 죄인에게 자비를 베풀어 주십시오"(Oh, Lord, be merciful to him, a sinner!) 였다. 세리가 의롭다는 인정을 받은 것은 철저한 자기 성찰과 회개였다. 그런데 핍의 이 기도는 자기 성찰이 아니라 여전히 매그위치를 죄인으로 부르고 있어서 바리새파 사람과 다르지 않은 태도라고 비판하는 경우들이 있다(Christopher Morris 947). 그러나 이 비유에서 바리새파 사람은 교만하게도 자신은 의롭다고 생각하고 세리와는 다르다고 생각하였다. 반면에 핍은 이 단계에서 자신을 매그위치보다 더 의롭다고 생각하지 않으며, 오히려 그가 자기보다 더 나은 사람이라고 생각하고, 높이 평가하고 있다. 그러므로 이 부분은 아직도 핍이 자기 의(self-righteousness)에 차 있는 것을 보여 주는 것이라고 할 수 없다. 매그위치가 세상 사람들의 눈에는 마치 세리처럼 죄인일 뿐이지만, 핍은 이제 그의 삶을 이해하고 자신을 위해 희생한 것에 진심으로 감사하며 비참한 삶을 살았던 그를 사랑하는 마음으로 그를 위한 기도를 하는 것이다.

핍의 영적 성장은 매그위치와의 관계를 통해서뿐 아니라 조와의 관계를 통해서도 그려지고 있는데, 조와의 관계 또한 예수가 제시한 비유와 연결되어 있다. 핍은 자신을 길러 준 조를 버리고 떠나 사치한 삶으로 빚만 잔뜩 지고 건강도 잃고 세상 사람들에게 손가락질당하는 신세가 된 채 조에게로 돌아갈 때, "긴 세월 동안 정처 없이 헤매고 다니며 방랑 생활을" 하다가, 마치 먼 여행에서 "맨발로 힘겹게 집으로 돌아오고 있는 사람처럼" 느꼈다고 기술하여, 자신을 "돌아온 탕자"에 비유하고 있다(*GE* 하권 390).

영문학에서 많이 인유되는 "탕자"의 비유는 예수가 누가복음서 15장 11절에서 32절에서 들려준 이야기다. 어떤 사람에게 아들이 둘이 있었는데, 작은아들이 아버지에게 재산을 나누어 달라고 요구하여 받은 재산을 다 챙겨서 먼 지방으로 떠났다. 거기에서 방탕한 삶으로 재산을 탕진한 이 작은 아들은 그 지방 어떤 사람 집에서 돼지를 치게 되었는데, 돼지가 먹는 쥐엄 열매라도 좀 먹고 배를 채우고 싶었지만, 그것조차 없어 굶어 죽을 지경이 되었다. 그제야 정신이 든 이 아들은 아버지에게 돌아가 "아버지, 내가 하늘과 아버지 앞에 죄를 지었습니다. 나는 더 이상 아버지의 아들이라고 불릴 자격이 없으니, 나를 품꾼의 하나로 삼아 주십시오"라고 말씀드리기로 결심하고 아버지에게로 돌아간다. 이 아들이 아직 멀리 있는데도, 아버지는 그를 보고 달려가 껴안고, "나의 이 아들은 죽었다가 살아났고 내가 잃었다가 되찾았다"고 기뻐하며, 그에게 가장 좋은 옷을 입히고, 신발을 신기고, 살진 송아지를 잡아 잔치를 벌였다는 이야기이다.

탕자의 비유는 3단계로 구성되어 있다. 즉 아들이 아버지의 유산을 요구한 단계, 집을 멀리 떠나 재산을 탕진해 버린 단계, 돌아와 아버지의 품에 안긴 단계다. 이 세 단계는 핍의 성장의 3단계와 일치하며, 핍의 영적 자서전을 해석하는 데 핵심적 열쇠를 제공하고 있다. 그리블은 디킨스가 『위대한 유산』에서 탕자의 비유를 읽어 낸 방식은, 그 비유를 구약과 신약을 결합시키는 상세한 성경적 맥락 안에 위치시키고 있으며, 성경을 무엇보다 공동체 이야기의 연속이라고 읽는 20세기 말의 "이야기 신학"(narrative theology)을 예견한 것이라고 평가하고 있다(Gribble 233).

사실 핍의 성장 정도는 조와의 관계에 의하여 측정된다고 해도 과언이 아니다. 어린 시절 자신을 길러 준 조에 대해 존경의 마음을 가졌었지만, 미스 해비셤과 에스텔라를 만나 무시와 멸시를 당하게 되었을 때, 핍은 그들의 관점에 전염되어 조와 조의 직업 대장장이에 대해 무시와 멸시의 마음을 가지게 되었고, 막대한 유산이 주어질 것이라는 재거스 변호사의 말을 듣고 런던으로 가게 되었을 때는 조가 환송 나오는 것조차 창피해 하고 피한다. 조가 런던으로 자기를 찾아온다는 편지를 받았을 때는, 돈을 주어서 막을 수만 있다면 막고 싶어 하며, 미스 해비셤이 오라고 해서 고향을 방문하게 되었을 때에도, 조의 집은 찾지 않고 피한다. 런던에서 상류층 자제들과 어울려 다니며 사치하고, 하인까지 고용하여 낭비를 일삼고, 고향에 왔을 때는 신사가 된 자신에게 아첨하는 사람들 앞에서 우쭐하고, 그렇지 않은 트랩의 점원에게는 일자리를 잃게 만드는 교만과 위선에 빠져 있는데, 이러한 그의 삶은 바로 조를 대하는 태도와 직결되어, 그가 떨어진 정신적, 도덕적, 영적 나락을 적나라하게 보여 준다. 이 당시 자신의 모습에 대해 핍은 다음과 같이 서술한다.

세상의 모든 사기꾼들은 자기 자신을 속이는 사기꾼에 비하면 아무것
도 아닌 존재다. 그런데 나는 그런 터무니없는 구실들을 만들어 내면
서까지 자신을 속인 사람이었다. 정말 이상한 일이었다. 누군가 다른
사람이 만든 0.5크라운짜리 가짜 동전을 아무것도 모르고 받는 일은
충분히 있을 수 있는 일이다. 그러나 스스로 만들어 낸 가짜 동전이라
는 걸 알면서도 진짜 동전인 양 생각하는 일이 어찌 있을 수 있단 말인
가! (*GE* 상권 383~384)

조를 배반한 자신의 잘못에 대해 갖가지 핑계를 만들어 그 잘못
을 이어 가고 있었던 것에 대해, 핍은 자신을 "자기 자신을 속이는 사기
꾼"(self-swindler)이었다고 정의하고 있는 것이다.

핍이 이 나락에서 빠져나와 이제 조에게 돌아가는 모습은 바로
"돌아온 탕자"의 모습이며, 그를 용서하고 따뜻하게 맞아 주는 "아버
지"는 바로 조다. 창조, 타락, 구원이라는 성경의 원형적 역사관은 핍의
삶 속에 재현되고, 탕자의 비유 속에서 탕자를 용서하고 받아주는 구원
의 하나님 아버지는, 핍을 용서하고 받아주는 "온화한 그리스도의 사
람" 조를 통해 표현된다.

그런데 재미있는 것은 핍은 조에게만 돌아가려 했던 것이 아니
라, 비디에게도 돌아가려 했었다는 것이다. 비디는 핍과 같은 고아로
서 착하고 현명한 소녀였고 핍에게 글자도 가르쳐 주고 그의 고민을 들
어 주기도 했던 어린 시절의 친구였다. 핍을 조롱하고 무시한 에스텔라
와는 정반대로서 전형적인 착한 여자와 나쁜 여자의 대조를 보여 주는

인물이다. 에스텔라에 빠져들었던 핍은 이제 "탕자"처럼 방황을 끝내고 조에게 돌아가면서 동시에 비디에게 청혼할 계획을 가슴속에 품고 있었다. 그러나 핍이 조의 대장간으로 돌아간 그날은 조와 비디가 결혼한 날이었다. 이에 핍은 비디에게 돌아가지 못하고, 허버트가 일하는 동양으로 떠난다.

디킨스는 전형적인 여성상, 즉 착한 여자와 나쁜 여자의 이분법으로 여성을 그린 경우가 적지 않아 페미니즘 비평에서 비판을 받는 경우가 많았다. 그런 관점에서 보면, 에스텔라는 전형적인 나쁜 여자라고 할 수 있다. 어렸을 적에 핍을 처음 만난 날부터 무시하고 조롱하여, 핍의 마음에 상처를 주었고, 그녀에 대한 열정적 사랑에 빠져 버린 핍에게 평생 고통을 주었다. 그러나 디킨스는 에스텔라가 사회의 또 하나의 피해자임을 보여 준다. 미스 해비셤은 돈을 노리고 자신을 농락한 콤피슨에 대한 복수로서 양녀 에스텔라를 남자들의 마음에 상처를 주기 위한 도구로 기르기 위해 "그 애의 심장을 몰래 훔쳐 내고 그 자리에 차디찬 얼음을 채워 넣었다"(*GE* 하권 257~258). 남자들의 마음에 상처를 주기 위한 도구로 길러진 에스텔라는 핍의 삶을 타락시켰지만, 그녀 자신이 드러믈과의 잘못된 결혼을 통해 잔혹한 학대와 고통을 겪은 후 변화한다.

이 소설은 11년 후 무너진 새티스 하우스 집터에서 핍과 에스텔라가 우연히 만나 다시는 헤어지지 않을 것이라는 암시 속에 끝나고 있다. 이러한 "행복한 결말"에 대해 비평가들 사이에 논란이 많다. 이 결말이 디킨스가 원래 썼던 결말이 아니고, 친구이며 소설가인 리턴(Edward Bulwer Lytton)의 제안을 받아들여 수정한 결말이라는 점은 논란을 크게 만드는 요인의 하나다. 디킨스가 원래 썼던 결말에 따르면, 핍이 런던 거리를 걷다가 그동안 많이 변화한 에스텔라를 잠깐 만났다 헤어지는 것으로 나온다. 비평가들 사이에는 원래 썼던 결말이 이 소설의 전체의 어조와 더 어울린다는 주장이 있기도 하고, 리턴의 충고를 받아들여 수정하여 출판한 지금의 결말이 더 낫다는 평가도 있다.

두 결말 모두 에스텔라가 그동안 겪은 많은 고통을 통해 "심장"을 가진 사람으로 변화하였다는 점에서는 공통점이 있다. 그런데 두 번째 결말이 가지는 의의는 핍과의 행복한 앞날을 암시함으로써 나쁜 여자와 좋은 여자의 이분법을 넘어서는 결말이 되었다는 점이라고 볼 수 있다. 에스텔라가 비록 변화했으나 여전히 행복할 수 없는 상황으로 끝내는 것은, 결국 그녀를 정죄하고 끝내는 것이라고 할 수 있다. 그런데 그녀를 진정으로 사랑하는 핍과 맺어질 수 있음을 강하게 암시하는 결말을 만들어 낸 것은 디킨스로서는 처음에는 생각하지 못한 것 같지만, 친구의 제안에 호응하면서 이분법을 넘어서게 된 것이 아니었을까? 그녀의 삶을 통해서도 고통을 통한 구원이라는 모티브가 변주되며, 돌아온 탕자를 따뜻하게 품어 주는 "아버지"에 대한 인유가 재연되고 있는 것이다.

5. 종교적 문학관이 구현된 소설

『위대한 유산』에는 기독교의 교리라든가 등장인물의 기독교적인 혹은 기독교적이지 못한 면모 등에 대한 직접적인 언급이 거의 없어서 디킨스의 작품을 기독교적으로 접근하는 비평서들에서도 심도 있는 연구가 많이 이루어지지 않았다. 그러나 디킨스 자신이 말한 선한 인물의 창조와 그렇지 못한 인물이나 사회에 대한 비판이 기독교에 근거해 있음을 잘 보여 주는 작품일 뿐 아니라, 그러한 주제를 전달함에 있어서 종교적인 것을 말로 설명하기보다는 예수의 본을 따라 살아가는(혹은 그렇게 살지 못하는) 인물들의 삶과 스토리를 통해 눈에 띄지 않게 전달하고 있다는 점에서, 디킨스가 자신의 종교적 문학관을 어떻게 작품 속에서 구현하는지가 잘 나타나 있는 작품이다.

디킨스는 사소한 교리적 문제에 대해 논쟁하는 사람들과 제도화된 교회에 대해 비판했는데, 이러한 비판을 근거로 많은 세속주의 비평가들은 디킨스 작품들에 나타난 사회 비판이나 그의 인물들을 통해 보여 주는 올바른 삶의 제시 근거가 그의 기독교 세계관에 입각해 있음을 인지하지 못하였거나 혹은 무시하고 말았다. 그러나『위대한 유산』에서 비판적으로 서술되고 있는 사회는, 디킨스가 그토록 중시했던 예수의 가르침을 떠난 사회이다. 핍이 열병으로 사지를 헤맬 때, 그는 "건물 벽에 박힌 한 장의 벽돌"이고 "심연 위를 덜커덩거리며 빙빙 돌고 있는 거대한 증기 기관 강철 들보"임을 절실히 느끼며(*GE* 하권 364), 산업화, 물질화, 계급화, 세속화하는 사회 속에서 정체성의 위기를 온몸으로 경험한다.

영국으로부터 종신추방령을 선고받은 범죄자 매그위치는 그러한 사회의 희생자이다. 그에 대한 편견을 극복하고 그가 살아온 비참한 삶을 함께 아파하며 그가 자기를 위해 희생한 삶을 이해하고 존경으로 나아가는 것은, 핍이 반드시 갖추어야 할 덕목이다. 핍의 영적 자서전에서, 그가 나아가야 할 도덕의 기준을 보여 주고 정체성을 찾게 해 주는 좌표에 있는 사람은 사회의 기준으로는 보잘것없고 우스꽝스럽기까지 한 **온화한 그리스도의 사람** 조 가저리다. 핍의 성장은 어떻게 자아가 발전하고 사회에서 인정받게 되느냐에 있는 것이 아니라 어떻게 고통을 통해 거듭남으로 구원을 얻고, 내적 성숙과 영적 성장을 이루어 자본주의의 발전 속에 점점 더 예수의 가르침을 떠나가는 사회 속에서 고통받는 이웃을 사랑하는 사람으로 변화하는가에 있다. 이는 디킨스의 크리스마스 이야기에서 대표적으로 잘 나타나 있는 것이며, 『위대한 유산』에서 더욱 깊이와 폭을 가지고 탐색되는 것이다.

디킨스의 소설들은, 그가 가졌던 종교적 문학관에 기초하여 영국 사회가 당면한 문제들을 파헤쳐 비판하거나 그것을 극복할 수 있는 선을 제시하고자 하였고, 성경에 대한 인유와 성경적 울림을 통해 깊이를 더하고 의미를 풍부하게 하였다. 디킨스의 소설들은 작가의 종교가 어떻게 문학을 통해 구현되는지를 잘 보여 줌으로써 문학과 종교의 관계에 대한 깊이 있는 통찰을 할 수 있게 하는 작품들이다.

4부

포스트세속적 관점에서 살펴본 영국소설

관습이 도덕은 아니다. 자기 의(self-righteousness)가 종교는 아니다. 전자를 공격하는 것은 후자를 비난하는 것이 아니다. 바리새인의 얼굴에서 가면을 잡아 뜯는 것은 가시면류관에 불경건한 손을 쳐드는 것이 아니다. 이러한 것들은 정반대로 대립되어 있는 것이다.

이러한 것들과 행동들은 악덕이 미덕과 다른 만큼 다른 것이다. 사람들은 그것들을 너무 자주 혼동한다. 그것들은 혼동되어서는 안 된다. 외양이 진리로 오도되어서는 안 된다. 소수를 의기양양하게 하고 거드름 피우게 하는 경향이 있을 뿐인 인간의 편협한 신조들이 그리스도의 세상을 구원하는 교의를 대체해서는 안 된다. 반복해서 말하거니와 거기에는 차이가 있다. 그들 사이를 분리시키는 선을 분명하고 확실하게 표시하는 것은 나쁜 행동이 아니라 좋은 행동이다. (Brontë 3~4)

이 인용문은 샬롯 브론테가, 『제인 에어』(*Jane Eyre*)에 대하여 반기독교적이라고 비판하던 당대 비평가들이나 독자들에게, 자신의 소설이 결코 반기독교적이거나 비기독교적인 것이 아니라고 반박했던 글이다. 『제인 에어』의 제2판을 출판하면서 서문을 통해 이 반박문을 실음으로써, 브론테는 당시 영국 사회가 기독교 신앙이라고 내세우며 저지르던 바리새인적인 관습과 종교와 문화에 대한 전복적인 비판을 통해, 세상을 구원하는 예수의 가르침을 되살리려 하였음을 공표하고 있는 것이다.

그런데 브론테 자신이 『제인 에어』를 통해 표현하고자 했던 기독교의 관점을 이처럼 분명히 밝혔음에도 불구하고 이 부분에 대한 연구는 한동안 제대로 이루어지지 못했다. 20세기에 크게 발전한 세속주의 비평은, 작가의 의도와 관계없이 이 소설을 반기독교적이라고 규정하고 그 점을 높이 평가하였다. 이 소설을 페미니즘의 주제를 가장 잘 표현한 19세기 영국 소설로 평가한 한 페미니즘 비평은 이 소설의 "반항적 페미니즘"은 바로 거기에 나타난 "사회의 기준, 관습, 형식을 받아들이기를 거부하는 '반기독교적' 거부"였다고 주장하였다(Gilbert and Gubar 338).

브론테가 『제인 에어』를 통하여 표현하고자 했던 기독교의 주제가 이처럼 서로 반대의 방향에서 평가되고 있는 것은, 그런 평가가 이루어진 시기에 세속화가 얼마나 진행되었는지와 관계가 있다. 19세기에 세속주의의 발전에 큰 우려를 가지고 있던 영국의 독자들과 20세기에 "세속주의 혁명"이 "완성"된 후의 독자들은, 『제인 에어』라는 문학 작품을 정반대의 방향에서 평가하고 있는 것이다. 그러나 아이러니하게도 정반대의 두 가지 입장은 모두 작가가 전달하고자 했던 것을 자신들의 입장에서 곡해하고 있다는 면에서 같은 입장이라고 할 수 있으며, 따라서 작가의 위 반박문은 아직도 매우 유효하고 적절하다고 할 것이다.

포스트세속 시대를 맞아 문학과 종교의 관계를 되살려 보고자 한 이 책은 영국소설이 가장 아름답게 꽃피었던 19세기에 소설이 당시 영국의 종교인 기독교와 가졌던 관계를 살펴보았다. 흔히 소설은 영국에서 18세기에 소위 "세속적 장르"로 발생하였다는 주장이 많지만, 리얼리즘 소설로 크게 발전을 이룬 19세기는 영국 역사상 가장 종교적인 시대였다. 이 책에서는 영국소설의 가장 대표적인 작가들인 제인 오스틴과 찰스 디킨스를 분석하였는데, 이들은 세속주의 비평에서는 보통 종교를 멀리하고 배제시켰거나 비판했다고 평가받는 작가들이다. 그러나 그들의 작품과 종교의 관계를 올바르게 평가하고 그들이 그리스도인으로서 전달하고자 했던 작가로서의 의도를 제대로 분석하지 않는다면, 그들의 작품에 대한 평가는 축소되거나 왜곡될 수밖에 없다.

세속화 이론은 국가, 경제, 과학과 같은 세속적 영역이 종교로부터 "해방"되고 종교가 개인화·주변화 되면, 종교적 믿음이 쇠퇴하고 종교적 실행은 사적인 것이 되며, 공적 영역에서 종교의 영향은 쇠퇴하고 보편적이고 공평무사한 합리성에 의해 통치되는 영역이 만들어질 것이라고 주장한다. 이러한 세속주의 이론에 기초하여, 20세기 초중반에 초월적인 존재나 종교적 감수성을 배제하고 이성적이고 미학적인 분석에 치중하는 신비평이 시작된 이래, 소위 "이론의 시대"라고 불리는 20세기 중후반에 발전한 비평 이론들인 해체주의, 마르크스주의, 정신분석학, 페미니즘, 신역사주의, 문화 연구, 탈식민주의 등은, 종교와 초월적 진리에 대한 의혹을 가지고 문학과 종교의 관계를 폄훼하는 경향이 지배적이었다. 문학이라는 분과 학문을 구축하는 데 있어서 구성 성분이었던 세속화 이론은 오늘날에도 문학연구 분야에서 꾸준히 영향력을 발휘하고 있다.

그러나 세속주의 이론이 가진 문제에 대한 인식과 비판이 20세기 말~21세기 초에 활발히 제기되며 이제는 "포스트세속 시대"라는 용어가 나올 정도로 발전하였다. 포스트세속주의라는 용어는 지난 이삼십 년간 인문사회학 전반에 걸쳐 일어난 종교의 회귀로부터 자라난 다양한 형태의 학문을 지칭하는데, 각 분야에서 종교적 뿌리를 새롭게 인식하고 종교가 꾸준히 영향력을 지속하고 있음을 재인식하면서 발달하게 되었다. 그러므로 포스트세속주의는 근대화가 종교를 떠났거나 종교를 넘어선 것이 아니라 오히려 종교적인 정서, 종교적 공간과 실행들을 여러 가지 방법으로 받아들였음을 강조하며, 종교가 필연적으로 쇠퇴하고 과학·기술·합리성에 의하여 대체된다는 이론을 거부한다.

문학연구에서 세속주의 비평들이 주류를 이루는 가운데, 세속화 이론의 문제점을 직시하고 세속주의 해석학의 결함 혹은 갈라진 틈을 열고 문학과 종교의 관계를 되살리려는 노력이 포스트세속 비평들이다. 종교가 곧 사라질 것으로 보고 근대 이후 종교의 복잡한 변형과 혁신적 발전을 보지 못하는 세속주의 비평과 달리, 포스트세속 비평은 신학적 어휘와 문법에 훨씬 더 개방적으로 종교적 읽기를 되살리려고 한다. 문학 작품을 대함에 있어서 세속적인 도구를 동원하는 것이 그 작품들의 중요한 차원을 제대로 보지 못하게 하지는 않았는지 의문을 제기하며, 작품들을 만들어 내고 작품들에 의해 만들어진 종교적 실천과 태도들을 깊이 있게 이해할 것을 추구한다. 문학연구에 있어서 세속적 해석학은, 우리 시대의 비평적 관행의 기준에 과거의 작가와 작품들을 동화시키곤 하는데, 이에 따라 경건과 신앙을 추구하였던 작가들의 면모는 무시되거나 제거되었다. 위에서 언급한 샬롯 브론테의 예가 이 점을 잘 예시하고 있다. 또한 이 책에서 분석한 제인 오스틴과 찰스 디킨스 또한 그러한 예들이다.

제인 오스틴은 조지 왕조 시대 말기에 작품 활동을 하였고 그 시대 영국 국교의 신앙인으로서 소설을 통해 사회적 경제적 도덕적 문제에 대하여 당시 주류 영국 국교의 견해를 보여 준다. 그러나 동시에 당시 국교가 안고 있는 실행 상의 문제들에 대하여는 비판하고 개혁하기를 원했다. 오스틴의 기도문들은 그녀의 독실한 신앙을 잘 보여 주지만, 세속주의 비평은 오스틴이 작품 속에서 종교적인 주제를 직접적으로 다루지 않은 점과 성직자들에 대한 풍자를 많이 한 점 등을 근거로 그녀의 문학이 종교와 가졌던 관계를 축소하거나 평가절하해 온 면이 있다. 그러나 오스틴은 "엄숙한" 종교적 주제를 직접 언급하지 않는 종교적 예의를 지키면서도, 일반적인 사람들이 일상적인 삶에서 어떻게 행동하고 무엇을 선택하는지를 보여 주는 과정을 통해 기독교의 가치들을 전달하고 있다. 오스틴은 설교에 의해서가 아니라 "동료 인간들"에게 하는 행동을 통해 신앙이 나타나야 한다고 생각하였고, 종교적인 헌신에 대하여 말하기보다는 사람들이 서로에게 행하는 선악과 사회에 대한 태도의 예들을 보여 주는 것에 집중하였다.

오스틴의 작품 중 이 책에서 다룬 『오만과 편견』과 『맨스필드 파크』는 오스틴의 다른 소설들과 마찬가지로 결혼 플롯을 중심으로 진행되는데, 그 결혼 플롯은 영적 구조 위에 세워져 있다. 오스틴의 결혼 플롯은 당시 여성이 결정할 수 있는 것이 별로 없던 사회에서 거의 유일하게 선택을 할 수 있는 기회, 즉 배우자를 선택하는 결정을 할 수 있는 시기에, 그 과정에서 일어나는 일들을 통해 인물들의 도덕적, 영적 면모를 드러내고 성장을 논할 수 있는 구조를 제공하였다. 두 작품 모두에 잘못된 결혼들에 대한 비판, 올바르지 못한 성직자들에 대한 비판들이 나타나 있고, 주인공들은 결혼을 향해 나아가는 과정에 많은 어려움을 경험한다. 『오만과 편견』에서 여주인공 엘리자베스는 교만과 허영을 버리고 겸손을 배우며 자신을 알게 되고 타인과 사회를 올바로 볼 수 있는 판단력과 정의라는 미덕들을 획득하며 성장해 간다. 남주인공 다아시의 내적 성장은 독자 앞에 직접적으로 그려지지 않지만, 그의 고백을 통해 그 또한 자신의 교만을 깨닫고 철저히 비참해지는 과정을 통해 겸손을 배우게 되었음이 나타나 있다. 두 사람은 이를 통해 영적으로 성장하며 동료 인간들에 대한 사랑을 향해 나아가게 되고, 마침내 기독교적 상징성과 비전을 보여 주는 이상적인 결혼에 도달한다.

성직 임명을 주제로 삼고 있는 『맨스필드 파크』는 오스틴의 다른 작품과 달리 남주인공의 영적 성장이 자세히 다루어지고 있다. 에드먼드 버트럼은 소명 의식을 가지고 성직자가 되기로 결정하고 종교적 이상을 추구하지만, 매혹적이고 세속적인 여자에 빠져 도덕적으로 추락하고 판단력도 흔들린다. 어린 나이부터 맨스필드 파크에 와서 더부살이로 살게 된 여주인공 패니 프라이스는 조롱과 무시 속에서도 훌륭한 원리 원칙과 종교적인 심성을 키워 간다. 일찍부터 내적 성장을 이룬 여주인공이지만, 부유하고 부도덕한 청혼자와 그의 청혼을 받아들이라는 주위 모든 사람들의 압박 속에 고통당한다. 남주인공도 여주인공도 그들이 가진 기독교의 가치관에 따라 행동할 수 있을 것인가는 이들이 당면한 시험이다. 오스틴은 이 소설에서 내적 성장이 외적 환경에 의해 시험을 받을 때 주인공들은 어떻게 행동할지를 탐색하며, 이 시험을 이겨 낼 때에야 비로서 함께 소명을 실행할 부부가 될 수 있음을 보여 준다.

　　찰스 디킨스는 빅토리아 시대 초중기에 작품 활동을 하였고, 이 시기는 복음주의 운동과 옥스퍼드 운동 등으로 영국 국교가 크게 부흥한 시기이기도 하지만, 종교적 논쟁이 활발해지고 과학의 발전과 고등비평의 영향 등으로 세속화가 확산된 시기이기도 했다. 디킨스는 교리나 분파적 논쟁을 싫어하였고 과시적인 종교인들을 비판하였는데, 이를 근거로 세속주의 비평들은 디킨스가 종교를 거부했다고 보거나 그의 작품에서 종교의 역할을 평가절하하는 경향이 있었다. 그러나 디킨스의 종교 비판은 밖에서 비방하는 것이 아니라, 항상 내부에서 개혁하려는 목소리였고, 진정한 기독교 정신으로 돌아가라고, 특히 그리스도인들이 도덕적인 책임을 다하고 예수의 가르침과 행동을 따라 주변 세상에 행하기를 촉구하는 목소리였다. 디킨스가 자녀들을 위해 쓴 책 『우리 주님의 생애』는 그의 신앙의 핵심이었던 예수를 구체적으로 보여 주고 있으며, 선하고 친절하고 온화하고 모든 사람 특히 이 세상에서 무시당하는 불쌍한 사람들에 대해 가엽게 여기겼던 사랑을 강조하고 있다. 그의 편지들에는 그의 사회 비판이 근거하고 있는 예수의 가르침과 이에 이르도록 독자를 이끌어 가고자 한 문학관이 나타나 있다.

디킨스의 작품 중 이 책에서 다룬 『크리스마스 캐럴』과 『위대한 유산』에도 디킨스의 이러한 문학관이 잘 구현되어 있다. 디킨스는 영국의 많은 노동자들과 어린이들이 기아로 고통받으며 지옥같이 열악한 환경에서 일하던 1840년대에 그들을 도와주는 일이 일어나기를 바라며 관련한 사실을 대중에게 알리고자 크리스마스 이야기들을 쓰기로 한다. 자기의 이익만을 위해 사는 스크루지는 가난한 사람들은 게으른 사람일 뿐이라고 생각하고 비참한 사람들의 고통을 무시하는데, 이런 생각은 단순히 한 구두쇠의 생각이 아니라 당시 영국인들의 일반적인 생각이었고, 이에 대한 디킨스의 비판의 핵심은 "선한 사마리아 사람"이 행한 이웃 사랑의 정신에 근거해 있었다. 디킨스는 자본주의의 발전으로 점점 더 많은 사회적 문제들이 발생했던 이 시기에 기독교의 가르침은 개인적 차원에 머무르는 것이 아니라 사회적 차원에 적용되어야 한다고 생각했고, 소설을 통해 그런 믿음을 구현하였다. 『크리스마스 캐럴』에는 디킨스의 사회 비판과 스크루지의 변화, 그리고 그와 함께하는 독자에 대한 변화 촉구가 잘 어우러져 있다. 유령들을 통해 스크루지가 신앙적·존재론적으로 변화하는 것은 독자의 변화에 대한 촉구와 함께 가고, 이것은 영국 사회 전체가 변화할 것을 촉구하는 디킨스의 사회 비판과 직결되어 있다.

이러한 『크리스마스 캐럴』의 주제는 디킨스의 모든 작품에 반복되는 모티프로서 『위대한 유산』에도 잘 나타나 있다. 기아로 고통받던 1840년대가 지나가고 영국이 번영의 시기를 맞자 많은 사람들은 가난의 문제, 가난으로 고통받는 사람들의 문제를 없는 듯이 묻어 놓고자 했지만, 디킨스는 소위 "황금기"인 이 시기에 영국 사회가 안고 있는 문제를 직시하였다. 겉으로 화려하게 발전하고 있는 영국에서 여전히 고통받고 있는 많은 비참한 사람들에 대한 디킨스의 관심은 그의 작품 속에서 초지일관 계속되고 있다. 영국으로부터 종신추방령을 선고받은 범죄자 매그위치는 그러한 사회의 희생자이며, 그에 대한 편견을 극복하고 그의 비참함을 진심으로 동정하고 그가 자기를 위해 희생한 삶에 감사하고 존경으로 나아가는 것은 핍이 반드시 갖추어야 할 덕목이다. 핍의 영적 자서전에서 그가 나아가야 할 도덕의 기준을 보여 주며 그의 성장의 목표점에 있는 사람은 사회의 기준으로는 보잘것없고 우스꽝스럽기까지 한 조 가저리다. 조가 어린 핍을 사랑으로 키워 주고 배반을 당했는데도 핍이 모든 사람에게 버림받고 가장 어려울 때 함께 해 주고 도와주는 모습은, 그를 "온화한 그리스도의 사람"으로 명명되게 한다. 핍의 성장은 어떻게 자아가 발전하고 사회에서 인정받게 되느냐에 있는 것이 아니라, 어떻게 고통을 통해 변화하고 거듭남으로써, 점점 더 예수의 가르침을 떠나가는 사회 속에서 고통받는 사람들에게 사랑을 실천하는 이웃이 되는 사람으로 성장하는가에 있다.

오스틴과 디킨스는 영국 사회에서 세속화가 진행된 속도와 범위가 다른 시기에 살았다. 그러나 그들이 신실한 그리스도인이었고 이점이 그들의 작품에서 매우 중요한 사상적 문학적 배경이었음에도 불구하고, 그들이 종교를 외면 혹은 비판했다고 간주하고 세속적 작가로 규정하여, 그들의 사고의 뿌리에 있는 기독교 신앙과 사상을 무시하고 비평해 온 것이 세속주의 비평의 일반적인 입장이었다. 이러한 문제점을 극복하고 그들의 작품이 문학과 종교의 관계를 잘 보여 주는 작품들임을 포스트세속적 관점에서 분석하는 것은, 그들의 작품을 좀 더 맥락화시키고 종교적 의미들을 되살림으로써 그들의 문학의 깊이와 폭을 더 풍부하게 만들어 주고 있다.

　　오스틴과 디킨스의 소설 속 기독교를 분석함으로써 문학과 종교의 관계를 되살려 본 이 책은, 소설이 종교와 갖는 긴밀한 관계에 대한 분석이 앞으로 더 많은 작가들에 적용되며, 소설이 지닌 사회적, 정치적, 성적, 계급적 문제뿐 아니라, 그러한 문제를 다룸에 있어서 더욱 근본에 놓여 있었던 종교적 문제에 대한 분석도 활발해지기를 기대한다. 영국소설이 깊이 뿌리 박고 있는 종교성, 영성, 기독교 가치관과 인식론 등이 어떻게 작품에 주제와 서술의 틀을 제공하였는지, 그동안의 세속주의 비평들이 외면함으로써 제대로 평가하지 못했던 부분에 대한 새로운 조명이 계속되고, 포스트세속 이론과 종교와의 관계에 대한 문학연구의 성과들이 확장될 필요가 있는 것이다.

　　문학과 종교는 떼려 해도 뗄 수 없는 관계를 가지고 있다. 문학은 종교와 마찬가지로 개인적인 삶의 한계를 넘어서는 의미에 대한 갈망을 가지고, 초월적이고 영적인 것을 향한 표현을 해 왔고, 영적인 것과 물질적인 것 사이의 경계에 도전해 왔다. 그런데 19세기 이후 진행된 세속화, 특히 연구 중심 대학의 발전과 개별 학문의 발전을 기치로 가속화된 어문학계의 세속화 과정 속에서 문학과 종교 사이에는 왜곡된 벽이 세워졌다고 할 수 있다. 그러나 이제 신앙과 지식, 언어, 문학, 종교와 세속주의의 변혁 등에 관해 새로운 대화들이 일어나며 포스트세속적 문학연구가 활발해지고 있다. 물질적이고 기계문명이 지배하는 시대 속에서 무시되는 인간의 삶에 대해 눈을 열게 되고, 인간 속에 있는 종교적 욕구, 초월적이고 영적인 것에 대한 갈망을 직시하고, 문학 작품 속의 종교적 주제에 대해 깊이 있고 광범위한 논의를 하는 것 등은, 문학과 종교의 관계를 연구하는 연구자들뿐만 아니라, 포스트세속 시대에 문학을 통해 삶을 경험하는 모든 사람들에게 뜻깊은 작업이 될 것이다.

참고문헌

디킨스, 찰스. 『위대한 유산』. 상하권. 류경희 옮김. 경기도 파주: 열린책들, 2014.

_____. 『크리스마스 캐럴』. 김세미 옮김. 서울: 문예출판사, 2006.

오스틴, 제인. 『노생거 사원』. 조선정 옮김. 서울: 을유문화사, 2015.

_____. 『맨스필드 파크』. 류경희 옮김. 서울: 시공사, 2016.

_____. 『오만과 편견』. 조선정 옮김. 서울: 을유문화사, 2013.

오정화. 『19세기 영국 여성 작가와 기독교』. 서울: 이화여자대학교출판문화원, 2017.

_____. 『오만과 편견: 한없이 '작은 나'의 성장 서사』. 서울: 신아사, 2010.

키에르케고어, 쇠얀. 『불안의 개념』. 임춘갑 옮김. 서울: 치우, 2011.

Altick, Richard D. *Victorian People and Ideas*. New York: Norton, 1973.

Armstrong, Nancy. *How Novels Think: The Limits of British Individualism from 1719-1900*. New York: Columbia University Press, 2005.

Austen, Henry. "Biographical Notice of the Author." *Northanger Abbey* and *Persuasion*. *The Works of Jane Austen*. Ed. R. W. Chapman, 3rd edn. Vol.5. Oxford: Oxford University Press, 1953. rev. 1963, 1986.

Austen, Jane. *Jane Austen's Letters*. Ed. Deirdre Le Faye, 3rd edn. Oxford: Oxford University Press, 1995, 1997.

_____. *Mansfield Park*. 1814. Ed. Kathryn Sutherland. New York, NY: Penguin

Books, 1996.

_____. *Northanger Abbey*. 1818. New York, NY: Nal Penguin, 1980.

_____. *Pride and Prejudice*. 1813. Ed. James Kinsley and Frank W. Bradbrook. Oxford: Oxford University Press, 1970.

Bebbington, David. *Evangelicalism in Modern Britain: A History from the 1730s to the 1980s.* London: Unwin Hyman, 1989.

Benis, Toby R. "Spatial Consciousness and Spiritual Practice in Austen's *Mansfield Park*." *SiR* 58 (2019): 333~355.

Bennett, Jane. *The Enchantment of Modern Life: Attachments, Crossings, and Ethics.* Princeton, NJ: Princeton University Press, 2001.

Bonaparte, Felicia. "'Let Other Pens Dwell on Guilt and Misery': The Ordination of the Text and the Subversion of 'Religion' in Jane Austen's *Mansfield Park*." *Religion and Literature* 43.2 (2011): 45~67.

Bracke, Sarah. "Conjugating the Modern/Religious, Conceptualizing Female Religious Agency: Contours of a 'Post-secular' Conjuncture." *Theory, Culture & Society* 25.6 (2008): 51~67.

Bradley, Arthur, Jo Carruthers and Andrew Tate. "Introduction: Writing Post-Secularity." *Spiritual Identities: Literature and the Post-Secular Imagination*. Eds. Jo Carruthers and Andrew Tate. Oxford: Peter Lang, 2010.

Braidotti, Rosi. "In Spite of the Times: The Postsecular Turn in Feminism." *Theory, Culture & Society* 25.6 (2008): 1~24.

Branch, Lori. "The Rituals of Our Re-Secularization: Literature Between Faith and Knowledge." *Religion and Literature* 46.2 (2014): 9~33.

Branch, Lori and Mark Knight. "Why the Postsecular Matters: Literary Studies and the Rise of the Novel." *Christianity and Literature* 67.3 (2018): 493~510.

Brontë, Charlotte. *Jane Eyre*. 1847. Ed. Margaret Smith. Oxford: Oxford University Press, 2000.

Brooks, Peter. *Reading for the Plot: Design and Intention in Narrative*. New York, NY: Alfred A. Knopf, 1984.

Brown, James M. *Dickens: Novelist in the Market-Place*. London: MacMillan, 1982.

Butler, Marilyn. *Jane Austen and the War of Ideas*. Oxford: Oxford University Press, 1975.

Butterworth, Robert. *Dickens, Religion and Society*, New York, NY: Palgrave Macmillan, 2016.

Byrd, Paul. "A Distracted Seminarian: The Unsuccessful Reformation of Edmund Bertram." *Persuasions* 35.1 (2014): n.p.

Casanova, José. *Public Religions in the Modern World*. Chicago, IL: University of Chicago Press, 1994.

Clark, George Kitson. *The Making of Victorian England*. 1962. New York: Atheneum, 1971.

Clarke, Micael M. "Emily Brontë's 'No Coward Soul' and the Need for a Religious Literary Criticism." *Victorians Institute Journal* 37 (2009): 195~223.

Colledge, Gary. *God and Charles Dickens: Recovering the Christian Voice of a Classic Author*. Grand Rapids, MI: Brazos, 2012.

Collins, Irene. "Displeasing Pictures of Clergymen." *Persuasions* 18 (1996): 109~119.

_____. *Jane Austen and the Clergy*. London: Hambledon, 1994.

Collins, Philip. *Dickens and Education*. London: Macmillan, 1964.

Conway, Alison and Corrinne Harol. "Toward a Postsecular Eighteenth Century." *Literature Compass* 12.11 (2015): 565~574.

Dabundo, Laura. *The Marriage of Faith: Christianity in Jane Austen and William Wordsworth*. Macon, GA: Mercer University Press, 2012.

Dempsey, Sean. "Speculative Formalism: Religion and Literature for a Postsecular Age." *LIT: Literature Interpretation Theory* 32.2 (2021): 79~98.

Dickens, Charles. *A Christmas Carol and Other Christmas Writings*. Ed. Michael Slater.

New York, NY: Penguin Books, 2003.

        . *Great Expectations*. 1861. Ed. Angus Calder. New York, NY: Penguin Books, 1965.

        . *The Letters of Charles Dickens*. Eds. Graham Storey, Madeline House and Kathleen Tillotson. 12 vols. Oxford: Clarendon, 1965~2002. vol.3, vol.9.

        . *The Life of Our Lord: Written for His Children During the Years 1846 to 1849*. 1934. New York, NY: Simon and Schuster, 1999.

Drum, Alice. "Pride and Prestige: Jane Austen and the Professions." *College Literature: A Journal of Critical Literary Studies* 36.3 (2009): 92~115.

Duckworth, Alistair M. *The Improvement of the Estate: A Study of Jane Austen's Novels*. Baltimore, MD: The Johns Hopkins University Press, 1971.

Emsley, Sarah. *Jane Austen's Philosophy of the Virtues*. New York, NY: Palgrave Macmillan, 2005.

Felch, Susan M. "Introduction." *The Cambridge Companion to Literature and Religion*. Ed. Susan M. Felch. New York, NY: Cambridge University Press, 2016.

Felski, Rita. *Uses of Literature*. Malden, MA: Blackwell, 2008.

Forster, John. *The Life of Charles Dickens*. 2 vols. Ed. A. J. Hoppe. Further Revised Edition. London: J. M. Dent, 1969.

Frazer, Hilary. "The Victorian Novel and Religion." *A Companion to The Victorian Novel*. Eds. Patrick Brantlinger and William B. Thesing. Malden, MA: Blackwell, 2002.

Fulford, Tim. "Sighing for a Soldier: Jane Austen and Military Pride and Prejudice." *Nineteenth-Century Literature* 57.2 (2002): 153~178.

Giffin, Michael. *Jane Austen and Religion: Salvation and Society in Georgian England*. New York, NY: Palgrave MacMillan, 2002.

Gilbert, Sandra M. and Susan Gubar. *The Madwoman in the Attic: The Woman Writer and the Nineteenth-Century Literary Imagination*. New Haven, CT: Yale University Press, 1979.

Glancy, Ruth. "Christmas Books and Stories." *The Oxford Handbook of Charles Dickens*. Eds. John Jordan, Robert L. Patten, and Catherine Waters. Oxford: Oxford University Press, 2018. www.oxfordhandbooks.com.

Gorski, Philip S., David Kyuman Kim, John Torpey, and Jonathan VanAntwerpen, eds. *The Post-Secular in Question: Religion in Contemporary Society*. New York, NY: New York University Press, 2012.

Gribble, Jennifer. "The Bible in *Great Expectations*." *Dickens Quarterly* 25.4 (2008): 232~240.

Hardin, James, ed. *Reflection and Action: Essays on the Bildungsroman*. Columbia, SC: University of South Carolina Press, 1991.

Harrison, J. F. C. *The Early Victorians, 1832-1851*. New York: Praeger, 1971.

Heady, Emily Walker. *Victorian Conversion Narratives and Reading Communities*. Burlington, VT: Ashgate, 2013.

Hooper, Keith. *Charles Dickens: Faith, Angels and the Poor*. Oxford: Lion Hudson, 2017.

Hösle, Vittorio. "The Lost Prodigal Son's Corporal Works of Mercy and the Bridegroom's Wedding: The Religious Subtext of Charles Dickens' *Great Expectations*." *Anglia: Zeitschrift für Englische Philologie* 126.3 (2008): 477~502.

House, Humphry. *The Dickens World*. London: Oxford University Press, 1941.

Imfeld, Zoë Lehmann, Peter Hampson and Alison Milbank, eds. *Theology and Literature after Postmodernity*. London: Bloomsbury, 2015.

Jay, Elizabeth. *The Religion of the Heart: Anglican Evangelicalism and the Nineteenth-Century Novel*. Oxford: Clarendon Press, 1979.

Jenkins, Ruth Y. *Reclaiming Myths of Power: Women Writers and the Victorian Spiritual Crisis*. Cranbury, NJ: Associated University Presses, 1995.

Karounos, Michael. "Ordination and Revolution in *Mansfield Park*." *Studies in English Literature 1500-1900* 44.4 (2004): 715~736.

Kelly, Gary. "Religion and Politics." *The Cambridge Companion to Jane Austen*. Eds. Edward Copeland and Juliet McMaster. Cambridge: Cambridge University Press, 1997.

Ki, Magdalen. *Jane Austen and Altruism*. New York, NY: Routledge, 2020.

Knight, Mark. *Good Words: Evangelicalism and the Victorian Novel*. Columbus, OH: Ohio State University Press, 2019.

Knight, Mark and Thomas Woodman, eds. *Biblical Religion and the Novel, 1700-2000*. Burlington, VT: Ashgate, 2006.

Koppel, Gene. *The Religious Dimension of Jane Austen's Novels*. Ann Arbor, MI: UMI Research Press, 1988.

Larson, Janet L. *Dickens and the Broken Scripture*. Athens, GA: The University of Georgia Press, 1985.

Ledger, Sally. "Christmas." *Charles Dickens in Context*. Eds. Sally Ledger and Holly Furneaux. Cambridge, UK: Cambridge University Press, 2011.

Ledger, Sally and Holly Furneaux, eds. *Charles Dickens in Context*. Cambridge: Cambridge University Press, 2011.

Lerner, Laurence. *The Truthtellers: Jane Austen; George Eliot; D. H. Lawrence*. London: Chatto and Windus, 1967.

Macdonagh, Oliver. *Jane Austen: Real and Imagined Worlds*. New Haven & London: Yale University Press, 1991.

Madsen, Emily. *The Nun in the Garret: The Marriage Plot and Religious Epistemology in the Victorian Novel*. Ph. D. Thesis, University of Wisconsin-Madison, 2015.

Marsden, Simon. *Emily Brontë and the Religious Imagination*. London: Bloomsbury, 2014.

Mason, Emma. "Religion." *Charles Dickens in Context*. Eds. Sally Ledger and Holly Furneaux. Cambridge: Cambridge University Press, 2011.

McReynolds, Joseph Clayton. "From Humbug to Humility: Learning How to Know with Ebenezer Scrooge." *Dickens Studies Annual: Essays on Victorian Fiction* 51.1 (2020): 20~39.

Melnyk, Julie Ann. "Women, Writing and the Creation of Theological Cultures." *Women, Gender and Religious Cultures in Britain, 1800-1940*. Eds. Sue Morgan and Jacqueline deVries. New York, NY: Routledge, 2010.

Meyers, Kate Beaird. "Jane Austen's Use of Literary Allusion in the Sotherton Episode of *Mansfield Park*." *Papers on Language and Literature* 22.1 (1986): 96~99.

Monta, Susannah Brietz. "Religion, History, and Faithful Reading." *Theology and Literature After Postmodernity*. Eds. Peter Hampson, Zoe Lehmann Imfeld and Alison Milbank. London: Bloomsbury, 2015.

Moore, Roger E. *Jane Austen and the Reformation: Remembering the Sacred Landscape*. Burlington, VT: Ashgate, 2016.

Morris, Christopher. "The Bad Faith of Pip's Bad Faith: Deconstructing *Great Expectations*." *ELH* 54.4 (1987): 941~955.

Morris, Pam. *Dickens's Class Consciousness: A Marginal View*. London: Macmillan, 1991.

Newey, Vincent. *The Scriptures of Charles Dickens: Novels of Ideology, Novels of Self*. Burlington, VT: Ashgate, 2004.

O'Connell, Lisa. "The Theo-political Origins of the English Marriage Plot." *Novel: A Forum on Fiction* 43.1 (2010): 31~37.

Oulton, Carolyn W. de la L. *Literature and Religion in Mid-Victorian England*. New York, NY: Palgrave Macmillan, 2003.

Plourde, Aubrey. "'Another Man from What I Was': Enchanted Reading and Ethical Selfhood in *A Christmas Carol*." *Victorian Review* 43 (2018): 271~286.

Preston, Shale. "Existential Scrooge: A Kierkegaardian Reading of *A Christmas Carol*." *Literature Compass* 9/11 (2012): 743~751.

Reilly, Niamh and Stacey Scriver, eds. *Religion, Gender, and the Public Sphere*. New York, NY: Routledge, Taylor & Francis Group, 2014.

Ryle, Gilbert. "Jane Austen and the Moralists." *Critical Essays on Jane Austen*. Ed. R. B. Southam. London: Routledge and Kegan Paul, 1968.

Sabey, Brian. "Ethical Metafiction in Dickens's Christmas Hauntings." *Dickens Studies Annual* 45 (2014): 123~146.

Sanders, Andrew. *Charles Dickens Resurrectionist*. New York, NY: St. Marin's Press, 1982.

_____. *Charles Dickens*. Oxford: Oxford University Press, 2003.

Scotland, Nigel. *Evangelical Anglicans in a Revolutionary Age 1789-1901*. Cumbria, UK: Paternoster, 2004.

Schmalzbauer, John and Kathleen Mahoney. "Religion and Knowledge in the Post-Secular Academy." *The Post-Secular in Question: Religion in Contemporary Society*. Eds. Philip S. Gorski, David Kyuman Kim, John Torpey, and Jonathan VanAntwerpen. New York: New York University Press, 2012.

Searle, Alison. "The Moral Imagination: Biblical Imperatives, Narrative and Hermeneutics in Pride and Prejudice." *Renascence* 59 (2006): 17~32.

Smith, James K. A. "Secular Liturgies and the Prospects for a 'Post-Secular' Sociology of Religion." *The Post-Secular in Question: Religion in Contemporary Society*. Eds. Philip S. Gorski, David Kyuman Kim, John Torpey, and Jonathan VanAntwerpen. New York: New York University Press, 2012.

Styler, Rebecca. *Literary Theology by Women Writers of the Nineteenth Century*. Burlington, VT: Ashgate, 2010.

Tanner, Tony. *Jane Austen*. Cambridge, MA: Harvard University Press, 1986.

Taft, Joshua. "Disenchanted Religion and Secular Enchantment in *A Christmas Carol*." *Victorian Literature and Culture* 43 (2015): 659~673.

Tave, Stuart. *Some Words of Jane Austen*. Chicago, IL: University of Chicago Press, 1973.

Taylor, Charles. *A Secular Age*. Cambridge, MA: Belknap Press of Harvard University Press, 2007.

Thormählen, Marianne. *The Brontës and Religion*. Cambridge: Cambridge University Press, 1999.

Tilley, Heather Anne. "Sentiment and Vision in Charles Dickens's *A Christmas Carol*, and *The Cricket on the Hearth*." *Interdisciplinary Studies in the Long Nineteenth Century* 4 (2007): 1–22. www.19.bbk.ac.uk.

Todd, Janet. *The Cambridge Introduction to Jane Austen*. Cambridge: Cambridge University Press, 2006.

Vance, Norman. *Bible and Novel: Narrative Authority and the Death of God*. Oxford: Oxford University Press, 2013.

White, Laura Mooneyham. *Jane Austen's Anglicanism*. Burlington, VT: Ashgate, 2011.

Williams, Rowan. "Theoretical Reading." *The Cambridge Companion to Literature and Religion*. Ed. Susan M. Felch. New York, NY: Cambridge University Press, 2016.

Wiltshire, John. *The Hidden Jane Austen*. Cambridge: Cambridge University Press, 2014.

Woelfel, James. *Portraits in Victorian Religious Thought*. Lewiston, New York: The Edwin Mellen Press, 1997.

Wollstonecraft, Mary. *A Vindication of the Rights of Woman*. Ed. Carol H. Poston, 2nd ed. New York and London: W. W. Norton, 1988.

Zwissler, Laurel. *Religious, Feminist, Activist: Cosmologies of Interconnection*. Lincoln and London: University of Nebraska Press, 2018.

찾아보기

리얼리즘 36, 37, 271

리처드슨 (Samuel Richardson) 81, 93

리턴 (Edward Bulwer Lytton) 263, 264

리쾨르 (Paul Ricoeur) 214

【ㅁ】

마르크스 (Karl Marx) 22, 26, 30, 214

마르크스주의 230, 271

마즈든 (Simon Marsden) 44

매즌 (Emily Madsen) 80

　　신앙적 독해 (faithful reading) 123

매크래 (David Macrae) 182~183

맥도나휴 (Oliver Macdonagh) 65

맬서스 (Thomas Robert Malthus)

　　『인구론』 (Essay on the Principle of Population) 196

멜닉 (Julie Ann Melnyk) 45, 48

모리스, 크리스토퍼 (Christopher Morris) 259

모리스, 팸 (Pam Morris) 226, 227, 228

모어 (Hannah More) 58, 67

몬터 (Susannah Brietz Monta) 29~30

문학 5~7, 15~18, 23, 27~36, 38, 41~46, 49~50, 59, 77, 79~93, 137, 169~170, 173, 185, 215~216, 235, 251, 265~266, 270~273, 276~279, 302, 304, 305

『문학과 신학』 (Literature and Theology) 18

문학과 종교 5~7, 15, 17~18, 28~30, 33~35, 49, 169, 266, 271~272, 278~279

문학연구 5~7, 16, 27~32, 272~273, 278~279

문화 연구 30, 32, 271

물질 20, 27, 32~33, 85, 134, 141, 155, 158~159, 172, 226, 229, 265, 278~279

미덕 40, 91~94, 96~97, 99~102, 108, 114, 145~146, 159, 189, 269, 274, 303

믿음 16, 20~21, 27, 30~33, 47, 58, 71, 92~93, 97, 102, 137, 161, 168, 175, 179~180, 210, 212, 235, 271, 276, 303, 306

밀턴 (John Milton)

더 읽을 책

1. **Michael Giffin.** *Jane Austen and Religion: Salvation and Society in Georgian England.* **New York, NY: Palgrave MacMillan, 2002.**

『제인 오스틴과 종교: 조지 왕조 시대 영국 사회와 구원』(*Jane Austen and Religion: Salvation and Society in Georgian England*)은, 제인 오스틴이 영국의 경험주의와 조지 왕조 시대 국교주의라는 한 쌍의 프리즘을 통해 글을 쓴 계몽주의 신고전주의 작가임을 설명한다. 교회와 사회가 유기적인 관계 속에 있었던 조지 왕조 시대에 살았던 오스틴의 사고는 성경 속에 그 근거를 두고 있을 뿐 아니라, 신고전주의 철학과 신학에 근거를 두고 있어서, 그녀의 문학을 세속적 영역과 종교적 영역으로 뚜렷이 구분하는 것은 불가능하다고 얘기한다. 한동안 영문학을 지배했던 "이론"은 서구의 전통적인 기독교 세계관에 대해 적대적이었는데, 이러한 가치관을 가지고 오스틴의 소설을 해석하는 비평가와 오스틴의 가치관 사이에는 차이가 있음을 분석하고, 오스틴의 조지 왕조 시대 영국 국교적 문맥을 이해하고 평가할 것을 주문한다. 이 책은 오스틴을 세속적

인본주의자가 아니라 종교적 인본주의자로서 기독교적 이야기를 쓴 국교 작가였다고 정의하며, 오스틴이 비록 종교적인 말을 직접적으로 하지는 않지만, 그녀의 기독교 세계관이 모든 소설에 스며 있음을, 오스틴의 전작(全作)에 대한 분석을 통해 보여 주고 있다.

2. Sarah Emsley. *Jane Austen's Philosophy of the Virtues.* New York, NY: Palgrave Macmillan, 2005.

『제인 오스틴의 덕 철학』(*Jane Austen's Philosophy of Virtues*)은 오스틴의 소설 속 인물들이 직면하는 도덕적 질문, "내 삶을 어떻게 살아야 할까"에 대해 그녀의 소설들은 어떤 대답을 주고 있는지를 살펴본다. 인물들의 삶을 덕 철학의 관점에서 분석한 이 책은, 인물들을 고전적·신학적 미덕들에 대한 "살아 있는 논쟁"이라고 정의하고, 각 인물들이 어떠한 미덕을 가지고 있는지 (혹은 가지고 있지 못한지), 어떻게 미덕들을 가진 인물로 성장해 가는지를 분석하고 있다. 엠슬리는 오스틴이 덕 철학을 대하는 입장은 고전적 미덕의 중요성을 인지하되 기독교 신앙의 기초 위에 굳건히 서 있는 것이었다고 본다. 그는 오스틴의 전작(全作)에 대한 분석을 통해, 믿음, 소망, 사랑, 신중, 정의, 용기, 절제의 일곱 미덕 중 다른 모든 미덕들을 가능하게 하는 것을 믿음으로 보여 주고 있음을 논증한다. 오스틴이 미덕을 이해하고 그녀의 인물들 속에서 갈등과 행동을 통해 미덕을 보여 주는 방식 밑에는, 종교가 단지 형식으로서가 아니라 세상 죄에 대한 예수의 대속에 대한 깊은 신앙이 놓여 있음을 이 책은 보여 주고 있다.

3. **Mark Knight and Thomas Woodman, eds.** *Biblical Religion and the Novel, 1700-2000.* **Burlington, VT: Ashgate, 2006.**

『성경적 종교와 소설, 1700-2000』(*Biblical Religion and the Novel, 1700-2000*)은 영미문학 연구자 11명이 18세기에서 20세기까지 출판된 다양한 소설들을 분석한 12편의 글을 싣고 있다. 편집자로서 서문을 쓴 나이트와 우드먼은 성경이 서구 사회의 거대 메타 담론이며, 소설과 종교적 담론 사이에는 뿌리 깊은 유사성이 있다는 것을 보여 준다. 20세기 중반까지 영국 문화의 정중앙에 위치해 있었던 성경은 점차 그 역할이 불안정해졌지만, 신앙의 약화는 문학에서 전통적인 종교의 모티브를 포기하는 것이 아니라, 그것을 변형하고 다시 썼다. 필딩, 브론테, 디킨스, 로렌스, 윈터슨, 업다이크 등의 소설들에 대한 분석들은 소설에 나타난 종교적 모티브에 대한 연구, 성경과 신학에 대한 각 작가의 관계 등을 살펴봄으로써 종교와 세속화 사이에 존재하는 복합적인 관계를 보여 주기도 하고, 그 관계를 건설적으로 탐구할 수 있는 새로운 모델을 제시하기도 한다. 특히 19세기 문학 전통에 대한 세속주의적 분석에 대해 의문을 제기한 글들은 다른 많은 정전 작가들의 면모를 새롭게 볼 수 있게 한다.

4. Philip S. Gorski, David Kyuman Kim, John Torpey, and Jonathan VanAntwerpen, eds. *The Post-Secular in Question: Religion in Contemporary Society.* New York, NY: New York University Press, 2012.

『문제의 포스트세속: 현대 사회 안의 종교』(*The Post-Secular in Question: Religion in Contemporary Society*)는, "포스트"라는 용어가 학계에서 무비판적으로 사용되는 것에는 경계심을 보이면서도, 포스트세속이라는 주제에 대해 쏟아지는 책들과 학술 논문들이 종교와 세속주의에 관한 학문적 사고에 중요한 변화를 알리고 있음을 보여 주고 있다. 21세기가 시작되면서 사회학이나 인문학에서 종교에 대한 학문적 연구가 많이 나오는 것은 종교의 부활과 관계가 있지만, 또한 계몽주의적 근본주의와 과학적 자연주의에 대한 회의가 많은 학자들로 하여금 종교를 다시 심각하게 고려하게 만들고 있다고 근본적인 이유를 분석한다. 이 책에는 다양한 학문 분야의 대표적 학자들의 글 열세 편이 실려 있는데, 종교의 부활이라는 맥락 속에서, 세속주의와 세속화 이론의 유산, 종교와 세속이라는 의문스러운 범주, 포스트세속의 개념과 연관된 다양한 주장들을 다루고 있다. 특히 이 책에 실린 논문 「포스트세속 학계에서의 종교와 지식」("Religion and Knowledge in the Post-Secular Academy")은, 고등교육에서 세속화 이론이 물러나고 각 분과 학문에서 종교가 회귀하는 것을 개괄하며, 철학, 문학, 역사, 사회학, 정치학, 심리학, 사회복지학, 의학, 심지어 자연과학에서도 종교에 대한 연구가 이루어지고 있음을 보여 주고 있다.

5. **Gary Colledge.** *God and Charles Dickens: Recovering the Christian Voice of a Classic Author.* **Grand Rapids, MI: Brazos, 2012.**

『하나님과 찰스 디킨스: 고전 작가의 그리스도인으로서의 목소리 되살리기』(*God and Charles Dickens: Recovering the Christian Voice of a Classic Author*)는 찰스 디킨스가 작품 속에서 기독교 신앙을 분명히 표현하고 있는데도 그 사실이 제대로 인지되지 않는 점을 지적하고, 그리스도인으로서의 그의 목소리를 들리게 하는 것을 목표로 하고 있다. 이를 위해 그의 소설과 잡지, 편지와 연설 등을 분석하여, 그의 작품에 나타난 그리스도인으로서의 신앙과 실행을 밝히고 있다. 이 책은 디킨스 신앙의 핵심은 예수를 모범으로 따라 사는 것이었다고 보며, 그가 예수를 어떻게 이해했는지, 평신도로서 어떤 신학을 가지고 있었는지, 그의 구원관, 거듭남과 부활에 대한 믿음, 진정한 기독교가 무엇인지에 대한 생각을 분석하고, 예수를 따르는 자로서 자신의 책임을 다하기 위하여 가난하고 힘든 사람들을 위하여 했던 많은 일들을 제시한다. 또한 디킨스는 신학자도 성직자도 아니었지만, 뛰어난 관찰력과 분명한 기독교 세계관이라는 렌즈를 통해 작품을 생산함으로써, 인간의 조건에 대해 말하고 독자들로 하여금 듣도록 초대함을 이 책은 잘 보여 주고 있다.

6. **Robert Butterworth.** *Dickens, Religion and Society*, New York, NY: Palgrave Macmillan, 2016.

『디킨스와 종교와 사회』(*Dickens, Religion and Society*)는 디킨스 소설의 가장 유명한 면모인 사회 비판의 핵심에 그의 종교적 태도가 있음을 분석한다. 먼저 당대 영국인들 사이에 널리 퍼져 있던 종교적 태도를 분석하고, 디킨스가 이러한 태도를 비판하고 사회 문제에 대하여 새로운 종교적 태도를 취한 선구자의 하나였음을 보여 주고 있다. 디킨스는 작품을 통해 가난을 신성한 세계 질서인 불변의 경제법의 어쩔 수 없는 부산물이라고 보던 당시의 태도에 대해 비판하고, 사회를 기독교적 가치들 위에 세워야 할 필요를 그려 냈다. 디킨스는 기독교의 도덕적 가르침이 개인의 행동에 적용될 뿐 아니라 사회적 차원에도 적용되어야 한다는 신앙을 가지고 글을 썼으며, 디킨스의 소설들에는 19세기 산업사회에서 종교가 가지는 중요성이 재현을 통해 잘 나타나 있음을 이 책은 보여 주고 있다. 또한 디킨스의 소설들이 예수의 가르침을 사회 분석의 중앙에 위치시킴으로써 인간 사회의 고통과 불공정을 어떻게 제거할 것인지에 대한 도전적 논쟁을 제시하고 있음을 작품 분석을 통해 밝히고 있다.

지은이 **오정화**

이화여자대학교 영어영문학과를 졸업하고, 미국 위스콘신대학교에서 석사학위를, 코넬대학교에서 박사학위를 받았다. 이화여자대학교 영어영문학과 교수로 재직하였으며(現 명예교수), 한국여성연구원장, 이화인문과학원장, 인문대학장, 대학원장을 역임하였고, 한국근대영미소설학회장, 한국여성학회장 등으로 활동하였다. 저서로 『19세기 영국 여성 작가와 기독교』, 『오만과 편견: 한없이 '작은 나'의 성장서사』, 『19세기 영국소설 강의』(공저), 편저로 『젠더와 재현: 영미 문학과 문화를 통해 본 여성 문제』, 『이민자 문화를 통해 본 한국 문화』, 『영어영문학연구 50년』 등이 있으며, 역서로 『여성과 일상생활: 사랑, 결혼, 그리고 페미니즘』, 『연애소설: 영미편』(공역), 『포스트구조주의와 페미니즘 비평』(공역) 등이 있다.

다시 만난 문학이라는 세계 01

오스틴과 디킨스 다시 읽기 포스트세속, 21세기 영문학의 새로운 흐름

초판1쇄 펴냄 2023년 12월 20일

지은이 오정화
펴낸이 유재건
펴낸곳 (주)그린비출판사
주소 서울시 마포구 와우산로 180, 4층
대표전화 02-702-2717 | **팩스** 02-703-0272
홈페이지 www.greenbee.co.kr
원고투고 및 문의 editor@greenbee.co.kr

편집 이진희, 구세주, 송예진, 김아영 | **디자인** 이은솔, 박예은
마케팅 육소연 | **물류유통** 류경희 | **경영관리** 윤혜수

ISBN 978-89-7682-848-4 03840

독자의 학문사변행學問思辨行을 돕는 든든한 가이드 _(주)그린비출판사